novum pro

F. L. Leansman

B8 – Bergkristall
Wer steckt dahinter?

novum pro

www.novumverlag.com

Bibliografische Information
der Deutschen Nationalbibliothek:

Die Deutsche Nationalbibliothek
verzeichnet diese Publikation in
der Deutschen Nationalbibliografie.
Detaillierte bibliografische Daten
sind im Internet über
http://www.d-nb.de abrufbar.

Alle Rechte der Verbreitung,
auch durch Film, Funk und Fernsehen,
fotomechanische Wiedergabe,
Tonträger, elektronische Datenträger
und auszugsweisen Nachdruck,
sind vorbehalten.

© 2015 novum Verlag

ISBN 978-3-99048-172-1
Lektorat: Kim Klober
Umschlagfotos: Ifh1985,
Thiagiruiz | Dreamstime.com
Umschlaggestaltung, Layout & Satz:
novum Verlag

Gedruckt in der Europäischen Union
auf umweltfreundlichem, chlor- und
säurefrei gebleichtem Papier.

www.novumverlag.com

Inhaltsverzeichnis

Vorwort	7
Danksagung	9
„Möge die Arbeit beginnen"	11
Samuel I	15
Salomon	19
Howard	27
Himmler	37
Samuel II	43
David	49
Bahnhof	61
Franz	69
Rosy	81
Samuel III	87
Archive	91
Sal & Friends	97
Strick	103
Flohmarkt	109
Hannah	117
Studio	133
Berlin	151
Buch	167
Samuel IV	181
Geburtstag	185
Begegnung	193
Alex	213
Samuel V	217
Kamerafahrt	221
Mauthausen	223
B8.27	235
Tunnel	255

Vorwort

Dieser Roman ist eingebettet in einen historischen Hintergrund. Zahlen, Daten und Fakten zur Geschichte sind überprüfbar. Im Vordergrund steht aber die Fantasie und die daraus resultierende frei erfundene Geschichte. Was genau die Nazis in den Stollen von Gusen gegen Ende des Zweiten Weltkrieges gemacht haben, lieferte seither viel Stoff für Spekulationen. Fast 70 Jahre nach Ende der Kampfhandlungen und der Befreiung der KZ-Häftlinge steht nun eine ernsthafte, geschichtliche Aufarbeitung durch eine Expertenkommission vor der Tür. Mögen uns die Forschungen neue Erkenntnisse oder – noch wichtiger – der Wahrheit ein Stück näher bringen.

Danksagung

Ich danke meiner geliebten Ehefrau für ihre Unterstützung und grenzenlose Liebe.

Die Protagonisten des Romans, *Howard, David, Salomon, Franz, Hannah* und wie sie noch alle heißen mögen, sind ebenso wie die Dialoge allesamt frei erfunden. Eine Ähnlichkeit mit lebenden Personen ist vom Autor unbeabsichtigt und rein zufällig.

Möge dir/euch/Ihnen das Lesen so viel Freude bereiten wie mir das Schreiben.

Dezember 2014

„Möge die Arbeit beginnen"

Österreich war seit März 1938 an Hitler-Deutschland angeschlossen. Am 12. Mai 1938 reiste Hermann Göring mit seinem Tross nach Linz an der Donau, um am folgenden Tag den Spatenstich für die nach ihm benannten Hermann-Göring-Werke vorzunehmen. Im Beisein zahlreicher hoher Funktionäre der NSDAP schritt Göring ans Rednerpult und hielt eine von frenetischem Beifall begleitete Rede. Er schloss mit den Worten: „Möge die Arbeit beginnen!"

Für das 700 Hektar große Werksgelände wurden die beiden Ortschaften Zizlau und St. Peter vollständig abgesiedelt. Am 15. Oktober 1942 wurde in Linz der erste Hochofen angeblasen. Der Krieg war bereits in vollem Gange und so litten die Werke von Anfang an unter einem akuten Arbeitskräftemangel. Auch in anderen Industrie- und Rüstungsbetrieben des Deutschen Reiches fehlte es an Arbeitskräften. Jeder kampftaugliche Deutsche wurde an der Front benötigt. Als auch durch den immer stärkeren Einsatz von Frauen die Lücke nicht mehr geschlossen werden konnte, begann man Arbeitskräfte in den besetzten Gebieten zu rekrutieren. Fritz Saukel wurde 1942 in der NSDAP zum Generalbevollmächtigen für den Arbeitseinsatz bestellt. Unter Saukels Regie kamen 5 Millionen Arbeitskräfte, davon maximal 200.000 freiwillig, ins Deutsche Reich. Fritz Saukel wurde 1946 im Nürnberger Prozess zum Tode verurteilt.

Die Zwangsarbeiter wurden ganz im Sinne der Rassenideologie der Nazis schlecht behandelt. Ihre Versorgung war ungenügend, ihr Lohn karg und ihre Bewegungsfreiheit stark eingeschränkt. Zwangsarbeiter aus Polen und anderen Ostländern standen in der Wertschätzung der Nazis am Ende der Skala und viele von ihnen bezahlten ihren Arbeitseinsatz für das Dritte Reich mit dem Tod.

Neben den Zwangsarbeitern kamen auch viele Häftlinge aus dem KZ Mauthausen beim Bau und im Betrieb der Hermann-Göring-Werke zum Einsatz. Speziell ab 1944 stieg ihre Zahl rasant an und so wurde auf dem Werksareal eine Außenstelle des KZ Mauthausen eingerichtet. Für die Bewachung der Häftlinge, die unter menschenunwürdigen Verhältnissen hausen mussten, war die SS zuständig.

In Mauthausen waren ebenso wie in Gusen zunächst die umliegenden Steinbrüche für die Standortwahl eines Konzentrationslagers ausschlaggebend. Die im Eigentum der SS stehende DEST, die Deutsche Erd- und Steinwerke GmbH, wurde streng betriebswirtschaftlich geführt und spielte als wichtiger Rohstofflieferant für die Prachtbauten und den Straßenbau der Nazis eine wichtige Rolle.

Am 25. Juli 1944 erfolgte der erste Bombenangriff der Amerikaner auf Linz und das Werk. Von 450 Flugzeugen wurden 1600 Sprengbomben abgeworfen. 176 Menschen wurden in den Tod gerissen, weitere 180 zum Teil schwer verletzt. Ab September des gleichen Jahres wurde die wöchentliche Arbeitszeit auf 60 Stunden erhöht und eine Urlaubssperre verhängt. Der Krieg wurde immer mehr zur Materialschlacht.

Sensible Teile der Rüstungsindustrie wurden zum Schutz vor den über das ganze Land verteilten Luftangriffen der Alliierten in unterirdische Stollen verlegt. Zu Jahresbeginn 1944 wurde in St. Georgen an der Gusen unter strengster Geheimhaltung durch den SS-Führungsstab B8 mit dem Bau eines unterirdischen Flugzeugwerkes für die Serienproduktion von Düsenflugzeugen der Marke Messerschmitt Me 262 begonnen. In nur 13 Monaten Bauzeit schufen Häftlinge des Lagers Gusen II eine der größten und modernsten unterirdischen Produktionsanlagen des Deutschen Reiches. Das Projekt wurde unter der Tarnbezeichnung *B8 – Bergkristall* geführt.

Auf einer Fläche von etwa 45.000 Quadratmetern erzeugten bis zu 10.000 Häftlinge des Konzentrationslagers Gusen II bis Kriegsende etwa 987 voll ausgestattete Flugzeugrümpfe für die Me 262. In der Endausbaustufe sollten bis zu 1250 Einheiten geliefert werden. Koordiniert wurde die Erzeugung durch den Jägerstab und die Oberbayrische Forschungsanstalt Oberammergau. Wo genau das Herzstück der Me 262 produziert wurde, konnte von den Nazis lange Zeit im Verborgenen gehalten werden.

Die Messerschmitt Me 262, eine Entwicklung der Messerschmitt AG in Augsburg, war das erste in Serie gebaute Flugzeug mit Stahltriebwerken. Das Flugzeug wurde von der Propaganda der Nazis zur „Wunderwaffe" hochstilisiert und sollte den „Endsieg" bringen. Ende November 1943 wurde die Me 262 in der Version 5, ausgestattet mit einem Bugrad, Adolf Hitler vorgestellt, der darauf bestand, die Me 262 als „Blitzbomber" und nicht als Abfangjäger zum Einsatz zu bringen. Alle Versuche, Hitler davon abzubringen, scheiterten und führten zu einem Zerwürfnis zwischen ihm und der Luftwaffenführung. Zwei Bomben mit je rund 250 Kilogramm konnten mitgeführt werden. Die Treffsicherheit beim Bombenabwurf war aber schlecht und durch die Außenlast war die Me 262 eine leichte Beute für die schnelleren Abfangjäger der Alliierten.

Ab Anfang 1943 siedelte auch die Steyr-Daimler-Puch AG ihre Rüstungsproduktion zum Teil in Gusen an.

Nach Plänen Himmlers sollten alle Zeugen und Geheimnisträger, insbesondere die Häftlinge der Konzentrationslager Gusen I, Gusen II und Mauthausen, bei Kriegsende in den unterirdischen Anlagen von Bergkristall durch Sprengungen getötet werden. Am 2. Mai 1945 erfuhr der Delegierte des Internationalen Roten Kreuzes, der Schweizer Louis Häfliger, von den wahnwitzigen Plänen Himmlers und entschied alles in seiner Macht Stehende zu tun, um das zu verhindern. Die Produktion wurde am 3. Mai 1945 eingestellt.

Zwei Tage später wurden rund 20.000 unterernährte und in sehr schlechtem Zustand befindliche Häftlinge des KZ Gusen durch die U.S. Army befreit. Insgesamt waren an die 75.000 Häftlinge aus mehr als 20 Nationen in Gusen gefangen gewesen, mehr als die Hälfte von ihnen war gestorben. Das Lager Gusen II, das im März 1944 eröffnet worden war, musste wegen der Seuchengefahr komplett niedergebrannt werden. Die Amerikaner behielten sich nach Kriegsende den Wiederaufbau der unterirdischen

Produktionsanlagen vor, mussten aber im Juli 1945 das Areal den Russen überlassen. Die Steinbrüche wurden von den Sowjets als deutsches Eigentum beansprucht und als USIA-Betrieb unter dem Namen *Granitwerke Gusen* bis 1955 weitergeführt. Alles, was verwertbar war, wurde von der Roten Armee abgebaut und wie bei anderen USIA-Betrieben in den Osten abtransportiert.

Am 15. November 1947 ließ die Rote Armee gezielte Sprengungen durchführen. Die Sprengung misslang und so befindet sich die Tunnelruine noch heute in unmittelbarer Nähe zum Ortszentrum von St. Georgen an der Gusen und trägt seit dem Jahr 2001 die Bezeichnung *Luftschutzstollen OÖ 020*. Verwaltet wird das Areal von der Bundesimmobiliengesellschaft, kurz BIG, in Wien. Ende 2013 gab der Eigentümer, die Republik Österreich, eine Probebohrung in Auftrag, die Aufschluss darüber geben sollte, ob es in den letzten Kriegstagen tatsächlich geheime, unterirdische Atomversuche der Nazis gegeben hatte. Die Suche nach Spuren der Wunderwaffe blieb erfolglos. Seit Jahren wird darüber spekuliert, was in dem unterirdischen Stollensystem unterhalb von St. Georgen an der Gusen geschehen sein mag.

War oder ist das System größer als bisher bekannt?
Warum gab es vor Ort so viele Chemiker und Physiker?
Was wurde auf dem Schienenweg angeliefert?
Wozu wurden die unzähligen Waggons benötigt?
Gelang es den Nazis Uran anzureichern?
Haben die Nazis schon an der Atombombe gebaut?
Waren die Nazis der Wunderwaffe näher als man heute glaubt?
Sollte in Gusen der erste Atombunker zum Abschuss von Mittelstreckenraketen entstehen?

Fragen über Fragen und deren Liste ließe sich beliebig fortsetzen!

Samuel I

Samuel und sein Trupp hatten die Arbeiten am Tunnel B8.27 beendet und er war froh darüber, denn nun konnte für ihn die eigentliche Arbeit beginnen. Mit einem kleinen Stück Holzkohle, das er in seiner Häftlingskleidung versteckt hielt, notierte er in seinem Buch:

Tunnel bis B8.27 fertig
10.2.1944

Er hütete das Buch wie seinen Augapfel. Er war sich der Gefahr dieser Notiz bewusst. Samuel hatte in München Technische Physik studiert und schon als Student als wissenschaftlicher Hoffnungsträger gegolten. Er war ein unverbesserlicher Optimist und in diesem Augenblick sehr glücklich. Er würde den Zweiten Weltkrieg überleben, er würde das KZ überleben und seinen Beitrag zum Ausgang des Krieges leisten. Er und seine Kollegen, die sich *die zwölf Apostel* nannten, sie alle würden das tun! „Möge die Arbeit beginnen" – Ihm kamen die zynischen Worte von Hermann Göring, in sich hineinlachend, in den Sinn, die jeder Häftling im KZ nur zu gut kannte und oft gehört hatte. Er versteckte das Büchlein in seiner Häftlingshose und machte sich auf den Weg. Die SS-Wache stand bereit, um ihn zu eskortieren. Bald würde er dem Lager und den Baracken in Mauthausen Adieu sagen. Die Verlegung stand unmittelbar bevor. Er würde das Thema heute Abend ansprechen.

Die Szene hatte sich in den letzten Monaten schon so oft wiederholt und lief jedes Mal vollkommen gleich ab: Samuel nahm in der Beiwagenmaschine Platz, der Wachsoldat startete den Motor und sie brausten durch die stockfinstere Nacht. Wie gewohnt folgte der zweite Wachbeamte in kurzer Distanz, die Pistole geladen, entsichert und griffbereit. Samuel war an Händen und Füssen gefesselt, zusätzlich mit einer Stahlkette an den Beiwagen gebunden. An Flucht war nicht zu denken und er hatte auch nicht die geringste Absicht es zu tun. Wohin hätte er auch flüchten sollen? Wovor hatten die beiden Wachen solche Angst? Vor einem wehrlosen Juden, der nicht flüchten konnte? Selbst wenn er auf die abstruse Idee der Flucht gekommen wäre – er hätte keine Chance gehabt, weit zu kommen. Als Jude, noch dazu in Häftlingskleidung und ohne Schuhe, war man Freiwild. Oder stand etwa der Feind schon vor der Tür? Auch über die Lage des Krieges würden sie heute reden, so wie jede Woche. Samuels Magen knurrte vor unbeschreiblichem Hunger, er zitterte vor Kälte. Die Decke, in die er gewickelt war, schützte nur wenig gegen den eisigen Wind dieser sternenklaren Februarnacht. Es hatte viel geschneit in den vergangenen Tagen und der Weg war nicht geräumt und gefährlich. Wenigstens ein paar trockene Kekse hoffte er heute Abend zu bekommen und eine Tasse guten Tees.

Die Fahrt endete abrupt, Samuel wurde fast aus dem Beiwagen geschleudert. Es war finstere Nacht, nur der Mond und die Sterne spendeten etwas Licht. Warum stoppte der Fahrer mitten auf dem Weg? Samuel hatte plötzlich panische Angst. Sollte hier mitten im Wald sein Leben zu Ende gehen? Der zweite Wachsoldat hatte aufgeschlossen und blieb schräg hinter ihnen stehen.

„Was ist los, warum hältst du an?", schrie er durch die Nacht seinem Kollegen zu, die Pistole gezückt und auf Samuel gerichtet.

„Stell den Motor ab und schalte das Licht aus, Aufklärer 12 Uhr", bekam er zur Antwort.

Nur wenige Augenblicke später hörten sie das Brummen eines Flugzeugmotors. Sie warteten noch einige Minuten, lauschten in die Nacht, bevor sie ihre Fahrt ohne Licht fortsetzten. Samuel fiel ein Stein vom Herzen!

„Ihr seid spät dran!", schrie ihnen ein SS-Offizier entgegen, als sie endlich ihr Ziel erreicht hatten. „Der Kommandant wartet schon!"

Die Wachsoldaten befreiten Samuel von seinen Fußfesseln und brachten ihn in die warme Stube. Alle Fenster waren abgedunkelt, der Raum mit wenigen Kerzen beleuchtet. Mitten im Zimmer standen zwei bequeme Polstersessel, dazwischen der niedrige, runde Holztisch mit dem Schachbrett. Die Figuren standen bereit. Auch der Kommandant hatte bereits Platz genommen.

„Liebermann, wo bleiben sie so lange?!", brüllte er zornig durch den Raum.

„Setzen!", befahl er nicht minder laut nach einer kurzen Pause. Die Wache verließ den Raum.

„Habe Tee und Kekse bestellt, wird gleich alles kommen", sagte der Kommandant in bereits freundlicherem Ton. Samuel hatte das schon oft erlebt, dass sich der Kommandant ihm gegenüber in Gegenwart von Untergebenen ganz anders verhielt als wenn sie alleine waren.

„Weiß beginnt", sagte er und blickte Samuel fest in die Augen, der gegenüber von ihm im Polstersessel Platz genommen hatte.

„Und Schwarz gewinnt!", fügte er hinzu.

Samuel eröffnete die Partie.

Salomon

Salomon war hochbegabt. Schon als Dreijähriger hatte ihm sein Vater, ein Musiklehrer, eine Kindergeige geschenkt und Salomon hatte das Musikinstrument vom ersten Tag an zu seinem besten Freund gemacht. Alle Stofftiere traten in den Hintergrund. Sie durften zwar nach wie vor sein Kinderbett teilen, aber sie wurden an den Rand gedrängt und dienten ab diesem Zeitpunkt nur noch als Kulisse und stumme Zuhörer für seine „Konzerte". Es dauerte gar nicht lang bis es ihm gelang, der Geige den ersten Ton zu entlocken, zuerst zupfend, später sogar mit dem Bogen. Auch wenn es sich um ein Plastikspielzeug *made in Taiwan* handelte, so strahlte es Magie aus und wurde zu seinem wahren und besten Freund.

Vor seinen Geschwistern versteckte er die Geige und behütete sie mit aller Konsequenz und Aufmerksamkeit. Seine Eltern, vor allem sein Vater, waren stolz darauf, wie Salomon sich für Musik interessierte, und hofften damals schon insgeheim, ihr jüngster Sohn würde es dem Vater gleichtun und den Weg der Musik gehen. Seine älteren Geschwister, zwei Mädchen und ein Junge, waren ebenfalls begabte und interessierte Schüler, aber Salomon, der Jüngste im Quartett, war der kleine Musikus der Familie. Kaum konnte der Säugling sitzen, da bewegte er sich schon im Rhythmus der Musik. Egal ob Klassik, Jazz oder Pop – er schunkelte, klatschte in die Hände und war ein zufriedenes Kind, sobald Musik an seine Ohren drang. Kaum konnte er krabbeln, war die Küche, wo das Radio den ganzen Tag lief, sein Lieblingsort. Er genoss die Anwesenheit seiner Mutter, räumte mit Begeisterung die Laden aus und entdeckte Töpfe, Pfannen und Plastikgeschirr als wunderbare Musikinstrumente. Das Radio lief den ganzen Tag und solange es Musik zu hören gab, war er glücklich.

Nachrichtensendungen hasste er wie die Pest. Sobald die Signation dazu ertönte, setzte Salomon zu einem gellenden

Schrei an und ließ erst wieder davon ab, nachdem Wetter und Verkehrsfunk geendet hatten. Seine Mutter verließ meist für einige Minuten den Raum und hörte die Nachrichten im Wohnzimmer, während Salomon im Stil einer Sirene das Weltgeschehen kommentierte. Seine Geschwister hatten wenig Verständnis für seine Schreiattacken und verbündeten sich gegen ihn. Er wurde gefesselt, getreten, sein Mund mit Klebeband verschlossen und er wurde mit schöner Regelmäßigkeit in den Abstellraum verfrachtet und dort für exakt fünf Minuten eingesperrt. Aber auch das half nichts. Salomon schrie gellend, sobald die Musik durch die Nachrichten ersetzt wurde. Da der Abstellraum belüftet war und die Lüftungsrohre die verschiedenen Stockwerke des Gebäudes verbanden, blieb auch den Nachbarn das gellende Geschrei des kleinen Salomon nicht verborgen. Die meisten von ihnen waren ohnedies berufstätig, an den Wochenenden herrschte auch in den Nachbarwohnungen hektische Betriebsamkeit und so nahm man im Lauf der Zeit kaum noch Notiz davon. Den Spitznamen „Sirene" bekam er von seinem älteren Bruder und dieser Name sollte ihm sein ganzes Leben lang erhalten bleiben.

Kaum war wieder Musik zu hören, endete das Geschrei und die Küche war auch für den Rest der Familie wieder ein Platz zum Wohlfühlen. Salomons Geschrei im Stundentakt kannte jeder, der auch in diesem Haus wohnte. Und es war ein großes Haus, mitten in Tel Aviv. 40 Parteien lebten auf zehn Etagen und Salomon lebte mit seinen drei Geschwistern und seinen Eltern im neunten Stock, mit herrlichem Blick aufs Mittelmeer. Die Wohnungen waren zum größten Teil vermietet, nur Salomons Eltern hatten sich vor einigen Jahren die Wohnung gekauft, nachdem seine Mutter eine kleine Erbschaft erhalten hatte.

Tante Magdalena hatte keine Nachkommen besessen. Sie hatte ihre letzten Lebensjahre bei ihnen in der Wohnung verbracht, war weit über 90 Jahre alt gewesen und nicht mehr in der Lage für sich selbst zu sorgen. Salomons Mutter hatte sie über mehr als drei Jahre mit großer Fürsorge gepflegt. Tante Magdalena hatte ein kleines Häuschen weit außerhalb der Stadt besessen und nach dem Tod verkauften sie das Haus an eine Immobiliengesellschaft, die schon lange auf diese Gelegenheit gewartet hatte.

Der kleine Vorort von Tel Aviv war längst von der wachsenden Stadt verschlungen worden und lag nur wenige Minuten von Ben Gurion entfernt. So verschwanden Tante Magdalenas Haus und auch der kleine Garten, in dem die Kinder gerne gespielt hatten. Schon bald nach Tante Magdalenas Ableben war nichts mehr davon zu sehen und das Häuschen und der Garten mit den vielen Obstbäumen waren einem weiteren Betonsilo gewichen.

Die Wohnung verfügte über einen großen Balkon, ein geräumiges Wohnzimmer und drei Schlafräume. Salomon und sein Bruder teilten sich ein Zimmer. Auch seine beiden Schwestern hatten ihr eigenes kleines Reich. Solange Tante Magdalena bei ihnen gewohnt hatte, hatten sich die vier Geschwister ein Zimmer teilen müssen. Sie hatten nun mehr als 20 Quadratmeter zur Verfügung und reichlich Platz, um ihrer Fantasie freien Lauf lassen zu können. Und darauf legten ihre Eltern großen Wert. Die Kinder sollten möglichst unbeschwert aufwachsen und einfach Kinder sein dürfen.

Joshua und Judith, ihre Eltern, hatten sich an der Uni kennengelernt und waren seit Jahren unzertrennlich. Joshua hatte Musik studiert und unterrichtete Geige und Komposition. Er spielte in einem Streichquartett und einem Sinfonieorchester, ging aber nie auf Reisen. Obwohl das Orchester immer wieder Tourneen machte und Konzerte in Europa und den USA gab, blieb Joshua stets zu Hause. Niemand außer Judith verstand, warum er sein Heimatland nicht verlassen wollte. Aber Joshua hatte seine Gründe. Er fühlte sich in keinem anderen Land wohler und sicherer als in seiner Heimat Israel. Auch wenn es ein kleines Land war, so bot es ihm alles, was er brauchte. Er liebte das Meer, genoss es, darin zu schwimmen und konnte oft tagelang die Einsamkeit der Wüste genießen. Die meiste Zeit verbrachte er aber sowieso mit seiner Musik und die fand er zuhauf.

Er begegnete anderen Menschen stets mit Respekt und für ihn war eine friedliche Koexistenz von Christen, Moslems und Juden gelebte Realität. In seinem Orchester waren alle Weltreligionen vereint. Man verstand sich, hatte Spaß und riss Witze. Die Juden über die Christen, die Araber über die Juden und viele Juden über sich selbst. Er verabscheute die jüdische Siedlungspolitik, die seiner Meinung nach den Frieden im Lande störte. Er hatte Verständnis für die Palästinenser und beteiligte sich gerne an gemeinsamen Friedensprojekten. Die Musik als Band der Versöhnung war seine Antwort auf Hass, Unterdrückung und fundamentalistische Gedanken.

Joshua hatte höllische Angst vor dem Fliegen. Und es gab da noch etwas, was ihn daran hinderte auf Reisen zu gehen: Er war Jude! Er wollte nicht als Jude abgestempelt und als solcher gesehen werden. Ja, er war Jude, er war gläubig, aber nicht orthodox. Er wollte seinen Glauben und sein Leben leben, ohne sich dafür rechtfertigen zu müssen oder gleich von Weitem als solcher erkannt zu werden. Hier in Tel Aviv konnte er einfach Jude sein und er war einer von vielen. Seine Großeltern waren dem Holocaust zum Opfer gefallen. Dank eines Onkels, der selbst Jude war und viele Jahre in Hamburg als Stoffhändler gelebt hatte, war einem Teil der Familie unmittelbar nach der Machtergreifung durch die Nazis die Flucht nach Schweden gelungen. Sein Onkel hatte schon lange davor vor der Gefahr der Nazis gewarnt. Er hatte gute Kontakte und das nötige Geld besessen, um zu helfen. So war seinem Vater, der damals noch ein Kind gewesen war, das Konzentrationslager erspart geblieben. Seine Großeltern hatten ihre Heimat nicht verlassen wollen und waren unter den ersten Opfern der Nazis gewesen.

Joshuas Platten- und CD-Sammlung war immens. In der ganzen Wohnung waren die Schallplatten und CDs verteilt. Er freute sich schon auf den Tag, da seine Kinder das elterliche Heim verlassen würden. Dann würde er endlich Platz für seine Sammlung und die unzähligen Bücher haben. Das große Kinderzimmer sollte sein Musikzimmer werden. In seinem Kopf hatte er alles schon genau geplant und skizziert. Obwohl seine Sammlung aus mehr als 10.000 Tonträgern bestand, wusste er ganz genau, wo sich jede seiner Platten oder CDs befand. Er besaß ein fotografisches Gedächtnis, das gelegentlich durch seine Kinder, aber auch durch seine Frau auf die Probe gestellt wurde. Vor allem Salomon liebte es, sich in der Sammlung zu verlieren, und sein Sinn für Ordnung hatte wenig mit jenem seines Vaters zu tun.

Judith, die Publizistik studiert hatte, arbeitete als freie Journalistin für die *Jerusalem Post*. Sie hatte gute Kontakte zu internationalen Blättern und so immer wieder Gelegenheit das Land zu verlassen. Sie reiste gerne, wenngleich ihr die Freude darauf von Joshua mit schöner Regelmäßigkeit vermiest wurde. Joshua konnte sehr pessimistisch sein und Berichte über Flugzeugkatastrophen sog er auf wie ein Schwamm, um sie bei entsprechender Gelegenheit bis ins kleinste Detail wiederzugeben. Aber es half alles nichts. Judith reiste trotzdem und nahm das eine oder andere Mal auch eines ihrer Kinder mit. Auch Salomon kam in diesen Genuss und lernte Städte wie London, Paris oder Wien kennen. Besonders Wien hatte es ihm angetan. Er war sieben Jahre alt gewesen, als er das erste Mal seine Mutter nach Wien begleiten durfte. Sie hatten eine ganze Woche in der Stadt verbracht, die Oper und zwei Konzerte besucht und gemeinsam den Straßenmusikanten in den Fußgängerzonen gelauscht. Er fühlte sich in dieser Stadt wohl und spürte ihren Rhythmus. Jedes Gebäude, jeder Park, jedes Kaffeehaus schien diesem Rhythmus zu folgen und er fühlte sich wie in Trance. Schweren Herzens war er mit seiner Mutter wieder nach Israel gereist und er beschloss wiederzukommen, um dort zu studieren und zu leben!

Seine musikalische Ausbildung hatte mit vier Jahren begonnen. Sein Vater hatte ihm eine Blockflöte geschenkt und schon nach wenigen Tagen langweilte ihn dieses Instrument. Er spielte schon am zweiten Tag die Tonleitern rauf und runter und obwohl er noch keine Noten lesen konnte, spielte er eine Vielzahl an Melodien einfach nach. Dennoch war ihm dieses Instrument fremd. Er wollte Geige spielen und so kaufte ihm sein Vater eine Kindergeige und begann ihn zu unterrichten. Salomon lernte schnell und bald schon wusste sein Vater, dass er als Lehrer an seine Grenzen stieß. Salomon war noch keine zehn Jahre alt, da wurde er in die Meisterklasse von Professor Liebermann aufgenommen. Er übte Tag und Nacht wie ein Besessener, achtete kaum auf sein Aussehen und seine Tage waren gefüllt von viel Musik, wenig Schule und noch weniger Lernen. In den kurzen Pausen verschlang er Unmengen an Kalorien und wurde dabei immer pummeliger. Für sein Alter war er viel zu klein und der Hausarzt riet den Eltern zu einer Hormontherapie, als er 14 Jahre alt war. Bei Musikwettbewerben heimste er regelmäßig Auszeichnungen ein und erste Radio- und Fernsehauftritte folgten. Salomon war der Jüngste der Familie und zugleich der Star.

Spät stellte sich jedoch bei Salomon ein Wachstumsschub ein und er wuchs in zwei Jahren um fast 30 Zentimeter. Mit 18 hatte er eine Körpergröße von 1,80 Meter erreicht, war gertenschlank, trug lange schwarze, wuschelige Haare und sein Leben bestand immer noch aus Musik, Musik und nochmals Musik. Er spielte Solokonzerte, jammte mit einigen Freunden in einem Kellerlokal und war über Nacht auch ein Fan irischer Folkmusik geworden. Schuld daran war eine Gaststudentin aus Dublin. Sie hieß Mary und bei ihr verspürte Salomon zum ersten Mal die Macht der Hormone. Er hatte sich Hals über Kopf in sie verliebt und sie verbrachten viel Zeit miteinander. Mary war selbst Musikerin und auf dem Cello eine Augenweide. Mit ihren langen glatten, roten Haaren war sie für Salomon das schönste Geschöpf, das er je zuvor gesehen hatte. Auch Mary hatte Gefallen gefunden an Salomon, der etwas jünger als sie war. Aber für sie waren das Leben und die Liebe ein Spiel und Salomon nicht mehr als eine flüchtige Episode. Salomon tat sich schwer, damit klar zu kommen und begann, sich immer tiefer in melancholische Werke zu flüchten. Auf Cross-Over und Jam-Sessions mit seinen Freunden vom Konservatorium hatte er keine Lust mehr und die Nächte verbrachte er lieber am Strand, ganz allein mit seiner Geige und den traurigsten Liedern, die er nur finden konnte. Er begann zu trinken, wurde immer dünner und auch die gute Küche seiner Mutter half nichts mehr. Er verweigerte das Essen, schlief kaum noch und spielte stundenlang auf der Geige bis zur völligen Erschöpfung.

Seine beiden Schwestern, die auch sehr musikalisch waren, mit vier Jahren schon lesen und schreiben konnten und gerne sangen, versuchten ihn aufzumuntern. Sie hatten viele Freundinnen, die auch oft zu Besuch kamen, und eine von ihnen – sie hieß Barbara – hatte ein Auge auf Salomon geworfen. Salomon fand, dass sie alle nur oberflächlich seien und Barbara war für ihn nur eine blöde Kuh, weil sie sich nicht für Musik interessierte. Das ständige Aufputzen, Schminken und Gekicher der Mädels ging ihm auf die Nerven und er verzog sich in die Wohnung ihrer Nachbarin, der alten Frau Weitzmann, die seine Anwesenheit genoss und ihn tagsüber bei sich üben ließ. Frau Weitzmann war Witwe und ihr einziger Sohn, ein Schlagzeuger, hatte sich in der Wohnung einen schalldichten Proberaum eingerichtet, der nun ohnedies leer stand. Manchmal, wenn Salomon bei ihr übte, durfte sie die Tür zum Proberaum einen Spalt offen lassen. Sie saß im Wohnzimmer bei einem Glas Rotwein und strickte Pullover für ihre Enkel, die noch auf sich warten ließen. Ihr Sohn war schwul und die Gründung einer Familie nichts weiter als Wunschdenken der alten Dame.

Salomon hatte es geschafft! Die Nachricht, dass er ein Stipendium erhalten hatte und in Wien studieren durfte, war wie eine Bombe eingeschlagen und sorgte für Festtagsstimmung. Die ganze Familie befand sich in einem Freudentaumel und es wurde tagelang gefeiert, gegessen und getrunken. Freunde und Bekannte der Familie tauchten auf, beglückwünschten ihn und feierten den Abschied auf ausgelassene Art und Weise. Er las den Brief aus Wien unzählige Male, betrachtete die Marke, den Poststempel und das Kuvert, als wäre es der erste Brief, den er je erhalten hatte. Seine Gedanken an Mary waren mit diesem Brief vergessen und abgehakt. Eine neue Liebe sollte schon auf ihn warten – und das war die Stadt der Musik!

Die Tage bis zur Abreise vergingen schneller als es ihm lieb war. Sein Vater saß mit schlotternden Knien am Flughafen und versuchte vergeblich seine Flugangst zu verbergen, obwohl er selbst gar nicht fliegen musste. Seine Mutter war die Einzige, die nicht heulte, ihn ein letztes Mal in den Arm nahm und ihn gehen ließ. Die Zeit seiner Kindheit war vorbei und Salomon bereit in die Welt der Erwachsenen zu treten. Er stieg in die Linienmaschine der El-Al, flog ganz einfach davon und freute sich auf die Zukunft. Judith wusste, dass die Wohnung nun ein Stück an Lebendigkeit verlieren würde. Die Töchter lebten noch zu Hause und machten, obwohl älter als Salomon, noch keine Anstalten ausziehen zu wollen. Sein älterer Bruder studierte bereits seit drei Jahren Technische Physik in München und interessierte sich mehr für Kernspaltung und die Kernfusion als für das Spiel nach Noten. Er hatte wie alle Geschwister mehrere Instrumente gelernt. David spielte gut Klavier und noch besser Trompete und gemeinsam hatten sie im Kreis der Familie bei jeder Gelegenheit Musik gemacht. Auch Mutter und Vater waren daran beteiligt und für alle in der Familie war das gemeinsame Musizieren ein Teil ihrer Freizeitbeschäftigung gewesen.

Judith musste in Wehmut an diese unbeschwerten Stunden denken. Das Loslassen fiel ihr doch schwerer als sie geglaubt hatte und die Tränen folgten, als Salomon sich längst verabschiedet hatte, in aller Stille. Sie weinte mehrere Nächte im Verborgenen und freute sich über jedes Lebenszeichen ihrer Söhne.

Kaum in Wien gelandet, machte sich Salomon auf direktem Weg ins Studentenheim. Am Empfang lernte er Jonas kennen, den Sohn eines bekannten deutschen Dirigenten. Er studierte Gesang im dritten Semester und wollte Opernsänger werden. Salomon und Jonas waren sich nicht nur äußerlich ähnlich, sodass man sie schon bald im Studentenheim als Zwillinge bezeichnete. Auch ihre Art zu reden, zu diskutieren, sich zu kleiden, ihre Frisur und ihre Begeisterung für Musik sorgten von Beginn an für Verwechslungen und Situationskomik.

Jeder hatte sein eigenes Zimmer, das einfach, aber funktionell eingerichtet war. Sie teilten sich eine kleine Kochnische mit Kühlschrank, Herd, Mikrowelle und ein winziges Bad mit Dusche und Toilette. Kaum angekommen, machten sie sich auf den Weg durch das Studentenheim und lernten viele neue Gesichter kennen. Im Keller befanden sich sechs schalldichte Proberäume, eine Sauna und ein Fitnessraum. Jedes Stockwerk hatte einen großen, gemütlich eingerichteten Gemeinschaftsraum. Es wurde gekocht, gegessen und getratscht. Jeder Neuankömmling musste sich vorstellen und wurde speziell von den Studentinnen der höheren Semester nach Strich und Faden ausgequetscht. Jeder sollte alles wissen!

Salomon gab zum Einstand ein kleines Konzert und wurde spontan von Jonas und anderen Jungmusikern unterstützt. Alles in allem ein gelungener Abend mit reichlich Bier und Wein.

Howard

Howard lebte nun seit fast 30 Jahren in Wien und genoss seinen Ruhestand. Er war Amerikaner – Texaner, um genau zu sein. In jungen Jahren war er zu den Marines gegangen und in der Zeit des Kalten Krieges war er viele Jahre auf See gewesen. Er hatte als Nachrichtenoffizier in der U-Boot Flotte gearbeitet und war zwei Jahre lang in Alaska stationiert gewesen. Dort lauerten sie monatelang den russischen U-Booten auf, die man in der Beringsee vermutete, ohne nennenswerten Erfolg, aber dafür mit hoher Anspannung. Nachdem er seinen Kommandanten wegen einer lächerlichen Streiterei – sie hatten wieder mal geglaubt, den Feind vor Augen zu haben – fast zu Tode geprügelt hatte, wurde er auf einen Flugzeugträger versetzt. Howard galt als impulsiv, war sehr kräftig und athletisch gebaut. Das Mittelmeer, die Adria und der Nahe Osten waren für einige Zeit zu seiner zweiten Heimat geworden.

Howard war in Texas auf einer Ranch aufgewachsen und hatte zwei Geschwister, Tom und Rosy. Sein älterer Bruder Tom hatte die Ranch übernommen und züchtete Rinder, wie es ihre Vorfahren schon über Generationen getan hatten. Er war aber auch erfolgreich im Anbau von Soja und dank einiger Bohrtürme, die unablässig Öl förderten, lebte die ganze Familie in unbeschreiblichem Wohlstand. Howards Eltern lebten zusammen mit Tom und seiner zweiten Frau, die ebenfalls Rosy hieß, auf der Ranch und sie hatten ihr eigenes Haus mit sechs Schlafzimmern und vier Badezimmern, einem großen Pool und einem gut sortierten Fuhrpark. Beide Häuser standen in unmittelbarer Nachbarschaft zueinander auf einem flachen Hügel und waren durch einen unterirdischen Tunnel, den Tom hatte errichten lassen, miteinander verbunden.

Tom war Pilot in der Air Force gewesen und hatte mit 35 Jahren seinen Dienst quittiert. Nach der Übernahme der

Ranch hatte er als erste Baumaßnahme eine Landepiste angelegt und sich eine alte Doppeldeckermaschine gekauft. Später baute er einen Hangar und erwarb drei weitere Flugzeuge. Die Fliegerei war seine Leidenschaft und der widmete er sich so oft es ihm nur möglich war. Am liebsten war es ihm, sich gemeinsam mit seiner Frau Rosy in die Lüfte zu erheben. Das Gefühl von grenzenloser Freiheit liebte er sehr.

Toms erste Frau Susan war früh an Brustkrebs verstorben und ihr gemeinsamer Sohn Alex war sein ganzer Stolz. Alex war clever und interessierte sich für das Fliegen mehr als für die Landwirtschaft. In vielen Dingen war er aber seiner Mutter sehr ähnlich und so lebte ein Teil von ihr auf der Farm weiter. Gerade Alex hatte die letzten Lebenswochen seiner Mutter hautnah miterlebt und sehr unter ihrem frühen Tod gelitten. Drei Jahre nach dem Tod von Susan hatte Tom Rosy in einer Bar in Dallas kennengelernt. Sie saß am Nebentisch, war in Begleitung von mehreren Männern und sie diskutierten lautstark über das Fliegen. Rosy war Pilotin, das war Tom sofort klar, und immer knapp bei Kasse. Das erfuhr er aber erst später. Rosy hatte sich einen alten Doppeldecker gekauft, ihn über Monate hinweg komplett renoviert. Mit dem Verkauf wollte sie sich finanziell freispielen. Die Männer waren Kaufinteressenten. Doch keiner wollte den von ihr verlangten Preis bezahlen. Tom verfolgte das Gespräch einige Zeit lang, bis er sich vorstellte und Rosy auf einen Drink an der Bar einlud. Schnell hatten sie sich auf einen Preis für das Flugzeug geeinigt und, ohne das gute Stück überhaupt gesehen zu haben, kaufte Tom den Doppeldecker. Ein Sofortbild aus einer Polaroid-Kamera und die Zusage von Rosy, ihm jederzeit als Mechanikerin zur Verfügung zu stehen, reichte ihm vollends. Er kaufte die fast 30 Jahre alte, aber bestens renovierte Holzkiste, und als er sie am nächsten Tag in Dallas auf dem Flugplatz in natura sah, hatte er sich verliebt – in beide: Rosy und ihr Flugzeug.

Gemeinsam mit Rosy drehte er eine erste große Runde und er zeigte ihr aus der Luft seine Ranch. Die alte Kiste – sie trug den Namen *Kitty Hawk* – war toll zu fliegen und er spürte sofort, dass es auch Rosy verstand mit ihr umzugehen. Nach der Landung machte er Rosy spontan einen Heiratsantrag, den sie mit einem lautstarken „Ja" und einer nicht enden wollenden Lachsalve quittierte. Rosy war immer gut drauf und ein breites texanisches Grinsen war ihr Markenzeichen. Auch Tom konnte sich vor Lachen nicht mehr halten, und als er sie dann in ein Restaurant zum Essen einlud und sie in seinem Pick-up saßen, fragte er sie, was sie mit dem Kaufpreis für den Doppeldecker machen würde.

„Ich will Pferde züchten und mein eigenes Geld verdienen. Auf der Ranch ist ja genug Platz dafür", sagte Rosy spontan. Tom nickte zustimmend und beide brachen wieder in schallendes Gelächter aus. Rosy übersiedelte schon wenige Tage später auf die Ranch und sorgte für viel Schwung und Elan in Haus und Garten. Alex lehnte sie anfangs ab und ging auf Distanz. Es dauerte einige Wochen bis es ihr gelang, mit ihm ins Gespräch zu kommen. Alex war körperlich schon ein großer Junge, aber immer noch ein verletztes und trauriges Kind. Sehr behutsam gelang es Rosy, sein Vertrauen zu gewinnen. Jahre später, als sie dann mit Tom eigene Kinder hatte, war Alex längst ihr Sohn und Rosy war Alex' beste Freundin. Eigene Kinder zu bekommen, war für Rosy mehr als schwierig gewesen. Erst durch künstliche Befruchtung war es ihr und Tom gelungen, Eltern zu werden. Das Schicksal hatte es aber gut mit ihnen gemeint und sie gebar spontan und ohne Komplikationen Drillinge: Mark, Steven und Jessica.

Mit einem Schlag war Howard mehrfacher Onkel geworden. Die Nachricht ereilte ihn, als er gerade in Berlin seine erste Stelle als Kulturbotschafter angetreten hatte. Obwohl erst kurz in Berlin, flog er zur Taufe der Drillinge nach Hause und genoss zwei weitere Tage unter texanischer Sonne. Die Abende verbrachte er bei ein paar Drinks in den Bars seiner Jugend.

Howard hatte auf eigenen Wunsch hin dem Militär Adieu gesagt und sich als Kulturbotschafter an der Botschaft von Berlin beworben. Zu seiner eigenen Überraschung hatte er schon drei Tage später den Job in der Tasche, allerdings geknüpft an die Bedingung, dass er von nun an für die CIA als Agent arbeiten musste. Howard war dies allemal lieber, als auf irgendwelchen

Kriegsschiffen und in der Weltgeschichte herumzutuckern, und er sagte ja. Er erfuhr nie etwas davon, dass sein Vater hinter den Kulissen die Versetzung schon längst eingefädelt hatte. Sein Vater war ein einflussreicher Republikaner und finanzkräftiger Förderer der Politik.

Howard lernte die deutsche Sprache und nach einigen Jahren in Berlin versetzte man ihn überraschend nach Schweden. Er übte weiter eifrig Deutsch und auch Schwedisch und wurde nach drei Jahren Aufenthalt in Stockholm mit der Versetzung nach Wien belohnt.

Dort begann er sofort, Kontakte mit Künstlern zu knüpfen, und dank seiner vertrauenswürdigen Art und seiner Sprachkenntnisse gelang es ihm, über die Jahre ein dichtes Netzwerk an Kontakten aufzubauen. Alles, was in Wien Rang und Namen hatte, alles, was in den nächsten Jahren und Jahrzehnten an Größe gewinnen sollte, ging buchstäblich durch seine Finger. Er pflegte Beziehungen zu sämtlichen politischen Lagern, zu Musikern, zu Schauspielern, zu Bildhauern, zu Malern, zu Architekten, zu Sängern und Tänzern. Kurz und gut: Er war Teil einer stetig wachsenden Kommune von Künstlern. Er liebte sie und sie liebten ihn. Er versorgte sie mit Aufträgen, er kümmerte sich um Förderungen. Er half ihnen, eine Wohnung zu finden, er sorgte für die Finanzierung von Filmprojekten und sie halfen ihm mit wertvollen Informationen, die er bedenkenlos weitergab. Er sammelte alles, was er erfahren konnte, und erstattete seinem Führungsoffizier jede Woche Bericht.

Howard war auf seine Art erfolgreich und ein gern gesehener Gast auf allen Premierenfeiern. Egal, ob Oper, Operette, später auch Musical. Er war immer dabei, wenn es etwas zu feiern und zu tratschen gab. Howard gründete die Künstleragentur *Best Friends* ohne seine Brötchengeber davon zu unterrichten und erhielt dafür eine kräftige Schelte. Obwohl er selbst nicht in der Agentur tätig war und tüchtige Angestellte besaß, sah man das in Washington gar nicht gerne und plante seine Versetzung nach Afrika. Howard bekam davon Wind und dank seiner entfernten Verwandtschaft zur gleichnamigen, aber wesentlich einflussreicheren Familie Bush aus Texas gelang es ihm, die

Versetzung abzuwenden. Er suchte sich einen Geschäftsführer, verkaufte die Mehrheit an der Agentur und blieb so dem Wiener Kulturleben erhalten.

Howard wohnte viele Jahre in einer schönen, hellen Drei-Zimmer-Wohnung in der Nähe der amerikanischen Botschaft. Über die Jahre war fast jede Wand seiner Wohnung zugepflastert mit Fotos. Howard lächelte mit den Präsidenten Nixon, Carter, Bush und Clinton. Howard strahlte mit den amerikanischen Botschaftern in Wien um die Wette. Howard auf Bildern mit Hans Moser, Attila und Paul Hörbiger. Howard mit Leonard Bernstein, Howard mit Maria Callas. Howard mit Franco Zeffirelli, Howard mit Luise Martini, Howard mit den Hörbiger Schwestern, Howard mit Ambros und Fendrich, mit Peter Alexander, mit Karlheinz Böhm, mit Magda Schneider, mit Romy Schneider und Howard mit seinem Lieblingsbaumeister, für den er in die Knie gehen musste, denn der Größenunterschied hätte auf dem Foto lächerlich gewirkt.

Ohne ihn ging in dieser Stadt gar nichts. Jeder kannte Howard und Howard kannte sie alle – den Nietsch wie den Attersee, den Bernhard und den Paymann, den er nicht mochte. Zu Kreisky, zum jungen Androsch, zu Mock, Pittermann, Firnberg und wie sie alle hießen hatte er Zugang. Für sie alle war Howard eine Wiener Institution. Obwohl Amerikaner – Texaner, um genau zu sein –, war er der kulturelle Drahtzieher im Hintergrund. Immer da, immer präsent, aber nie aufdringlich oder gar fordernd. Er bekam, was er bekommen wollte, und so bekamen auch die Amerikaner, was sie bekommen wollten. Ein freies, unabhängiges Österreich, das nicht in die Hände der Sowjets fiel, so wie viele in Washington es befürchtet hatten. Ein Land, das sich seiner Eigenständigkeit und Identität besann und sich dank des Wirtschaftswunders der fünfziger Jahre von einem Zwergstaat zu einem angesehen Player der Weltbühne entwickelt hatte. Howards Wohnung zeugte von dieser Entwicklung und jeder, der diese je betreten durfte, war beeindruckt von den vielen Persönlichkeiten, mit denen er verkehrte.

Mit der Straßenbahn fuhr er jeden Morgen in den ersten Bezirk und traf sich zum Frühstück mit Künstlern und Politikern im Café Landtmann. Auch dort kannte man den schlanken, groß gewachsenen Howard, der stets dunkle Maßanzüge von Adlmüller trug und der niemals ein Hehl daraus machte, dass er Texaner war. Er trug gerne bunte Krawatten oder Stecktücher, die seine amerikanische Herkunft nur allzu deutlich verrieten.

Howard war ein Mensch der Kultur, rund um die Uhr. Jeden Tag ging er abends aus, war ein Teil der Society, der Gesellschaft, gab aber nie Interviews. Er fühlte sich in seiner Rolle als Kontakter und Netzwerker wohl und drängte nie in die erste Reihe. Als man ihm den Job des Botschafters anbot, lehnte er, ohne mit der Wimper zu zucken, ab. Er befürchtete, seine geliebte Stadt Wien verlassen zu müssen. Sechs Tage, Woche für Woche, lebte er für, mit und durch die Kunst, besuchte Ausstellungen, Museen, Premieren, Filmproduktionen, die Oper oder das Theater. Einmal im Monat, immer donnerstags, verzichtete er auf Anzug und Krawatte, trug stattdessen Jeans und ein kariertes Hemd, setzte sich einen Stetson auf und verbrachte den Abend in einer irischen Bar mit guter Livemusik. Er trank einige Whiskys, kam mit anderen Gästen ins Gespräch und ging stets allein hin, aber des Öfteren in Begleitung nach Hause. In den Pubs lernte er auch immer wieder hungrige, junge Künstler kennen, in deren Gegenwart er sich selbst um Lichtjahre jünger fühlte.

Howard war kein Freund von Beziehungen und er war nie verheiratet. Er hatte sich schon das eine oder andere Mal verliebt, aber mehr als einen Monat hatte keine seiner Beziehungen überlebt. Und dass das an ihm lag, war Howard sehr wohl bewusst. Er wollte und konnte sich nicht binden. Die Heirat war für Howard der Tod jeder Beziehung. Er brauchte seine Freiheit und wollte immer tun und lassen können, was ihm gerade beliebte. Jeden Abend zogen ihn die Kulturtempel der Stadt ganz magisch an. Er verbrachte nie einen Abend zu Hause. Er besaß zwar ein Fernsehgerät, aber ein gemütlicher Fernseh- oder Leseabend auf der Couch war ihm fremd.

Nur der Sonntag verlief traditionell anders bei Howard. Dank seiner Künstleragentur, die ihn reich gemacht hatte, und die er ab dem Zeitpunkt, da er in Ruhestand war, auch offiziell besitzen und leiten durfte, gönnte er sich jeden Sonntag einen ganz speziellen Luxus. Er ließ sich das Frühstück vom Hotel Sacher in seine Wohnung liefern. Mittlerweile hatte er sich eine Penthouse-Wohnung im ersten Bezirk gekauft und von der Terrasse aus konnte er auf das seiner Meinung nach schönste Gebäude der Stadt blicken: die Wiener Staatsoper. Jeden Sonntag pünktlich um 8 Uhr wurde ihm ein üppiges Frühstück geliefert. Butter, Käse, Schinken, drei Scheiben Toastbrot, frisch gepresster Orangensaft, zwei weiche Eier, Marillenmarmelade nur von Staud's, zwei frische Croissants, frisch geschnittenes Obst mit Joghurt und Nüssen und eine große Portion Birchermüsli. Dazu ein Körbchen voller Gebäck. Und das jeden Sonntag!

Den Kaffee bevorzugte er, wie George Clooney, aus der Kapsel. Zuerst ein Ristretto, dann ein Voluto. Und dazu noch mehrere nationale und internationale Zeitungen. Howard zelebrierte den Sonntag Vormittag auf seine ganz besondere Art und Weise. Und dabei durfte er auch nicht gestört werden. Frühestens um 12 Uhr Mittag wechselte er den Morgenmantel gegen einen dunklen Anzug und ging im Stadtpark eine Runde spazieren. Manchmal, wenn das Wetter nass und trüb war, verzichtet er auf den Spaziergang und gönnte sich ein Mittagsschläfchen auf der Couch im Wohnzimmer. Nach einem kleinen Imbiss im *Plachutta* an der Wollzeile begab er sich nach Hause, machte sich frisch und besuchte abends die Oper. Egal, was auf dem Spielplan stand: Howard saß Sonntag für Sonntag in der Mitteloge auf seinem Stammplatz, ganz ohne Begleitung. Da er bekannt war wie ein bunter Hund, stellte sich spätestens in der Pause der Vorstellung ein Freund, ein Bekannter, irgendein Künstler ein, mit dem er den Abend noch in einer Bar ausklingen lassen konnte.

Howard hatte sich gut mit seinem Bruder Tom verstanden solange sie Kinder gewesen waren. Später dann entfremdeten sie sich immer mehr. Tom setzte die Familientradition fort und das war das Wichtigste für seine Eltern. Howard wollte in die weite Welt hinaus und nichts von der Rinderzucht wissen. Seine Schwester träumte von einer großen Karriere in Hollywood. Ihr Talent reichte aber nur für bescheidene Rollen in einem Laientheater. Rosy gab sich damit zufrieden, nachdem sie sich in Ben Carter verliebt hatte, und führte eine halbwegs glückliche Ehe. Zumindest solange Ben nüchtern war und das war er fünf Tage die Woche. Jeden Samstag traf sich eine Runde von Farmern in einem abgelegenen Saloon zum Pokerspiel. Ben kehrte immer völlig betrunken nach Hause zurück und war am Sonntag schlechter Laune. Rosy und die Kinder mussten das büßen. Der Sonntag wurde für sie und ihre sieben Töchter zum verhassten Tag. Bis zu jenem Sonntag, an dem Rosy zur Winchester ihres Mannes griff und ihn abknallte. Sie wurde verhaftet und im Prozess gelang es ihrem Anwalt, alles als bedauerlichen Unfall darzustellen. Ihre Töchter seien bei den Großeltern gewesen und Rosy sei aufgewacht. Sie habe sich alleine im Haus befunden und geglaubt, es sei eingebrochen worden. Sie wurde freigesprochen und lebte bis ans frühe Ende ihrer Tage auf der Carter-Ranch. Sie verließ die Ranch nur, wenn es unbedingt sein musste.

Howards Vater Ronald hatte im Krieg bei einer Eliteeinheit gedient, mehr war den Kindern nicht bekannt. Sein Vater vermied es, über den Krieg zu reden, so wie die meisten seiner Generation – egal, ob in Europa, den USA, Russland oder Japan. Eine ganze Generation übte sich in Schweigen und wollte das Erlebte vergessen. Es vergingen Jahre, ehe sich die Opfer zu Wort meldeten und eine Aufarbeitung der Geschichte einsetzte, auch weil die nächste Generation Fragen zu stellen begann.

Howards Mutter Monica stammte aus einem kleinen Vorort von Denver und hatte im Krieg freiwillig als Krankenschwester gedient. Nach dem D-Day war sie nach Frankreich geschickt worden. Bis zum Ende des Krieges in Deutschland hatte sie Dienst in einem Feldlazarett geleistet, das der Truppe gefolgt war. Irgendwo in Belgien war sie Ronald zum ersten Mal begegnet. Ronald hatte einen Streifschuss abgekommen, war leicht verletzt und wurde schon kurz darauf wieder für kampftauglich erklärt. Er verschwand so schnell, wie er in ihr Leben getreten war.

Einige Monate später begegneten sie sich erneut. Er war unversehrt, aber sein Kamerad war schwer verwundet. Ronald schleppte ihn ins Lazarett, wo dieser einen Tag später in den Armen von Monica verstarb. Ronald erzählte ihr, er sei zu einem

Sonderkommando abberufen worden mit dem Ziel, ein KZ zu befreien. Ronald verschwand zum zweiten Mal aus ihrem Leben und hinterließ bei Monica ein Gefühl der Leere und Trauer. Monica hatte sich verliebt. Der Krieg war vorbei, als sie sich zum dritten Mal begegneten. Und das war am Friedhof in Arlington, ein Jahr nach der Niederlage der Nazis gegen die Alliierten.

Himmler

Heinrich Luitpold Himmler, geboren am 7. Oktober 1900 in München, war am Zenit seiner Macht, als er das KZ Mauthausen besuchte. Heinrich war als zweiter von drei Söhnen des Oberstudiendirektors Joseph Gebhard Himmler und dessen Frau Anna Maria Heyder geboren worden. Seine beiden Brüder hatten sich ebenfalls der SS angeschlossen, erlangten aber in der Organisation nie die gleiche Bedeutung wie Heinrich.
Er machte in den 1920er Jahren Karriere als Redner und Parteifunktionär der NSDAP. Hitler bestellte ihn 1929 zum Leiter der Sturmstaffel (SS), die damals noch der Sturmabteilung (SA) unterstellt war. Himmler gelang es, innerhalb der Partei immer mehr an Einfluss und Kontrolle über den gesamten Polizeiapparat, den Inlandsgeheimdienst und die Konzentrationslager zu gewinnen. Als Reichsführer-SS und Oberster Chef der Polizei – ab 1943 war er auch Reichsinnenminister – war Himmler nach dem Führer Adolf Hitler der zweitmächtigste Mann im Staate. Mit der Geheimen Staatspolizei (Gestapo), der SS und dem Sicherheitsdienst gelang es Himmler, ein System der Überwachung, des Terrors und der Willkür aufzubauen. Vermeintliche oder tatsächliche politische Gegner wurden gnadenlos verfolgt, inhaftiert, ihrer Rechte beraubt und vielfach auch ermordet. Heinrich Himmler war einer der Hauptverantwortlichen des Holocaust. Vor allem die SS stand ihm als williges Werkzeug bei der Vernichtung der Juden zur Verfügung. Unter Himmler wurde die SS aber auch zu einem mächtigen Wirtschaftsfaktor im Dritten Reich. Am 29. April 1938 wurde die DEST, die Deutsche Erd- und Steinwerke GmbH, als Unternehmen der SS gegründet. Wurden anfangs noch Steinbrüche erworben oder gepachtet, so bediente man sich, je länger der Krieg dauerte, der Maßnahme der Zwangsenteignung. In den Steinbrüchen wurden ausnahmslos die billigsten Arbeitskräfte, Häftlinge aus den Konzentrationslagern, zu Tode geschunden.

Bereits am 5. Mai 1938 kam es zu einer vertraglichen Vereinbarung zwischen der DEST und Anton Poschacher über den Ankauf von Grundstücken und Gebäuden sowie die Übernahme der Pachtrechte für den Steinbruch Gusen. Im selben Jahr wurde auch der Steinbruch Kastenhof von der DEST gepachtet. Bereits 1939 begann man, Häftlinge als kostenlose Arbeitskräfte in den Steinbrüchen einzusetzen. Zu Beginn wurden die Arbeitskommandos noch täglich aus Mauthausen nach Gusen gebracht. Im Mai 1940 eröffnete man das KZ Gusen und die Zahl der im Steinbruch tätigen Häftlinge stieg auf rund 3500 an. Auf Weisung Himmlers wurde im Juni 1942 im KZ Mauthausen das erste Häftlingsbordell eingerichtet, wenige Monate später auch jenes in Gusen. Weibliche Häftlinge wurden als Zwangsprostituierte sexuell ausgebeutet. Der Bordellbesuch war nur jenen Häftlingen gestattet, deren formales Ansuchen positiv entschieden wurde und die es sich leisten konnten, eine nicht unbeträchtliche Gebühr zu entrichten.

Himmler machte sich Anfang 1944 selbst ein Bild der Lage in Mauthausen und Gusen. Franz Ziereis, der Kommandant des KZ Mauthausen, erstattete ihm einen umfangreichen Bericht. Gegen Ende des Gespräches wechselte Himmler das Thema.

„Ziereis, haben Sie die Liste der Chemiker und Physiker schon erstellt?", fragte Himmler in leiser und höflicher Art.

„Jawohl", antwortete Ziereis und überreichte Himmler eine Liste, die er sofort zu lesen begann.

„Team A, wie ich es nenne, besteht aus zwölf Mann – drei Physiker, drei Chemiker und sechs Mechaniker, Schlosser und so weiter. Ihr Kapo heißt Samuel Liebermann. Er hat an der TU München Physik studiert, ist ein ausgewiesener Spezialist in Sachen Kernphysik und bekannt mit Heisenberg. Sie haben sich an der TU in München kennengelernt. Team B besteht aus weiteren 25 Naturwissenschaftlern. Alle Mitglieder von Team A sprechen Deutsch als Muttersprache. Verständigungsprobleme sollte es nicht geben. Die Mechaniker und Techniker sind alle ausgewiesene Spezialisten ihres Fachs. Im Team B befinden sie auch Russen, Polen und Ukrainer sowie drei Dolmetscher. Die Chemiker und Physiker unter ihnen kommen aus Warschau und Moskau. Liebermann kam aus Dachau hierher nach Mauthausen, er wurde einer politischen Umerziehung unterzogen. Er ist überzeugter Nationalsozialist und wollte 1925 bereits der NSDAP beitreten. Sein Vater ist Jude, seine Mutter Arierin, die nach der Hochzeit zum Judentum konvertierte. Er selbst bezeichnet sich als Atheisten."

„Gut, sehr gut! Erzählen Sie mir auch noch von den anderen …"

Und Ziereis lieferte zu jedem der Häftlinge des Team A eine kurze Biografie.

„Wo sind die Leute untergebracht?"

„Zurzeit noch hier in Mauthausen, alle zusammen in einer Baracke. Wir werden sie nach der Fertigstellung der unterirdischen Anlagen vor Ort einquartieren."

„Im Lager Gusen?", unterbrach ihn Himmler.

„Nein, im Objekt B8.27, direkt an ihrem Arbeitsplatz unter Tage."

„Das ist gut so."

„Team A soll sich unverzüglich in die wissenschaftliche Literatur einlesen. Die ersten Berichte sind bereits auf dem Weg hierher."

Im Anschluss an das Vier-Augen-Gespräch zwischen Himmler und Ziereis fuhren die beiden Männer und eine Schar weiterer SS-Offiziere in den Steinbruch Kastenhof bei Gusen. Zum Abschluss fand im Jourhaus, der Zentrale der SS in Gusen, in kleinem Kreis eine Besprechung statt, in der Himmler die weiteren Ausbaupläne erläuterte.

„Meine Herren, jetzt, da Gusen in Vollbetrieb gegangen ist, müssen wir erweitern und Gusen II errichten. Die Häftlinge dafür werden in erster Linie aus Polen kommen. Ihre Aufgabe wird es sein, binnen kürzester Zeit ein unterirdisches System von Gängen und Stollen zu errichten, die es uns erlauben werden, auch weiterhin unsere Rüstungsproduktion ungestört von Bombenangriffen betreiben zu können. Das Projekt trägt den Codenamen *B8 – Bergkristall* und hat höchste Geheimhaltungsstufe. Das Ausbruchmaterial – es handelt sich um hochwertigen Granit – können wir im Straßenbau gut gebrauchen. Eine Gleisanlage bis hin zum Eingang von *Bergkristall* wird uns in die Lage versetzen, den Ausbruch abzutransportieren sowie andere Materialien rasch und kostengünstig herbeizuschaffen. Das Tunnelsystem hat mehrere Notausgänge und Belüftungsschächte. Die einzelnen Ebenen sind mit Vertikalstollen verbunden. Da wir im Berg mit Grundwasser rechnen müssen, haben unsere Ingenieure ein umfangreiches Entwässerungssystem mit einer Vielzahl von Pumpen geplant. Der Generator zur Stromproduktion wird sich auch unter Tage befinden. Meine Herren, gibt es noch Fragen?"

Himmler blickte in die Runde, nahm seine Brille ab, putzte diese mit einem Taschentuch aus Stoff, das ihm seine Frau Margarete vor der Abreise zugesteckt hatte.

„Gut", merkte er an. „Mit den Arbeiten ist unverzüglich zu beginnen. Auch für Gusen II gilt die Devise *Vernichtung durch Arbeit*. Heil Hitler!"

Himmler reiste noch am selben Tag zum Führer auf den Obersalzberg. Auf der Fahrt schrieb er einen Brief an seine Ehefrau und einen weiteren an seine Tochter.

Hitler saß an diesem milden Nachmittag im Jänner alleine auf der Terrasse seines Berghofes, die Wintersonne wärmte den Rücken seiner Uniform, die Beine waren in eine Decke gewickelt. Der Tee in der Kanne dampfte und Hitler las Berichte von der Front. Sein Schäferhund lag zu seinen Füßen. Eva Braun, seine Geliebte, trat auf die Terrasse und kündigte die Ankunft Himmlers an.

„Ich empfange ihn hier auf der Terrasse. Bring noch eine Decke und frischen Tee."

Eva Braun verschwand wieder im Haus und instruierte das Personal.

Himmler ging auf Hitler zu, der sich von seiner Bank erhob, als sein Gast die Terrasse betrat. Die beiden mächtigsten Männer des Deutschen Reiches begrüßten sich mit dem Hitlergruß und einem kräftigen Handschlag.

„Nehmen Sie Platz, Himmler", sagte Hitler. „Wie war die Reise von Mauthausen zum Obersalzberg?"

„Gut, sehr gut. Dank der milden Witterung waren die Straßen frei von Schnee und Eis."

Eva Braun, gefolgt von einem Dienstboten, brachte Tee und eine wärmende Decke für Himmler. Himmler zeigte sich erfreut, Eva Braun zu sehen. Er begrüßte sie auf charmante Art und Weise.

Als die beiden Männer wieder alleine auf der Terrasse saßen – Hitler immer noch die Sonne im Rücken, Himmler gegen die untergehende Sonne blinzelnd – begann der Führer das Gespräch mit der Frage, was es Neues aus Mauthausen zu berichten gäbe.

„In Mauthausen läuft alles nach Plan. Ich habe den Ausbau der Stollen befohlen und in zwei Monaten wird Gusen II eröffnet. Der Nachschub läuft wie geschmiert. Schon in Kürze können wir mit der Übersiedlung der Rüstungsbetriebe beginnen."

„Sehr gut, Herr Himmler!"

Himmler nutzte die Pause, um Tee zu trinken. Die Decke, die er anfangs noch abgelehnt hatte, breitete er auf dem Schoß aus.

„Wie ich hörte, haben wir die Schlacht um Stalingrad verloren", sagte Himmler leise und wartete gespannt auf Hitlers Reaktion.

„Diese Feiglinge haben sich einfach ergeben statt bis zum letzten Blutstropfen zu kämpfen. Eine Schande für die Wehrmacht!", wetterte Hitler.

„Mein Führer, wir brauchen dringender denn je die Wunderwaffe."

„Wir brauchen starke und mutige Soldaten, um den Russen zeigen zu können, wozu das deutsche Volk fähig ist. Und wir brauchen die Wunderwaffe, um die Russen endgültig zu vernichten."

Himmler lehnte die Einladung zum Abendessen auf dem Berghof ab und setzte stattdessen seine Reise fort. Hitlers Worte sah er als Auftrag, sich aktiv um die Entwicklung der Wunderwaffe zu kümmern.

Samuel II

Der Kommandant hatte tatsächlich die erste Partie gewonnen, dank einer leichten Unsicherheit von Samuel.

„Sie sollen mich nicht gewinnen lassen!", schrie ihn der Kommandant an und im nächsten Augenblick trat die Wache in den Raum.

„Alles in Ordnung, verschwinden Sie", schnauzte der Kommandant den Soldaten an, der auf dem Absatz kehrt machte und sich mit einem strammen „Heil Hitler!" aus dem Staub machte.

„Was ist heute mit Ihnen los, Liebermann? Fehlt Ihnen etwas?"

„Ich habe keine Schuhe und ich friere, Herr Kommandant."

„Dann nehmen Sie sich eine Decke aus der Kommode", sagte er und wies mit der rechten Hand die Richtung. Samuel erhob sich und nahm sich eine Decke aus der obersten Lade. Er sah auch die Pistole, die neben der Decke lag.

„Nur nicht auf dumme Gedanken kommen", sagte der Kommandant, der Samuel beobachtet hatte. „Ist ohnedies nicht geladen", ergänzte er zynisch.

Samuel wickelte sich die Decke um den Leib und nahm wieder am Tisch Platz. Seine Füße, starr vor Kälte, versuchte er auch in die Decke zu wickeln.

„Ich lasse Ihnen Schuhe und warme Kleidung bringen. Auch der Rest Ihrer Gruppe wird feste Schuhe und Jacken erhalten. Sie werden morgen umgesiedelt. Jetzt, da der Tunnel fertig ist, können wir mit der Einrichtung des Labors beginnen. Sämtliche Geräte, die Sie angefordert haben, sind schon geliefert. Was hat das Studium der Schriften ergeben, Liebermann?"

„Ich konnte noch nicht alle studieren, weil wir gestern keinen Strom mehr hatten, aber …"

„Ich unterbreche Sie nur ungern, Liebermann."

Die Anrede „Herr" ließ der Kommandant weg, was Samuel zwar störte, aber angesichts seiner prekären Lage als Jude im

KZ, Schach spielend mit dem Lagerkommandanten, war das ein zu geringes Übel, um sich darüber den Kopf zu zerbrechen. „Aber kommen Sie mir nicht damit. Ihr Projekt hat höchste Priorität! Wir haben Sie und Ihre Gruppe bei den Bauarbeiten des Tunnels geschont, damit Sie sich einlesen und auf Ihre Forschungsarbeiten vorbereiten können. Wenn Sie glauben, mit mir Spielchen spielen zu können, dann sind Sie ein toter Mann."
Samuel wusste, wie grausam der Kommandant sein konnte. Er hatte schon sehr viel von dessen Grausamkeiten gehört, Gott sei Dank aber nicht am eigenen Leib spüren müssen.
„Ich wollte nur ..."
„Hören Sie mir auf damit. Wenn Sie etwas brauchen, dann sagen Sie es mir gefälligst und ich kümmere mich darum. Im Gegenzug erwarte ich mir vollen Einsatz und Ihre vollste Konzentration auf das Projekt. Haben wir uns verstanden?"
„Ja, ich habe verstanden", gab Samuel zurück.
„Gut so! Sie bekommen Schuhe und warme Kleidung und Ihre Essensration wird verdreifacht. Ihr neues Quartier wird Ihnen gefallen, es hat konstant 10 Grad plus im Stollen. Sie werden gleich morgen früh verlegt und beginnen mit Ihrer Arbeit. Sie werden mir jeden Tag höchstpersönlich Bericht erstatten über Ihre Arbeiten. Die Labortische werden heute Nacht noch nach Ihren Plänen aufgestellt. Auch die Chemikalien, die Sie angefordert haben, sind auf dem Weg und werden in wenigen Tagen eintreffen. Sie sind mir höchstpersönlich für den Aufbau des Labors verantwortlich. Sie werden mir jeden Tag Bericht erstatten."
Die zweite Partie des Abends verlief zugunsten von Samuel. Die Worte des Kommandanten hatten ihm Zuversicht gegeben. Jetzt würde alles besser werden. Sie bekamen mehr zu essen und ein trockenes Quartier tief unter der Erde im Stollen. Die harten Jahre in Dachau waren vorüber und die kräftezehrende Arbeit im KZ Mauthausen war auch vorbei. Jetzt konnte er wieder jener Arbeit nachgehen, die ihm viele Jahre große Freude bereitet hatte und der er mehr als sechs Jahre lang nicht hatte ausüben können – nämlich als Physiker im Labor zu experimentieren.

„Wie geht es meiner Frau?", wollte Samuel wissen und der Kommandant gab ihm, wie jede Woche, mit dem Brustton der Überzeugung die gleiche Antwort: „Sie lebt, Liebermann!"

Samuel sah ihn erleichtert an und verabschiedete sich mit einem Kopfnicken.

Der Kommandant blieb zurück, goss sich einen weiteren Brandy ein und versuchte zu analysieren, warum er diese Partie verloren hatte. Wann hatte er den entscheidenden Fehler begangen?

Halblaut sagte er vor sich hin: „Liebermann, wenn du nicht so ein exzellenter Schachspieler wärst und wir nicht auf dich angewiesen wären ... Ich hätte dich längst umgebracht, du Judensau!"

Samuel gefielen diese Worte, die er beim Verlassen des Zimmers noch hören konnte, nicht und doch fühlte er sich auf seltsame Art geschmeichelt.

Auf der Fahrt zurück ins KZ Mauthausen, immer noch ohne feste Schuhe, aber in zwei Decken eingewickelt, dachte er noch einmal über das Gespräch mit dem Kommandanten nach. Über die Lage des Krieges hatte er ihm diesmal nichts erzählt. Die Kekse hatten besser geschmeckt als sonst und den tagelangen Hunger gestillt. Zum Abschluss hatte der sogar noch einen Brandy serviert bekommen, in einem fein geschliffenen, schweren Schwenker aus böhmischem Bleikristall. Noch nie zuvor hatte er ein schöneres Glas in der Hand gehalten. Sie hatten auf den Endsieg angestoßen und unisono gerufen: „Es lebe unser Führer. Heil Hitler!"

Beim ersten Schluck hatte er an seine Frau gedacht, der er innerlich zuprostete: Halte durch, mein Liebling. Wir sehen uns bald wieder!

Zurück im Lager stieg er in die Pritsche und wurde gleich von seinen Kameraden umlagert, die sich um sein Bett drängten. Die Fragen prasselten nur so auf ihn ein, wie Kugeln aus einem Maschinengewehr.

„Was hat er gesagt?"
„Hast du ihn wieder geschlagen?"
„Wann werden wir verlegt?"
„Gibt es mehr zu essen für uns?"

Samuel legte den rechten Zeigefinger an den Mund, in der Baracke war es stockdunkel.

„Alles der Reihe nach. Von der Lage an der Ost- und Westfront hat er nichts erzählt. Aber es gibt gute Neuigkeiten für uns. Wir sollen morgen bereits verlegt werden. Jeder bekommt feste Schuhe und warme Kleidung. Auch das Essen wird mehr, dreifache Ration für jeden. Und morgen schon beginnen wir, im Labor zu arbeiten. Heute Nacht wird die Einrichtung nach unseren Plänen aufgestellt. Jetzt haben wir es geschafft. Die harte Arbeit im Steinbruch ist Geschichte für uns. Ich habe auch erfahren, dass es ein zweites Team geben soll. Sie nennen es *Team B*. In dem befinden sich auch etliche Physiker und Chemiker. Sollte einer von uns krank werden, wird er durch einen aus dem *Team B* ersetzt. In Summe sind 25 Häftlinge, größtenteils Juden wie wir, im *Team B*. Sprachlich kann es aber schwer werden, weil auch Polen und Ukrainer unter ihnen sind. Das Labor ist jedenfalls groß genug für uns alle. Wir sollen mit der Arbeit unverzüglich beginnen und der Kommandant will von mir jeden Tag einen Bericht über den Stand unserer Arbeiten."

„Werden wir auch wieder Fleisch zu essen bekommen?", fragte einer der Chemiker, der trotz der harten Arbeit und der spartanischen Kost immer noch locker 30 Kilo mehr wog als Samuel. Samuel erkannte ihn an der Stimme, er hieß Ben.

„Ich weiß es nicht, aber ich werde darum kämpfen. Es gibt Stockbetten aus Fichtenholz mit echten Matratzen. Unser Schlafsaal wird 80 Meter unter der Erde sein. Wir werden im Winter nicht mehr frieren und im Sommer nicht mehr schwitzen. Das klingt doch gut, oder?"

Alle, die um ihn standen, klatschten tonlos Beifall. Das hatten sie hier im KZ gelernt, denn die Störung der Nachtruhe konnte unangenehme Folge haben, und es musste nicht unbedingt die Wache sein, von der man verprügelt wurde. Auch Gangs und Kapos waren im Lager gefürchtet.

„Kennst du den genauen Auftrag für unsere Arbeit?"

„Nein, aber ich habe eine Ahnung", antwortete Samuel.

„Und was soll das heißen?"

„Ich denke, es geht um eine ganz spezielle Waffe, die wir entwickeln und bauen sollen."

Am folgenden Morgen, Punkt 6 Uhr, wurden sie geweckt. Laute Marschmusik ertönte aus den Lautsprechern, die rundherum um die Baracken auf hohen Holzmasten montiert waren.

„Antreten!", schrie die diensthabende Wache aus Leibeskräften.

Im Laufschritt rannten die *zwölf Apostel* gemeinsam mit den anderen Insassen aus der Baracke und nahmen Aufstellung in Reih und Glied so schnell sie es konnten.

„Tempo, Tempo! Nicht so langsam!", brüllte eine andere Wache. „Ich mache euch Beine, Lumpenpack!"

Dreimal ließ der Offizier das Antreten wiederholen, bis beim dritten Mal bereits einige der Häftlinge vor Erschöpfung zu Boden fielen.

„Steh auf, Jude", befahl der Offizier dem an Samuels Seite gefallenen Kameraden. Es war Ben.

Samuel versuchte ihm aufzuhelfen, als ihm der Offizier einen Tritt mit dem rechten Bein versetzte.

„Lassen Sie das!", schrie der Lagerkommandant. „Diese Männer werden unverzüglich nach Gusen verlegt."

Der gescholtene Offizier trat einen Schritt zur Seite und lächelte Samuel und Ben höhnisch an. Gusen war bekannt für seine Grausamkeit. Die Wahrscheinlichkeit, nicht länger als sechs Monate zu überleben, lag bei fast 100 Prozent! Samuel und seine Apostel wurden per LKW abtransportiert und verschwanden für nimmer wieder aus Mauthausen.

„Danke, dass du mir helfen wolltest", sagte Ben zu Samuel.

„Du hättest das Gleiche auch für mich getan. Wir hatten Glück, dass der Kommandant zur Stelle war."

Die Fahrt war kurz und sie staunten nicht schlecht, als sie an beiden Lagern, Gusen I und Gusen II, vorbeifuhren und stattdessen ein ganz anderes Ziel, etwas höher gelegen und gut versteckt im Wald, ansteuerten.

David

David war unglücklich in München. Seit sechs Semestern studierte er an der Technischen Universität Physik. Das Studium gefiel ihm sehr, auch mit den Assistenten und Professoren kam er gut zurecht, aber an manchen Tagen fühlte er sich sehr einsam in dieser Stadt. Er vermisste seine Heimat, seine Geschwister und seine Eltern. In den ersten beiden Semestern hatte er große Mühe gehabt, den Vorlesungen zu folgen, weil seine Deutschkenntnisse nicht gut genug waren und er sich erst mit dem Dialekt der Vortragenden anfreunden musste. Er wohnte anfangs in einem Studentenheim und war umgeben von Deutschen und einer kleinen Gruppe von Österreichern, die zum Teil aus Tirol und dem Bundesland Salzburg kamen. Ihr Dialekt war für David kaum zu verstehen und sie bemühten sich auch erst gar nicht, anderen gegenüber verstanden zu werden.

Er war der einzige Jude im ganzen Studentenheim und den Anfeindungen einiger Araber ausgesetzt, die zwar nicht im selben Heim wohnten, sich aber dort sehr oft bei Kollegen aufhielten. David hatte wenig Anschluss, lebte und lernte sehr zurückgezogen. Er las viel, ging so gut wie nie aus und versuchte, durch das Fernsehen seine Sprachkenntnisse zu verbessern, was ihm auch gelang und sein Studium an der TU im Laufe der Monate leichter machte. Wenn er nicht gerade lernte oder Wissenschaftsliteratur las, dann lag er auf dem Bett und sah fern. Quizsendungen und Talkshows hatten es ihm besonders angetan. Er lauschte aufmerksam, notierte sich Worte, die er nicht verstanden hatte, zeichnete viele Sendungen auf einem Festplattenrekorder auf und sah sich manche Sendungen zwei- oder gar dreimal an. Alles zur Verbesserung seiner Aussprache und zur Erweiterung seines Wortschatzes. Im dritten Semester hatte er keine Mühe mehr, den Vorlesungen zu folgen und verstand den bayrischen Dialekt sehr gut. Seine Aussprache verriet, dass er weder Deutscher noch Bayer war, aber für sein Leben und das Studium in München reichte es und dank seiner Lernfähigkeit wurde es von Tag zu Tag besser. Nach sechs Semestern hatte er sich sprachlich assimiliert. Er hatte das Studentenheim gegen eine kleine Zwei-Zimmer-Wohnung getauscht, jobbte nebenbei bei Aldi und lebte sehr zurückgezogen. Seine Nachbarn kannte er nicht und er interessierte sich auch nicht für sie. Er lebte in seiner kleinen, eigenen Welt mit der Physik und den TV-Sendern. Wenn es das Wetter zuließ, dann verlegte er das Lesen und Lernen in einen der Parks der Stadt, spielte dort gelegentlich auch Fußball mit anderen Studenten oder Schülern.

David hatte keine Freundin. Er war sehr schüchtern, verkroch sich nur allzu gern mit seinen Büchern in seiner Wohnung und Einladungen zu Partys interessierten ihn nicht. Er lebte für sich und meist reichte ihm das auch – aber eben nicht immer. Manchmal hasste er die Einsamkeit und dann musste er raus aus der Wohnung, schlenderte ziellos durch die Straßen, bis er müde wurde.

Eines Abends zappte er durch die Kanäle und landete bei einer Wissenschaftssendung auf einem Schweizer Sender. Das meiste verstand David gut, bis plötzlich der Moderator im Schweizer Dialekt den nächsten Beitrag anmoderierte. Die Worte klangen vollkommen fremd für ihn, er verstand nicht eine Silbe und war gespannt, was nun kommen würde. Der Beitrag handelte von einem Wiener Universitätsprofessor, der sich mit der Quanten-Teleportation beschäftigte und über seine Forschungsergebnisse berichtete. David war fasziniert, drückte spontan den Aufnahmeknopf auf dem Recorder und verfolgte die Sendung. Er notierte sich den Namen des Professors und begann gleich nach der Sendung im Internet zu recherchieren. Er las und las alles, was er an Beiträgen dank Google finden konnte, speicherte alle Beiträge auf der Festplatte seines Notebooks und druckte die eine oder andere Seite aus. Immer wieder las er die Beiträge und beschloss, gleich am nächsten Tag in der Bibliothek seine Recherche fortzusetzen. Insgeheim war ihm klar, dass er München verlassen wollte, um in Wien zu studieren. Was würden seine Eltern dazu sagen?, dachte er kurz. Sein kleiner Bruder stand kurz davor nach

Wien zu gehen. Das sollte doch reichen und ihre Zustimmung finden. Wenn er es sich recht überlegte, erwartete er gar keinen Widerstand seiner Eltern. Gerade sein Vater, der Musiker war, hatte viel Verständnis für die wissenschaftlichen Ambitionen seines ältesten Filius, auch wenn er sich insgeheim immer eine musikalische Laufbahn für David gewünscht hatte. Aber gut, David hatte die Musik nicht grundsätzlich abgelehnt, spielte passabel Klavier und auch auf der Trompete hatte er Talent bewiesen. Sein Vater hatte akzeptiert, dass ihm die Relativitätstheorie mehr bedeutete als eine Sinfonie von Mozart oder eine Oper von Verdi. Seine Mutter hatte ihn immer unterstützt und sein Interesse an der Natur gefördert. Mit ihr war er zum ersten Mal ins Planetarium gegangen und das war in Wien gewesen, als David fünf Jahre alt war. Sie hatte dort beruflich zu tun und hatte David mitgenommen. Er war fasziniert gewesen von den Sternen und Galaxien. Seine Mutter schenkte ihm den ersten Sternenatlas, als er acht war. Man schenkte David Kinderbücher, die sich mit der Natur, dem Weltall und der Technik beschäftigten. David wollte Astronaut werden und auf die Welt herabblicken. Mit zwölf las er Artikel und Bücher über Einsteins Relativitätstheorie ohne sie zu verstehen, aber mit dem festen Willen, es eines Tages zu können. David war clever, ehrgeizig und konsequent. Die Schule absolvierte er mit links. Ohne sich anstrengen zu müssen, brachte er Bestnoten nach Hause. Bei seinen Kollegen war er als Streber abgestempelt und wenig beliebt. Rein äußerlich war er unscheinbar und ein Eigenbrötler. Wahre Freunde hatte er keine, außer seinem jüngeren Bruder, mit dem er oft über die Physik sprach und der nie seine Leidenschaft teilte.

David war in der City unterwegs und stand plötzlich vor dem Mariendom, der ihn sehr beeindruckte. Er ging in den Dom, faltete die Hände und setzte sich in eine der hinteren Bankreihen. Mit Interesse verfolgte er, wie eine junge deutsche Fremdenführerin einer japanischen Reisegruppe den Dom näher brachte. Die Gruppe stand zu weit weg von ihm, um etwas zu verstehen. Körpersprache und Gestik verrieten ihm genug, um zu erkennen, dass die meisten Teilnehmer aus reiner asiatischer Höflichkeit den Ausführungen lauschten. Oder auch nicht, dachte David, denn man konnte ja so ein Headset auch ausschalten oder sich mit Musik aus dem Handy berieseln, so wie es eine ältere Frau abseits der Gruppe tat. Was für ein Job, dachte er, da rennst du den ganzen Tag mit Japanern durch die Stadt und die interessiert am Ende nur das Bier auf dem Oktoberfest! Gut, für die Wies'n war es noch zu früh, nicht die Uhrzeit betreffend, sondern prinzipiell. Es war Frühling in München!

Verträumt blickte er der Reiseführerin zu, wie sie mit einem Regenschirm auf eine Statue zeigte. Da plötzlich öffnete sich eine Gasse wie seinerzeit das Rote Meer und ihre Blicke trafen sich unvermittelt und direkt. Für eine Millisekunde stand sein Herz still und die Japaner schienen wie gelähmt zu verharren. Auch die Reiseleiterin verfiel in eine Art Starre, hielt den Schirm in der linken Hand auf das Dach der Kathedrale gerichtet und lächelte ihn für einen kurzen Moment lang an ehe sie nach Luft ringend weiter erzählte. David, der von der Liebe nicht die geringste Ahnung hatte, klebte an der Kirchenbank wie ein Salamander in der Vertikalen und vergaß auf einmal alles. Sein Körper musste mit dem letzten Atemzug haushalten, bis er begriff, dass dieser Augenblick sein Leben verändern konnte, wenn er nur wollte! Immer noch starr wie eine Echse im Winter blickte er zu ihr hinüber und ihre Blicke trafen sich ein weiteres Mal, völlig unvermittelt und mit voller Wucht. Zu seinem Leidwesen entfernte sie sich langsam, wieder umringt von Japanern und Japanerinnen. Er spürte den Drang, ihr zu folgen. Seine Schüchternheit bremste ihn gleich wieder und hielt ihn auf sicherer Distanz, wäre ihm da nicht – wie so oft im Leben – das Schicksal assistierend zur Seite gestanden indem er über einen querliegenden Kabelkanal stolperte und geradewegs in den Armen der ältesten Japanerin landete, die er je gesehen hatte. Sie bewahrte ihn vor einem Sturz auf den Marmorboden und sein Gesicht blickte tief in ihr Faltengebirge, seine Hände umfassten ihren Busen, während sie durch ihr Lachen eine Kettenreaktion auslöste und sich David augenblicklich wie ein Neutron fühlte, das gerade seinen Urankern getroffen hatte. Die Reiseleiterin, von der Kettenreaktion ebenso erfasst, trat zu ihm und fragte auf Englisch, ob es ihm gut gehe.

„Yes, yes", stammelte David, immer noch in instabiler Lage, die Beine weit hinter dem Oberkörper, am Busen seines Urankerns hängend und nicht begreifend, warum sein Fall derartige Heiterkeit bei den Japanern ausgelöst hatte. Erst als ihm die Reiseleiterin half, in eine aufrechte Position zu kommen, bemerkte er, wo sich seine beiden Hände die letzten Sekunden aufgehalten hatten. Peinlich berührt entschuldigte er sich auf Jiddisch beim Faltengebirge, das ohnedies nichts verstand, sich aber ganz höflich auf Distanz begab, so wie es nur Asiaten zu tun imstande sind. Die Reiseleiterin stand nun nah genug, um ihr Namensschild auf dem Revers der Jacke lesen zu können: *Anna Mayer, Agentur Schönes München*. Das musste er sich merken und das tat er auch!

Noch am selben Tag tippte er den Namen der Agentur *Schönes München* in die Suchmaschine und erkannte sie sofort wieder. Anna Mayer war Studentin der Kunstgeschichte, gleicher Jahrgang wie David und das Schönste, was ihm je passiert war. Ihre Handynummer erfuhr er tags darauf von der Agentur. Zuvor hatte er sich eine Geschichte ausgedacht, warum er ihre Nummer so dringend benötigte. Er zögerte noch ein paar Stunden, ehe er dann doch die Nummer in sein I-Phone tippte. Zu seinem Erstaunen hob sie gleich ab, erkannte David an der Stimme und war sichtlich erfreut über seinen Anruf.

„Nein, ich bin nicht in München. Ich bin mit der japanischen Gruppe auf Europa-Trip. Wir sind noch in Wien, waren heute schon im Stephansdom und sind am Nachmittag im Schloss Schönbrunn. Die Reise geht noch weiter nach Rom, Barcelona und Brüssel. Ich komme erst nächste Woche wieder nach München. Du kannst mich gern Ende der Woche in München erreichen, wenn das okay für dich ist."

„Klar ist das okay für mich." David machte im Geiste einen Luftsprung samt dreifachem Rückwärtssalto.

„Dann erwarte ich deinen Anruf und freue mich darauf. Und immer aufpassen. Falls du stolpern solltest, such dir einen geeigneten Stoßdämpfer", sagte sie lachend und legte auf.

David stand wie elektrisiert am Fenster und blickte in den Münchner Himmel. Er hatte noch nie zuvor ein Mädchen einfach so angerufen. Er hatte es getan und war stolz auf sich! Er könne sie anrufen, hatte sie gesagt und das würde er auch tun!

Die nächsten Tage vergingen irgendwie anders als sonst. Die Quizsendungen fand er fad, das Lesen ermüdete ihn und die Arbeiten im Labor brachten auch keine Zerstreuung. Er hatte keinen Appetit. Sobald er den Kühlschrank öffnete und der Geruch von Käse seine Nase erfüllte, wurde ihm schlecht, es kam ihm ein neuer Gedanke und er schloss die Tür wieder. In der Nacht schlief er unruhig und wälzte sich im Bett von einer Seite zu anderen. David war zum ersten Mal in seinem Leben verliebt und das war absolutes Neuland!

Er zählte die Tage, verbrachte das Wochenende dank des wunderschönen, warmen Wetters im Englischen Garten dem Ball aus Leder nachlaufend, bis es endlich Freitag wurde. Er rief sie an – ihre Telefonnummer hatte er schon gespeichert – und wartete auf ihre Stimme. Die bekam er aber nicht zu hören. Scheiße!, dachte er.

Am nächsten Tag rief sie zurück und er war hoch erfreut darüber. An einen Spaziergang in einem der Parks war nicht zu denken. Es regnete den ganzen Tag und so verabredeten sie sich im Mariendom. Der Vorschlag kam nicht von ihm, sondern von ihr und er freute sich auf das Wiedersehen.

Pünktlich wie ein deutscher Zug betrat er den Dom, hielt Ausschau nach ihr und nahm wie beim ersten Mal in einer der hinteren Reihen Platz. Als er nach links blickte, sah er hinter einer der Säulen einen roten Regenschirm hervorleuchten. Er erhob sich, ging darauf zu und sie begrüßten sich mit einer ersten zärtlichen Umarmung.

Anna lächelte David an, der fast einen Kopf größer war als sie. Sie trug eine helle Jacke, Jeans und ganz flache Sportschuhe. Unter dem Schirm eng aneinander gedrückt, gingen sie im strömenden Regen in ein Kaffeehaus, redeten ohne Unterlass, bis ihnen der Kellner signalisierte, es sei nun Zeit zu gehen.

„Sperrstunde!", brüllte er wenig charmant durchs Lokal.

Anna war Kunststudentin, kam aus Niederbayern und lebte zusammen mit ihrer besten Freundin und einem Paar aus Ghana in München in einer WG. Sie war wenige Wochen jünger als David, war schlank, trieb gerne Sport – Laufen, Rad fahren, Schwimmen, Aerobic, Eislaufen und Ski fahren – und verdiente als Reiseleiterin ihr eigenes Geld. Schon bei der Aufzählung der Sportarten erfasste David Beklemmung, so unsportlich, wie er nun einmal war.

Meist dauerte so ein gut bezahlter Trip mit Asiaten oder Amerikanern eine Woche, führte in mehrere europäische Städte und ließ Anna auch ein wenig Zeit, die sie mit Kunstgeschichte verbrachte. David fand sie außerordentlich sympathisch, natürlich und wegen ihrer dunklen Kurzhaarfrisur auch sehr burschikos. Sie trug kaum Make-up und verwendete einen Duft, den er nicht einordnen konnte, der ihm aber gefiel. David hatte sich die Haare schneiden lassen, trug eine schwarze Jeans, ein weißes Kurzarmhemd und eine dunkelblaue, leichte Jacke. Er erzählte ihr alles über sich und seine Familie und sie tat es auch. Es hatte zu regnen aufgehört und David bestand darauf, sie nach Hause begleiten zu dürfen. Anna ließ ihn gewähren und kurz vor Mitternacht endete ihr erstes Date mit einem Lächeln und einem Kuss vor ihrer Haustür. Der Mond schien hell auf die beiden und die neugierige Hausbesorgerin, die wie sonst auch am Fenster hing, notierte die Uhrzeit!

David fuhr mit der U-Bahn nach Hause und war mit sich und der Welt im Einklang.

„Gute Nacht. Danke für den schönen Abend", schrieb Anna per SMS.

„Wish you the same", schrieb David.

Die nächsten Wochen verliefen für David wie eine Achterbahnfahrt. Wenn er es recht bedachte, dann waren die Täler tiefer und länger als die Phasen der Hochs. Wenn er Zeit hatte für Anna, dann hatte sie keine Zeit für ihn und umgekehrt. Er hatte einen Facebook-Account angelegt und mehr als Postings, gelegentlich eine SMS und noch viel seltener ein Telefonat war nicht möglich. Eines Tages beschloss er, sie unangemeldet zu besuchen. Als er um die letzte Ecke bog, fühlte er einen stechenden Schmerz in der Brust. Anna Arm in Arm mit einem anderen Mann, sich küssend vor ihrem Haus! Er drehte auf dem Absatz um, fuhr zurück in seine Wohnung. Er hatte den großgewachsenen Blonden schon irgendwo gesehen, wusste aber nicht gleich wo und wann. Am nächsten Tag fiel es ihm ein: Der Typ hieß **Andreas**, er kannte sein Gesicht von Annas Facebook-Seite. David machte sich von nun an rar, antwortete meist erst drei Tage später auf ihre E-Mails, ließ SMS immer öfter unbeantwortet und widmete sich wieder mehr der Physik, den Nachhilfestunden und dem FC Bayern, was erfreulicherweise in Zusammenhang stand. Aber immer schön der Reihe nach.

Ein Professor hatte sie in der Vorlesung darauf hingewiesen, dass ein Bekannter von ihm auf der Suche nach einem Nachhilfelehrer für Physik sei. David rief den Mann an und wusste sofort, wer der Besagte war. Ganz so wie bei der seinerzeitigen Kettenreaktion im Mariendom hatte David binnen kürzester Zeit fünf Nachhilfeschüler aus der Münchner Schickeria, gab Woche für Woche Nachhilfe in Physik, Mathematik und Chemie und hatte unverhofft ein wöchentliches Zusatzeinkommen von bis zu 400 Euro pro Woche – und das auch noch steuerfrei! Einen Teil des Geldes investierte er in eine Saisonkarte des FC Bayern München und sah bewundernd zu, wie der österreichische Nationalspieler David Alaba in München skandalfrei und professionell Karriere machte. David schloss sich der Facebook-Seite seines gleichnamigen Idols an und dachte immer mehr an Alaba und weniger an Anna. Bis sie eines Tages vor seiner Tür stand und unaufgefordert sein Zimmer betrat ...

„Was ist eigentlich los mit dir? Warum meldest du dich nicht mehr? Warum beantwortest du meine E-Mails nicht? Habe ich dir was getan?"

David stand wie schockgefroren in der Tür und hatte keine Antwort parat.

„Komm schon rein und lass uns reden. Ich will wissen, was los ist!", sagte Anna.

David hatte sich gefasst, schloss die Tür und sagte: „Ich habe dich mit Andreas gesehen, als ich dich besuchen wollte. Direkt vor dem Haus, in dem du wohnst. Du hast seine Hand genommen, ihr habt euch geküsst und du hast ihn fest umarmt. Ihr seid ein Paar und ich habe keine Lust, der Dritte im Bunde zu werden oder ein Lückenfüller ..."

David kam immer mehr in Fahrt. Anna saß schweigend auf dem Bett, den Kopf auf die Brust gesenkt, und blickte bewegungslos auf den Teppichboden.

„Mit Andreas ist es aus", sagte sie und ging.

David fühlte sich beschissen, hatte aber nicht den Mut und die Kraft, ihr zu folgen. Wochen später lief er Anna rein zufällig in der Stadt über den Weg. Sie hatte wieder eine Gruppe Touristen im Schlepptau und bat ihn, sie am Abend anzurufen, was er dann auch tat. Sie redeten belangloses Zeug.

Der Sommer verging schnell, David hatte ziemlichen Stress mit seinen Prüfungen, denn er wollte das Semester in München abschließen und Ende August nach Wien übersiedeln. Anna war endgültig aus seinem Leben verschwunden. Noch bevor das Sommersemester zu Ende ging, bewarb er sich als Kandidat für die Sendung *Wer wird Millionär?*. Wochen später erhielt er einen Anruf einer unbekannten Nummer, die er dank der Vorwahl der Stadt Köln zuordnete. Eine freundliche Stimme mit unangenehmer Frequenzlage stellte ihm drei Fragen, die er ohne mit der Wimper zu zucken beantworten konnte und sie versprach am Ende des Telefonates, man würde sich wieder bei ihm melden. Denkste! Der Anruf ließ lange auf sich warten! Sein Bruder riet ihm, die Chance aufs große Geld durch eine zusätzliche Bewerbung bei der *Millionenshow* des ORF zu erhöhen, was David dank Google auch noch am selben Abend tat. Kaum in Wien angekommen, rief ihn der ORF an, stellte gleichfalls drei Fragen und er erhielt zum zweiten Mal die Zusage, man würde sich bei ihm melden, was der ORF überraschenderweise auch relativ bald tat. David Liebermann war der erste Kandidat in der Geschichte dieses Quizformates, der in Deutschland und Österreich Kandidat wurde und in beiden Sendungen kräftig abkassieren konnte. Zu verdanken hatte er das seiner sehr kreativen Bewerbung in Gedichtform!

Eines hatte David auch noch zu erledigen, bevor es nach Wien ging: Er musste an der TU nach seinem Urgroßvater recherchieren und das gestaltete sich reichlich mühsam und frustrierend. Die Sekretärin des Rektors riet ihm, ein offizielles Ansuchen zu stellen, um Einsicht in den Personalakt von Samuel Liebermann nehmen zu dürfen. Noch am Abend verfasste er das Schreiben an den Rektor und harrte seiner Antwort, die er einige Tage später in schriftlicher Form in seinem Briefkasten fand.

Sehr geehrter Herr Liebermann,
mit großem Bedauern müssen wir Ihnen leider mitteilen, dass wir in unseren Archiven keine Personalakte Ihres Urgroßvaters, Herrn Samuel Liebermann, auffinden konnten. Wie Sie selbst schon in Erfahrung gebracht haben, war Herr Dozent Liebermann als Wissenschaftlicher Mitarbeiter der TU München geführt. Wir vermuten, dass seine Personalakte bei einem der Brände, die unserem Haus gegen Ende des Krieges großen Schaden zugefügt haben, vernichtet wurde.
Herr Dozent Liebermann wurde am 1.7.1933 von der Gestapo inhaftiert. Über sein weiteres Schicksal liegen uns keine Informationen vor. Wir bedauern, Ihnen keine andere Nachricht geben zu können und verbleiben mit kollegialen Grüßen.
Der Rektor

Salomon hatte ihm ein altes Schwarz-Weiß-Foto gemailt, auf dem ihr Urgroßvater mit seiner Familie beim Picknick zu sehen war. David kam ein elektrisierender Gedanke: Samuel Liebermann musste Werner Heisenberg gekannt haben. Heisenberg, der 1901 in Würzburg zur Welt gekommen war, hatte in München sein Physikstudium in Mindestzeit absolviert, über das Thema *Stabilität und Turbulenzen von Flüssigkeitsströmen* promoviert und war 1924 Assistent von Max Born in Göttingen geworden. 1932 hatte er den Nobelpreis für Physik erhalten – wenige Monate, bevor sein Urgroßvater von der Gestapo inhaftiert worden war. Sein Urgroßvater war elf Jahre älter als Heisenberg gewesen und genau zu jener Zeit in München an der Uni. Sie mussten sich gekannt haben. Wie gerne hätte er seinen Urgroßvater über sein Verhältnis zu Heisenberg befragt.

David hatte an der Uni problemlos einen Mieter für seine kleine Wohnung gefunden, der ihm auch alle Möbel zu einem fairen Preis abkaufte. Er musste nur Kleidung, Schuhe, Bücher, CDs und das Notebook für die Übersiedlung einpacken. Ein Koffer, eine Reisetasche und ein Rucksack reichten dafür aus. Mehr Gepäck hatte er auch nicht gehabt, als er von Tel Aviv nach München gezogen war. Ende August fuhr er mit dem Zug nach Wien, wo der Sommer brütend heiß verlaufen war, nun aber eine aus dem Westen kommende Abkühlung vor der Tür stand. Das Tief trug den Namen David. Sein Bruder Salomon sollte ihn vom Westbahnhof abholen. Die ersten Tage würde er bei ihm im Studentenheim schlafen können.

Am Tag vor der Abreise ging er ein letztes Mal in den Mariendom, um zu beten. Obwohl Jude, fühlte er sich in diesem christlichen Gotteshaus wohler als in der Synagoge. David fühlte sich an keinem anderen Ort Gott näher als hier. Er dankte Gott dafür, dass er alle Prüfungen des Semesters bestanden hatte und sich nun aus der Stadt München verabschieden konnte. Unbewusst hoffte er Anna anzutreffen, mit einer Gruppe Touristen durch den Dom spazierend, was aber nicht geschah. So betete er einige Minuten, schritt durch den Dom, betrachtete die Skulpturen, die Bilder, hielt vor dem Altar inne und sah Anna vor seinem geistigen Auge nackt durch den Englischen Garten joggen.

Bahnhof

Salomon sprintete aus der U3, jagte hinauf über die Treppe in die Bahnhofshalle. Er war zu spät dran. Sein Bruder würde ihn durch Sonne und Mond jagen, weil er ihn warten ließ. Auf der Anzeigetafel las er: *Railjet Nr. … aus München, Ankunft …*
Er war mehr als eine halbe Stunde zu früh und nicht zu spät am Bahnhof. Super, dachte er, was mache ich jetzt? Da er gerade von der Uni kam und den Geigenkoffer geschultert hatte, suchte er sich einen geeigneten Platz und begann, ein Violinkonzert von Mozart zu spielen. Die meisten Menschen beachteten ihn nicht, manche warfen aber doch im Vorbeigehen Kleingeld in seinen Koffer – nicht aus Mitleid und schon gar nicht, weil er schlecht gespielt hatte. Er sah es als Zeichen der Wertschätzung und Dankbarkeit.

„Hey Sal, was machst du denn da?", rief ihm eine Stimme entgegen, die er gut kannte. Es war Jonas, sein bester Freund und Zimmergenosse.

„Ist dir das Irish Pub nicht mehr groß genug?", wollte er wissen.

„Ich muss meinen Bruder abholen. Er kommt mit dem nächsten Railjet aus München und ich habe wohl die Ankunftszeit falsch in mein Handy übertragen. Daher bin ich zu früh dran. Und da dachte ich mir, weil ich direkt von der Uni komme, ich kann gleich die Ratschläge von meinem Professor umsetzen und üben."

„Gute Idee. Üben vor großem Publikum!"

„Was machst du eigentlich auf dem Westbahnhof?", wollte Sal wissen.

„Mein Vater kommt auch aus München. Hab ich dir doch gestern erzählt. Wir gehen was essen, bevor er nach Moskau fliegt."

„Ach ja, das habe ich wirklich vergessen. Dann sitzt er jetzt gemeinsam mit meinem Bruder im Zug. Spannend …", fügte er noch hinzu.

„Ich hab da eine Idee. Nimm deine Geige, mach dich bereit und pass auf."

„Meine Herrschaften, meine Herrschaften! Treten Sie näher, bleiben Sie stehen und versäumen Sie nicht das ultimative Klangwunder. Dieser junge Mann ist genial, er ist der legitime Nachfolger von Jehudi Menuhin. Gegen ihn verblasst David Garrett. Begrüßen Sie mit mir Salomon, aber seine Freunde dürfen ihn Sal nennen!", rief er mit lauter Stimme durch die Halle und animierte das Publikum zu applaudieren.

Und das hatte Wirkung! Im Nu war Salomon umringt von einer Menschentraube, begann mit dem Violinkonzert und interpretierte es auf völlig neue, moderne Weise. Applaus brandete auf, Münzen fielen in seinen Geigenkoffer, die Zeit verging wie im Flug. Jonas verabschiedete sich, aus der Ferne winkend, in Richtung Bahnsteig 7, um seinen Vater abzuholen.

David konnte seinen Bruder nicht sehen, aber hören.

„Der Empfang ist dir gelungen", meinte er lächelnd mit einem Augenzwinkern.

„Du kannst gerne weiterspielen, scheint sich ja echt zu lohnen", sagte er mit einem Blick der Anerkennung in Richtung Geigenkoffer.

Nach einer Stunde beendete Salomon den Auftritt, kurz bevor die Polizei einzuschreiten versuchte, da es mittlerweile schwierig geworden war, durchzukommen. David und Salomon konnten sich nun endlich gebührend begrüßen, zählten gemeinsam das Geld, ehe sie die Bahnhofshalle verließen.

„Falls du hungry bist, lade ich dich heute zur Feier des Tages zum Essen ein. Ich kann es mir leisten", scherzte Salomon und schulterte seinen Geigenkoffer in Richtung U-Bahn gehend.

David hatte viel zu erzählen über die letzten Tage in München, über das Studium an der TU, die Prüfungen, die Professoren und so weiter. Nur das Kapitel über Anna ließ er beim gemeinsamen Abendessen in einem vornehmen italienischen Restaurant vorerst unerwähnt. Sie aßen Meeresfrüchte als Vorspeise, ein Heilbuttfilet mit Gemüse in Olivenöl als Hauptgericht, zum Nachtisch Panna Cotta, tranken Wasser und dieses Zeug aus der Dose, das angeblich Flügel verleiht, und zum Abschluss jeder noch einen Espresso. Satt und zufrieden verließen sie das Restaurant und beschlossen, noch einen Drink folgen zu lassen. Salomon war in Wien noch in keiner Bar gewesen und hatte nicht die geringste Ahnung, wo sie eine finden würden. So gingen sie einfach drauflos und hofften, eine Lichtreklame würde ihnen den Weg weisen.

„Hast du eine Freundin?", fragte David.

„Nein, und wie sieht das bei dir aus?", erwiderte der Jüngere.

„Ich hab da ein Mädchen kennengelernt und mich in sie verliebt, aber es hat irgendwie nicht geklappt. Ich hab sie erwischt, als sie mit einem anderen unterwegs war und sie sich geküsst haben. Ich glaube ..."

„Was glaubst du?"

„Sie wäre die Richtige für mich gewesen!"

„Wie?"

„Man spürt so was."

„Hat sie einen Namen?", wollte Salomon wissen.

„Sie heißt Anna Mayer, studiert Kunstgeschichte in München, gleicher Jahrgang wie ich, sieht toll aus und ..."

„Hey, David, das reicht schon. Du bist immer noch in sie verliebt. Ruf sie doch an und mach den Sack zu, du Frosch!"

„Spinnst du?! Wie kommst du dazu, mir so einen Ratschlag zu geben. Erstens kennst du sie gar nicht, zweitens warst du noch nie verliebt und drittens ...", rang David nach Worten.

„Vergiss drittens! Du bist ein Frosch, weil erstens stimmt, aber zweitens falsch ist. Du glaubst doch nicht im Ernst, dass eine Frau scharf darauf ist, einen Frosch zu küssen, der sich vielleicht als ein verzauberter Prinz herausstellt. Frauen wollen erobert werden, sie wollen nicht herumprobieren und den Frosch wieder an Zalando schicken, schreiend vor Glück, wenn sie ihn losgeworden sind."

David blieb stehen, nahm Salomon an der Hand und sagte: „Das heißt, du warst schon einmal verliebt oder bist es noch?"

„Ich bin es!"

„Und warum weiß ich nichts davon. Hat sie einen Namen?"

„Hannah."

„Nur Hannah, sonst nichts?"
„Ich erzähle dir ein anderes Mal von ihr. Jetzt lass uns eine Bar finden, ich habe Durst."
Nach einer gefühlt schier endlosen Wegstrecke kamen sie an einer Bar vorbei, die zwar nicht gerade einladend wirkte, aber ihr Durst musste gestillt werden. Der Fisch und das Gemüse waren scharf gewürzt gewesen und ihre Kehlen verlangten nach Flüssigkeit.
„Erzähl schon von Hannah, sonst hau ich dir eins auf die Schnauze!"
„Den Gefallen will ich dir nicht tun. Okay, ich erzähl dir was von Hannah. Sie ist Mitte zwanzig, ein wenig kleiner als ich, hat schulterlange brünette Haare, trägt sie meist zu einem Pferdeschwanz und sie lacht sehr gerne."
„Studiert sie auch?"
„Nein, sie hat ihr eigenes Fotoatelier und macht Modeaufnahmen."
„Wann lerne ich sie kennen?"
„Bald schon."
„Ist sie Jüdin?"
„Nein, Taufscheinchristin."
„Was soll das heißen?"
„Sie ist als Christin getauft, geht aber nicht zur Kirche."
„So wie du, stimmt's?"
„Ich war schon lange nicht mehr in der Synagoge."
„Ich auch nicht, aber ich war in letzter Zeit öfters im Mariendom in München."
„Cool, warum das?"
„Dort habe ich zufällig Anna kennengelernt und irgendwie zum ersten Mal in meinem Leben auch Gott gespürt."
Salomon nickte, nahm einen Schluck von seinem Bier und fragte: „Was macht Anna?"
„Sie studiert Kunstgeschichte und jobbt als Reiseleiterin. Sie ist meist eine ganze Woche mit einer Gruppe Japaner oder Amerikaner in Europa unterwegs – Europa in sieben Tagen", spöttelte David. „Und das nennen die auch noch Urlaub."
„Und das macht ihr Spaß?"

„Ja, sehr sogar. Sie versucht, nicht immer in die gleichen Städte zu kommen, damit sie auch was Neues sehen und lernen kann. Ich denke, das würde mir auch eine Zeit lang Spaß machen."

„Das klingt aber gar nicht nach meinem Bruder, der sich sonst den ganzen Tag hinter Büchern versteckt und geheimnisvolle Formeln zu verstehen versucht. Für mich ein klares Zeichen, dass du dich verändert hast, weil du verliebt bist."

„Ach, was du da redest! Verliebt ja, aber ich bin bloß reifer geworden."

„Ich muss dir noch was sagen. Du kannst mein Studentenzimmer haben. Ich habe das mit der Verwaltung geregelt. Ich werde dich morgen dem Verwalter vorstellen. Er ist manchmal ein richtiger Grantler, aber im Grunde tut er keinem was zuleide. Du musst ihm nur ab und zu ein Bier spendieren. Dann drückt er ein Auge zu, wenn mal was nicht passt."

„Was heißt Grantler?", wollte David wissen und Salomon erklärte es ihm.

„Jetzt habe ich über drei Jahre mühsam Bayrisch gelernt und ..."

„Tja, jetzt musst du Wienerisch lernen, Oida", fiel ihm Salomon ins Wort.

„Hm, nichts verstanden!"

„Du wirst auch das lernen und bald verstehen."

„Wo wirst du eigentlich wohnen?"

„Bei Hannah."

„Dachte ich es mir doch. Wissen das unsere Eltern schon?"

„Nein, also halte dich bitte zurück. Ich will es ihnen selbst erzählen."

„Okay. Wann hast du deinen nächsten Auftritt mit der Band?"

„In zwei Tagen. Beginn ist um 21 Uhr. Du kannst mich gerne begleiten, Abendessen inklusive. Du könntest dich auch als Trompeter nützlich machen. Bringt Kohle."

„Keine schlechte Idee, jetzt da ich meine lukrativen Nachhilfeschüler nicht mehr habe. Ich habe aber schon länger nicht mehr Trompete gespielt."

„Aber du hast es sicher nicht verlernt. Im Studentenheim gibt es tolle Probenräume und mehrere Trompeter, die dir ein

Instrument leihen können. Da sehe ich nicht das geringste Problem, wenn du es machen willst."

„Ich denke mal drüber nach."

Salomon begleitete seinen Bruder zurück ins Studentenheim, die beiden Brüder unterhielten sich noch lange. David redete über Physik und das Weltall. Salomon hörte gespannt zu, obwohl er nur Bruchstücke von dem verstand, was sein älterer Bruder erzählte. Auch der Alkohol trug dazu bei, dass seine Konzentration nachließ und sich Müdigkeit in seinem Körper breit machte. Salomon schlief schon am Tisch sitzend neben seinem Bruder ein, während der gerade begann, über Quantenteleportation zu sprechen. Sein Blick war auf das Fenster gerichtet und so merkte David erst nach geraumer Zeit, dass er ein Selbstgespräch geführt hatte. Er weckte seinen Bruder mit einem Faustschlag auf die Tischplatte. Dieser erschrak: „Was ist los? Habe ich geschlafen?"

„Ja, das hast du. Über Quantenteleportation erzähle ich dir ein anderes Mal mehr. Wo kann ich schlafen?", wollte David wissen.

„Das hier rechts ist mein Zimmer und dort schläfst du."

„Und wo pennst du heute Nacht? Fährst du noch zu Hannah?"

„Nein, ich bin zu betrunken und auch zu müde. Hannah hat ein Shooting in Prag. Ich schlafe im Bett von Jonas. Der kommt heute sicher nicht mehr."

„Warum nicht?"

„Der hat seit kurzem eine feste Beziehung zu einer Kollegin von der Volksoper, einer russischen Balletttänzerin. Er schläft sicher bei ihr in der Wohnung."

„Na dann, gute Nacht."

„Ich wünsche dir auch eine gute Nacht", sagte Salomon und verschwand in Jonas Zimmer.

Er blickte auf sein Handy und sah, dass ihm Hannah schon drei SMS geschickt hatte.

19:16 Uhr
Ich hoffe, es geht dir gut. Kommen gut voran – LOL

21:30 Uhr
Endlich mal wieder Pause, Brötchen und Wasser, i.l.d., Hannah

22:45 Uhr
Wo steckst du? Warum antwortest du nicht?

Salomon schrieb zurück:

War mit David essen und noch in einer Bar, Akku war leer. Gehe jetzt ins Bett – i.l.d. – Sal

Kaum hatte er auf *Senden* gedrückt, da vibrierte sein I-Phone auf dem Nachtkästchen. Er drehte das Licht wieder auf. Es war Hannah, die noch viel zu erzählen hatte.

Franz

Franz war Fotograf mit Leib und Seele, ein guter Zeichner obendrein und kannte sämtliche Wirtshäuser im oberen und unteren Mühlviertel. Er aß und trank gerne und verbrachte seine Freizeit am liebsten an Stammtischen und Biertheken. Franz war ein kleiner Mann, keine 1,60 Meter groß, rundlich, der Kopf klein, der Hals dick und der Bauch fast wie ein Mostfass. Die umfangreichen Oberschenkel standen im Kontrast zu den Unterschenkeln, die extrem dünn waren. Die Füße waren sowieso ein Kapitel für sich. Mit Schuhgröße 35 war er in der Kinderabteilung besser aufgehoben als bei den Erwachsenen und so kaufte er, sobald er es sich leisten konnte, nur noch Schuhe nach Maß, die über ein spezielles Innenleben verfügten, sodass die Schuhe größer wirkten als deren Inhalt tatsächlich war. Es erforderte Übung, damit zu gehen, aber Franz gewöhnte sich schnell daran. Bei Sakkos und Hosen blieb ihm ohnedies keine andere Wahl als der Weg zum Schneider. Mit Mode von der Stange war bei ihm Hopfen und Malz verloren.

Franz war ein Kind der fünfziger Jahre und er genoss sein Leben. Als Junge hatte er so gar keinen Plan gehabt, wie sein Leben verlaufen könnte.

Er hatte keine wirklichen Interessen, streifte gerne mit Gleichaltrigen durch die Wälder. Und da er mit seinen Eltern ganz nahe der tschechischen Grenze wohnte, bot der Eiserne Vorhang immer Raum für einen Nervenkitzel. Die Wächter auf den Türmen erkannten die Jugendlichen auf der anderen Seite der Grenze schon von Weitem und je länger und je öfter sie in der Nähe des Stacheldrahtes spielten, umso gelassener wurden sie und nahmen kaum noch Notiz von ihrem Treiben. Franz träumte davon, den Draht zu durchschneiden und alle Tschechen aus ihrer Gefangenschaft zu befreien.

In der Schule war er mittelprächtig unterwegs. Nach der Hauptschule in Rohrbach begann er auf Druck des Vaters eine

Tischlerlehre im Betrieb seines Onkels. Franz war kein Revoluzzer, aber ein bisschen renitent und störrisch war er schon. In der Arbeit eckte er fast täglich mit den älteren Gesellen an. Er wollte erwachsen wirken, rauchte viel und begann sich in einem Alter für die Natur zu interessieren, in dem seine Altersgenossen den Röcken nachjagten. Er bekam von seinem Onkel eine alte, gebrauchte Leica-Kamera, die dieser irgendwann im Krieg gegen Fleisch und Brot eingetauscht hatte und die für ihn völlig wertlos war. Die Leica wurde sein ständiger Begleiter und Franz knipste alles, was sich fotografieren ließ – anfangs noch ohne Filmmaterial, denn das war teuer und schwer zu bekommen.

Mit dem ersten Ersparten kaufte er Filmrollen und richtete sich eine Dunkelkammer ein. Die ersten Anfragen für Passfotos oder Familienaufnahmen folgten nach einigen Monaten und bis dahin konnte er mit der Kamera schon gut umgehen und beherrschte die Tricks der Filmentwicklung. Er brach die Tischlerlehre ab und wollte Fotograf werden. Er stapfte zum einzigen Fotostudio, das es nahe der Grenze gab und wurde prompt abgelehnt. Der Inhaber erkannte zwar sein Talent, konnte es sich aber nicht leisten, einen Mitarbeiter einzustellen.

Der Krieg war schon einige Jahre vorbei, aber im oberen Mühlviertel war der Wohlstand noch nicht so richtig angekommen. So beschloss er, sein Glück in der großen Stadt zu versuchen. Kaum in Linz angekommen ging er vom Bahnhof über die Landstraße bis hin zum Hauptplatz und wieder retour. Er betrat jedes Fotogeschäft – viele waren es damals auch in Linz noch nicht – und stellte sich vor, legte seine besten Fotos auf den Tresen, war bereit sofort mit der Arbeit zu beginnen und das anzunehmen, was ihm als Lohn geboten wurde. Sechsmal wurde er abgelehnt. Bei der siebten Adresse, einem kleinen Atelier direkt am Taubenmarkt, erhielt er tatsächlich einen Job und begann schon tags darauf, dort zu arbeiten. Er hatte weder eine Wohnung noch Freude oder Bekannte, bei denen er schlafen konnte. Er verbrachte die ersten Nächte am Bahnhof, ehe er sich seinem Arbeitgeber, einem hageren alten, stets grantigen Mann, anvertraute. Von da an schlief Franz in einem winzigen Kabinett auf einer uralten, durchgelegenen Matratze in der Wohnung seines Chefs, der Witwer war und sich selbst mehr schlecht als recht um die Wohnung kümmerte.

Franz arbeitete viel, lernte immer besser mit der Kamera umzugehen und nach Dienstschluss brachte er die Wohnung in Schuss. Die Wochenenden verbrachte er zu Hause und seine Mutter begann, ihn in die Geheimnisse ihrer Kochkunst einzuführen. Franz hatte Talent. Er war kein Gourmet, die Kräuter waren ihm fremd, aber die Hausmannskost seiner Heimat hatte es ihm angetan und so experimentierte er am Herd mit der gleichen Ausdauer, wie er es mit der alten Leica getan hatte. Er kochte für sich und seinen Chef Schweinsbraten, Innereien und Knödel und hatte keine Scheu davor, die Küche als Labor zu betrachten, in dem er nach Belieben mixte und probierte. Gemeinsam gingen die Männer auf dem Markt einkaufen, stets bezahlte der Chef, und abends saßen sie lange beim Essen und plauderten den ganzen Abend. Mal sprachen sie über die Fotografie, mal über das Essen, mal über Politik, Frauen, den Kalten Krieg – einfach über alles. Franz fühlte sich wohl in der Stadt und der alte grantelnde Mann war ihm sympathisch geworden. Seitdem sich Franz um die Wohnung kümmerte und es jeden Abend warmes Essen gab, war er gar nicht mehr so grantig.

Egal, wie viel er auch gekocht hatte: Franz verzehrte den Inhalt der Töpfe und Pfannen und auch die Reste vom Teller seines Chefs mit viel Genuss. Franz, der schon immer zu Übergewicht neigte, wurde dicker und dicker. Bewegung und Sport waren ihm fremd und der Bauchumfang wuchs jedes Jahr um mehrere Zentimeter.

Eines Abends, sie hatten gerade gegessen und Franz kümmerte sich um den Abwasch, da hörte er ein dumpfes Geräusch. Er watschelte ins Esszimmer, denn laufen war bei seiner Figur unmöglich und schon zwei schnelle Schritte führten zu Schweißausbrüchen. Er fand den alten Mann auf dem Boden liegend. Es kam jede Hilfe zu spät. „Plötzlicher Herztod", stellte der Arzt fest und schrieb das auch so in den Totenschein. Zu seiner Überraschung hatte der alte Mann keine Angehörigen mehr und er hatte Franz in seinem Testament als Universalerbe bedacht.

Von einem Tag auf den anderen war Franz Besitzer seines ersten Fotostudios, was ihn mit Stolz erfüllte und ihm im Kreise seiner Familie Anerkennung, aber auch Neid einbrachte.

Ohne noch recht zu wissen, was das nun für ihn bedeutete, spürte er instinktiv, dass er im Geschäft etwas ändern musste. Nur den ganzen Tag auf Laufkundschaft zu warten, das war eindeutig zu wenig. Er knüpfte Kontakte zu Schulen, später auch zu Kindergärten und bot überall seine Dienste an. Er ließ Visitenkarten drucken, änderte den Namen den Studios und langsam aber sicher stellten sich Erfolge ein.

Nach Jahren intensiver Arbeit war er ein gefragter Fotograf und bekannt für seinen Stil und seine gemütliche Art. Das Kochen trat in den Hintergrund, nicht aber das Essen. Er verdiente gutes Geld, renovierte und richtete die Wohnung, die er geerbt hatte, neu ein und ging zweimal täglich ins Wirtshaus. Seine Figur blieb unübersehbar und sein Markenzeichen. Auf der Landstraße kannte man ihn und erkannte ihn schon von weitem. Kein Wunder bei seiner Figur. Franz war eine Erscheinung und Institution der Landstraße!

In einem Schuhgeschäft lernte er seine Frau kennen. Er, schon 38 Jahre alt, befand sich auf der aussichtslosen Suche nach einem Paar Winterstiefel für seine viel zu klein geratenen Füße. Die Verkäuferin blieb ruhig und gelassen. Er probiere an die zehn Paar Stiefel, ehe sie ein Maßband nahm und begann, seine Füße zu vermessen. Sie legte ihm einen Karton auf den Boden befahl ihm, sich auf selbigen zu stellen, zog die Konturen mit weißer Kreide nach und versprach, ihm einen passenden Stiefel zu besorgen. Franz willigte ein und eine Woche später betrat er wieder das Geschäft, schlüpfte in die Stiefel und war begeistert. „Veni, vidi, vici!", war sein triumphaler, von einem breiten Grinsen begleiteter Kommentar.

Er umarmte die Verkäuferin, die keines der lateinischen Worte verstanden hatte, mit großer Herzlichkeit, gab ihr einen Kuss auf die Stirn und lud sie aus Dankbarkeit noch am selben Abend in den Klosterhof zum Essen ein. Er redete unentwegt von seiner Arbeit und dem Fotostudio, aß zwei Portionen Schweinsbraten mit Kartoffeln und Kraut und verstand es, sie zu unterhalten.

Ohne nach ihrem Namen gefragt zu haben, verabschiedete er sich von ihr mit einer festen Umarmung, die sie fast das Leben gekostet hätte. Franz steckte voller Kraft und Lebensfreude, nach diesem Abend noch mehr als sonst.

Am nächsten Tag kam er wieder ins Schuhgeschäft, fragte die Verkäuferin nach ihrem Vornamen – sie hieß Elisabeth –, bestellte zwei weitere paar Schuhe und ging abends mit ihr ein weiteres Mal aus.

Elisabeth war eine begeisterte Tänzerin und am dritten Abend konnte sie ihn dazu überreden, mit ihr das Tanzbein zu schwingen. Nach einem üppigen und fettreichen dreigängigen Menü und einem kurzen Spaziergang betraten sie ein Tanzcafé am Rande des Volksgartens. Eine Band spielte Livemusik und das Café war bis auf den letzten Sitzplatz gefüllt. Nur auf der Tanzfläche bot sich Platz für die beiden. Eine volle Stunde ließ ihn Elisabeth bei Rock ‚n' Roll und Boogie Woogie schwitzen, bis sein weißes Hemd und selbst die Krawatte komplett durchnässt waren.

Einmal pro Woche gingen sie von nun an tanzen und Franz gefiel das. Er lernte, sich ökonomischer zu bewegen, während Elisabeth um ihn herumwirbelte. Das Tanzen machte ihm viel Spaß und seiner Figur sollte es auch nicht schaden, so dachte jedenfalls Elisabeth. Sie konnte nicht wissen, dass das Tanzen seinen Appetit anregte und Franz, nachdem er sich von ihr verabschiedet hatte, jedes Mal noch einen Würstelstand aufsuchte. Der Bauchumfang schrumpfte nur marginal.

Franz fotografierte in seinem mittlerweile modern eingerichteten und technisch bestens ausgestatteten Studio jeden Samstag Hochzeitspaare und Elisabeth assistierte ihm. Sie gab ihren Job als Schuhverkäuferin auf und wurde seine erste Mitarbeiterin. Franz erkannte, dass auch Elisabeth ein Talent für die Fotografie besaß, und bald schon war sie ihm im Umgang mit der Kamera und dem Licht ebenbürtig. Das Arbeiten in der Dunkelkammer interessierte sie nicht. Sie hatte andere Ideen und Pläne. Sie wollte die Enge des Studios verlassen und die Hochzeitspaare an den schönsten Plätzen der Stadt ablichten. Der botanische Garten, der Schlosspark, die Pestsäule am Hauptplatz oder der

Pöstlingberg sollten als Kulisse für stimmungsvolle Bilder dienen. Franz war strikt dagegen und so dauerte es Jahre, bis Elisabeth ihre Idee in die Tat umsetzen konnte.

Neben ihrem Job im Atelier hatte sich Elisabeth schließlich auch um ihre gemeinsame Tochter Hannah zu kümmern. Die war zur Welt gekommen als Franz bereits seinen vierzigsten hinter sich hatte und Elisabeth selbst kurz vor dem dreißigsten Geburtstag stand. Die Schwangerschaft war weder geplant noch beabsichtigt, und da beide ihren Job im Fotostudio liebten, wuchs Hannah auch genau dort auf. Ihr Weg zur Fotografin war vorgezeichnet und Hannah zeigte auch schon von Kindesbeinen an Interesse und Talent dafür. Mit 15 machte sie erste Erfahrungen in der Modebranche, und kaum da sie volljährig war, gründete sie ihre erste eigene Firma. Mit der Unterstützung ihres Vaters lief das Geschäft auch von Anfang an gut. Das Fotostudio selbst war längst zu klein geworden und die Mitarbeiterzahl schon auf zehn angestiegen. Franz hatte ein größeres Lokal auf der Landstraße gefunden und angemietet. Das Angebot wurde erweitert und es wurden nun auch Fotoapparate, Filme und Zubehör verkauft. Elisabeth kümmerte sich ums Geschäft, während Franz auf der Suche nach neuen Ideen war. Er eröffnete einen weiteren Shop in Linz, ehe Geschäfte in Wien und Salzburg folgen sollten. Der Erfolg war sein stetiger Begleiter und mit dem erarbeiteten Geld kaufte er zunächst die kleine Nachbarwohnung, die er mit seiner eigenen verband. Später erwarb er weitere Wohnungen in diesem Haus und vermietete sie. Hannah war noch keine zehn Jahre alt, da übersiedelte die Familie an den Stadtrand in ein Haus, das Franz kurz zuvor gekauft hatte.

Das Geschäft wuchs, die Firma wuchs und Elisabeth hatte alles im Griff, was er über die Jahre aufgebaut hatte. Drei Fotostudios, drei Shops und eine eigene Filmproduktion, die sich zu seinem ganz besonderen Steckenpferd entwickelte. Auch als Filmemacher war er Autodidakt und er begann mit kurzen Werbefilmen. Es folgten Dokumentar- und Lehrfilme für Schulen, Volkshochschulen, Fahrschulen und Universitäten. Er drehte Naturfilme fürs Fernsehen, reiste als Kameramann durchs ganze Land, begleitete Naturforscher auf Expeditionen nach Indien und Afrika, bis er ein viel interessanteres Thema für sich entdeckte – die Vergangenheit.

Eines Tages, er drehte gerade einen Film über das Aisttal, saß er in einem Wirtshaus beim Mittagessen und aß Salat mit exakt drei kleinen Streifen Putenbrust. Ein für seine Verhältnisse ungewöhnliches Mahl. Die Diagnose Schlaganfall hatte ihn ordentlich aus der Bahn geworfen. Nach wochenlanger Reha und strenger Diät hatte er fast 20 Kilogramm abgenommen. Vom sportlichen Idealgewicht war er noch weit entfernt, aber er hatte den Wink mit dem Zaunpfahl verstanden und sein Leben geändert. Er aß viel kleinere Portionen, verzichtete auf zuckerreiche Limonaden, reduzierte Kohlehydrate und Fett, aß mehr Obst und Gemüse und ging neuerdings mit seiner Frau walken, und das jeden zweiten Tag. Er nahm weiter ab und fühlte sich gesünder und fitter als je zuvor.

Franz saß also beim Mittagessen und dachte über sein aktuelles Projekt nach, als er am Nebentisch hörte, wie sich drei Männer mittleren Alters, alle offensichtlich aus dem Ort, über den Zweiten Weltkrieg und die Spuren der Nazis unterhielten.

„… das Mühlviertel war schon immer ein besonderer Platz für die Nazis", sagte der eine.

„Wie meinst du das?", fragte der zweite.

„Na schau. In Mauthausen haben's das größte KZ des Landes betrieben und Tausende sind dort ums Leben gekommen, ob beim Bau oder im Steinbruch. Mauthausen war nicht irgendein KZ, das war die Zentrale mit unzähligen Außenlagern. Von dort haben sie die Häftlinge nach Linz geschickt und die Hermann-Göring-Werke bauen lassen und in St. Georgen war auch ein Lager."

„Sogar zwei waren dort", warf der dritte ein.

„Ja, richtig, und beide Lager standen unter der Fuchtel von Mauthausen. Dort haben die Nazis auch einen Steinbruch betrieben, aber dann sind sie drauf kommen, dass unser harter Mühlviertler Granit genau richtig war, um was vor der Welt zu verstecken. Sie haben ein riesiges unterirdisches Werk für die Wunderwaffe gebaut."

Franz lauschte. Er verstand nicht mehr jedes Wort, das am Nachbartisch gesprochen wurde, denn es hatten neue Gäste die

Stube betreten, die sich lebhaft über das Ländermatch Österreich gegen Deutschland unterhielten, das am Abend in München stattfinden sollte.

„… das soll ja noch viel größer gewesen sein … die Amerikaner haben alles abtransportiert, noch bevor die Russen kamen … die Russen wollten … sprengen … ich glaub, dass man noch was finden könnt, man müsste nur danach suchen …"

Franz aß zu Ende, bezahlte und ging wieder an die Arbeit. Seine Gedanken kreisten noch einige Zeit um dieses Gespräch. Erst Tage später, er saß wieder im selben Wirtshaus, sah er einen der drei Männer wieder und fragte, ob er an seinem Tisch Platz nehmen dürfe. Der Mann – er war Landwirt – nickte zustimmend, während er von seinem Bier trank und Franz nahm Platz. Franz bestellte auch ein Bier, aber alkoholfrei wegen der Kalorien, und einen großen bunten Salatteller. Der Landwirt meinte nur knapp, bevor er den nächsten Schluck Bier nahm: „Sie leben aber gesund."

Das Eis war gebrochen und Franz erzählte, warum er seit geraumer Zeit zu Mittag nur Salat essen durfte. Er erzählte von seinem Schlaganfall, ließ dabei kein Detail seiner Rettung aus, berichtete von der monatelangen Reha und hatte nach seinen Ausführungen das Vertrauen seines Tischnachbarn gewonnen. Sie sprachen über seinen Job, sein aktuelles Filmprojekt und ganz beiläufig erwähnte er, dass er sich für die Geschichte des Mühlviertels interessierte und sich sein nächster Film damit beschäftigen würde.

„Na, dann müssen Sie was über die Nazizeit machen. Die Geschichte gibt sonst ja nicht viel her. Bei uns hat es immer nur die Landschaft und die Landwirtschaft gegeben. Gut, die Textilindustrie hat einige Zeit eine wichtige Rolle gespielt, ganz oben in Haslach. Darüber könnte man auch einen Film machen. Aber der interessanteste Teil der Geschichte des Mühlviertels waren sicher die dreißiger und vierziger Jahre. Ich glaube, da wissen wir längst nicht alles, was sich in Mauthausen oder Gusen abgespielt hat. Und ich sag Ihnen was: So gründlich, wie die Deutschen sind und schon immer waren, da findet man sicher was in den Archiven. Man sagt doch *Von der Wiege bis zur Bah-*

re, nichts als Formulare. Die Deutschen haben immer alles perfekt dokumentiert. Man müsste nur genau schauen, dann findet man sicher was!"

„Was könnte man denn finden?", wollte Franz wissen.

„Zum Beispiel, dass das Stollensystem Bergkristall viel größer war, als man heute glaubt. Vielleicht haben die Amerikaner und die Russen nicht alles entdeckt. Vielleicht haben sie gar nicht so genau hingeschaut. Sicher ist eins: Die Amerikaner waren vor den Russen da und haben sehr viel abtransportieren lassen. Sie mussten sich aber beeilen, denn das gesamte Mühlviertel wurde zur russischen Besatzungszone. In der Zeit hat die Rote Armee auch die Tunnel sprengen lassen. Den Steinbruch hat man bis 1955 als USIA-Betrieb geführt. Am Ende haben die Russen alle Anlagen abgebaut, auf Waggons verladen und weggeschafft."

Der Landwirt trank einen weiteren Schluck von seinem Bier.

„Ich persönlich glaube ja, dass die Nazis mit der Wunderwaffe nicht nur ihre Düsenflugzeuge oder die V2-Rakete gemeint haben, sondern noch was viel Schlimmeres ..."

Franz legte die Stirn in Falten, hob den Kopf und blickte ihn fragend an.

„Ich glaube, die Nazis haben schon an der Atombombe gebaut. Es sollen damals sehr viele Chemiker und Physiker unter den Häftlingen gewesen sein. Die hat man nicht ohne Grund in Mauthausen zusammengezogen. Die Nazis haben alles perfekt geplant, der Standort war perfekt. Man hat den Granit als Baustoff gebraucht und die SS hat sich alles unter den Nagel gerissen, um möglichst günstig produzieren zu können. Das war ein Wirtschaftsbetrieb mit den billigsten Arbeitskräften, die man bekommen konnte, Zwangsarbeiter, Kriegsgefangene und Juden. Später hat man, wie man heute sagen würde, das *Portfolio* erweitert und Rüstungsbetriebe angesiedelt. Tief im Berg, geschützt durch den Granit."

„Was macht Sie so sicher, dass man was finden könnte, so viele Jahre nach dem Krieg?"

„Hinter jedem Gerücht steckt ein wahrer Kern. Zahlen!", sagte der Landwirt, trank den Rest in einem Zug und verschwand. Franz sah ihm durch das Fenster nach, wie er seinen Traktor bestieg und losfuhr.

Vielleicht hatte der gute Mann ja recht und man würde was finden, wenn man nur danach suchte. Und in einem hatte er sicher recht: Es gibt kein gründlicheres Volk als die Deutschen. Alles schön geplant und dokumentiert. Auch das Morden der Nazis in den Konzentrationslagern war dokumentiert in Form von Befehlen, Listen und Berichten.

Franz ließ der Gedanke an *Bergkristall* keine Ruhe mehr. Vor Jahren schon – es war im Zuge seiner Scheidung von Elisabeth gewesen – hatte er sich diesen Bauernhof gekauft und war aufs Land gezogen. Elisabeth führte die Fotogeschäfte weiter, er selbst konzentrierte sich auf das Filmemachen, und da sie ihre beruflichen Aktivitäten in eigenständigen Firmen betrieben, war es auch kein Problem gewesen, es auseinander zu dividieren.

Franz hatte den Hof von einem alten alleinstehenden, kinderlosen Bauern erworben und die Felder und Wiesen verpachtet. Nur das Stück Wald wollte er selber bewirtschaften. Später bereute er das. Nicht weil ihm die Holzarbeit keinen Spaß gemacht hätte – nein, das Gegenteil war der Fall. Es war harte Arbeit und sie kostete ihn viel Zeit und Kraft. Und die Zeit, die hätte er oftmals gerne anders genutzt. Seine Krankheit hatte auch was Gutes gehabt. Franz hatte viel an Gewicht verloren, lebte nun gesünder und fitter als je zuvor, seine Lebensgefährtin Maria, die seit fast drei Jahren mit ihm zusammenlebte, baute Gemüse an, er aß kaum noch Fleisch und auf dem Hof betrieb er eine Fischzucht. Die alten verschlammten Fischteiche hatte er selbst ausgebaggert, und da ein kleiner Bach die Teiche speiste, hatte er beste Voraussetzungen für eine Forellenzucht. Mehrmals in der Woche aß er gegrillten Fisch mit Gemüse, alles aus eigener Produktion.

Maria entwickelte eine Vorliebe für alte Tomatensorten, züchtete diese in einem kleinen Glashaus, das ihr Franz eigenhändig errichtet hatte. Gurken, Zucchini, Paprika, Karotten, Lauch, Weiß- und Rotkraut und nicht zu vergessen Erdäpfel rundeten das Angebot an frischem Gemüse ab. Salat gab es mehr, als sie selbst essen konnten. Den Großteil ihrer Eigenproduktion an Gemüse, Salat und Obst, meist in veredelter Form, verschenkten sie an Freunde, Bekannte und Nachbarn. Maria war eine begeisterte Reiterin und so lebte auch ein Pferd bei ihnen auf dem Hof. Franz lernte zu reiten, fand Gefallen daran und legte sich sein eigenes Pferd, eine Haflingerstute, zu. Gemeinsam ritt er oft mit Maria durch den Wald, besonders in den Morgenstunden, bis sie eines Tages auf eine Wandergruppe trafen, sein Pferd scheute und er schwer verletzt in einem Graben landete. Von da an bestieg er kein Pferd mehr, vertraute lieber auf seine zwei Beine und den Jeep als Fortbewegungsmittel.

Zu seinem Besitz gehörte auch eine große Wiese mit 25 alten Obstbäumen. Franz schnitt im ersten Winter einige kaputte Bäume um und pflanzte an ihrer Stelle neue Apfel- und Birnbäume. Er ließ der Natur ihren Lauf und verarbeitete jedes Jahr das meiste Obst zu Saft, Most und Schnaps. Das Gras konnte sein Nachbar zur Fütterung der Kühe gut gebrauchen.

Franz lebte gerne an diesem Ort, vor allem die Stille genoss er sehr. Wenn diese gestört wurde, dann lag es an Franz selbst, weil es wieder eine Baustelle gab. Gleich nach dem Kauf ließ er den Güterweg sanieren, verbreiterte ihn an einigen Stellen und machte ihn so wintertauglicher. Er kaufte sich einen alten Traktor, der ihm nicht nur bei der Schneeräumung nützlich war. Er baute Raum für Raum um, erneuerte die komplette Elektroinstallation, ließ ein neues Bad einbauen, später eine Sauna und ein Dampfbad, stellte die Heizung auf Hackschnitzel um, das Holz kam aus dem eigenen Wald und dank einer Photovoltaikanlage auf dem Dach war er so gut wie unabhängig von Energie und Wasser. Er entrümpelte den Innenhof und ließ ihn durch einen Landschaftsgärtner zu einem Schmuckstück umgestalten. In der Mitte des Hofes entstand ein großer kreisrunder Sitzplatz, beschattet durch ein Sonnensegel, das man an den Innenwänden des Hofes befestigte. In einer Ecke befand sich ein Springbrunnen aus Edelstahl und Glas, es gab einige Sträucher und Gräser, einen perfekten englischen Rasen und einen weiteren mit Granit gepflasterten Platz mit zwei Sonnenliegen direkt vor dem Wellness-Bereich im Erdgeschoss, dort wo sich früher der Schweinestall befunden hatte.

Seine Tochter Hannah, die sich zu einer ausgezeichneten Fotografin entwickelt hatte, kam auch gerne auf den Bauernhof, um das Wochenende dort zu verbringen. Während der Woche arbeitete sie in Wien oder sonst wo auf der Welt. Sie hatte im ersten Stock ihre eigene Wohnung und manchmal brachte sie auch Freunde mit, die ein paar Tage blieben. Ihre Wohnung hatte sie sehr modern und puristisch eingerichtet. Jedes Möbelstück war von ihr selbst entworfen, klar und funktionell im Design. Alte Stoffe kombinierte sie mit Eichenholz und Edelstahl. Platz für Gäste gab es genug. Franz dachte sogar einmal darüber nach, in einem noch leer stehenden Teil des Hofes eine Ferienwohnung zu errichten. Den Umbau setzte er auch um, aber die Idee zu vermieten verwarf er, als Hannah begann, sich ein Studio auf dem Bauernhof einzurichten. Moderne Trachtenmode wollte sie in der passenden Umgebung ins Bild setzen. Franz war das nur recht. Es erfüllte den Bauernhof mit Leben, und wenn ihm der Trubel zu viel wurde, fuhr er mit dem Jeep – ein Relikt der U.S. Army – durch das Mühlviertel, um irgendwo an einem Stammtisch zu landen und Bier zu trinken – alkoholfreies versteht sich! Franz tat das mit Regelmäßigkeit und Hingabe. Immer dann, wenn er einen Film beendet hatte, verspürte er so etwas wie Entzug und mit besonderer Vorfreude suchte er das Abenteuer der Plauderei, der Gerüchte und des Halbwissens.

Franz saß auf einer Holzbank, eine Flasche Bier in der Hand, und blickte in Richtung Süden auf den Ort St. Georgen an der Gusen, der nur wenige Kilometer von ihm entfernt im Sonnenschein lag. Maria kam gerade von einem Ausritt nach Hause, als er beschloss, sich mit der Vergangenheit zu beschäftigen. Noch am selben Abend teilte er ihr mit, dass er verreisen musste.

Rosy

Howard saß in der Oper – *Don Giovanni* in einer Inszenierung von Franco Zefirelli – als sein Handy vibrierte. Es war Tom, sein Bruder. Er rief immer zum falschen Zeitpunkt an, dachte Howard. Aber wie sollte der Kulturbanause Tom auch wissen, dass sich Howard jeden Sonntag in der Oper befand. Gleich nach der Vorstellung rief er zurück.

„Hi Tom, hier Howard. Warum hast du angerufen?"

„Rosy hat sich vor ein paar Stunden das Leben genommen. Sie hat sich in der Scheune erhängt. Babs, ihre älteste Tochter, hat sie heute Morgen gefunden. Rosy ist schon seit Tagen nicht gut drauf und sehr depressiv gewesen, hat Babs mir erzählt."

Howard war sprachlos.

„Bist du noch dran, Bruderherz?", fragte Tom, sichtlich irritiert.

„Ja, das bin ich. War sie nicht in Behandlung bei einem Arzt?"

„Doch, das war sie, aber sie hat die Psychopharmaka nicht genommen. Wir haben mehrere Schachteln in ihrem Schlafzimmer gefunden. Und auch die Termine zur Gesprächstherapie hat sie seit drei Wochen nicht mehr besucht. Babs und ihre Schwestern haben sich Sorgen um ihre Mutter gemacht und sie seither nicht mehr aus den Augen gelassen. Meistens haben zwei ihrer Töchter bei ihr gewohnt. Dann wurde Sue Allen krank und Babs musste sie ins Spital bringen. Rosy wollte nicht mitfahren. Sie hat sich bei den beiden verabschiedet, hat einen Abschiedsbrief geschrieben und sich dann in der Scheune aufgehängt. Die Winchester, mit der sie Ben erschossen hat, hat sie auf den Boden der Scheune gelegt und mit einem Ring aus Teelichtern umgeben. Sie hat alle Lichter angezündet und ist eine sechs Meter lange Leiter hochgestiegen und hat sich den Strick ..."

Howard wurde ganz schlecht und die letzten Worte seines Bruders drangen nicht mehr an sein Ohr. Er setzte sich auf die nächste Bank und rang nach Luft.

Tom fuhr indes mit seiner Erzählung fort: „Nach gut zwei Stunden kam Babs dann alleine zurück, weil Sue Allen die Nacht im Krankenhaus verbringen musste. Sie wollte ein paar Sachen für sie einpacken und gleich wieder ins Krankenhaus fahren. Babs sah das offene Scheunentor und lief hinein. Rosy war nicht mehr zu helfen."
„Du sagtest, sie hat einen Abschiedsbrief geschrieben?"
„Ja, das hat sie."
„Und was hat sie geschrieben?"
Tom las ihm den Brief vor.

Mein geliebter Ben,
auch wenn du mich oft verletzt und geschlagen hast, so habe ich dich doch immer geliebt. Und ich tue es heute noch. Es war kein Unfall. Ich habe gewusst, wer nach Hause kommt. Ich wollte nicht wie jeden Samstag von dir geschlagen und misshandelt werden. Ich habe dich getötet, um mich und die Kinder zu schützen. Und jetzt komme ich zu dir, damit wir endlich glücklich sein können.
Deine dich liebende Rosy

PS: Liebe Kinder, seid mir nicht böse, dass ich euch verlasse. Ich gehe zu eurem Vater, weil er mein Mann ist! Ich weiß, er hat mir längst verziehen, was ich ihm angetan habe.

„Du kommst doch zur Beerdigung, oder?", fragte ihn Tom.
„Wann findet die statt?"
„Der genaue Termin steht noch nicht fest, aber vermutlich am kommenden Wochenende. Samstag wäre ideal für alle."
„Natürlich komme ich. Danke, dass du mich verständigt hast."
Howard war tief betroffen. Warum hatte niemand seiner Schwester helfen können? Er ging nach Hause, trank mehrere Gläser Rotwein, fühlte sich beschissen und fand erst in den frühen Morgenstunden etwas Schlaf.
Müde und gereizt schleppte er sich auf die Toilette. Ein neuer Tag, ein neues Glück. Sein Leitspruch, den er sich seit Jahren Tag für Tag vor dem Spiegel ins Gedächtnis rief und manchmal auch laut vorsagte. Ob dieser Tag ihm ein neues Glück bringen würde?

Nach einem Ristretto, einem Glas Wasser und mindestens drei Zigaretten, die er noch in einer Küchenlade gefunden hatte, rief er im Reisebüro an und buchte einen Flug – Business wie immer – von Wien via Frankfurt nach Dallas. In zwei Tagen würde er nach langer Zeit wieder in Texas sein. Er dachte nach, was er bis zum Abflug noch tun konnte oder musste, aber sein Hirn war erstaunlich leer.

Tom erwartete ihn bereits am Flughafen und während der Fahrt zur Ranch erzählte er Howard alles, was er ohnehin schon wusste.
„Hörst du mir eigentlich zu?", fragte Tom.
„Ja, doch", antwortete Howard zögerlich und nach einer langen Pause. „Die Beerdigung findet am Samstag statt, oder?", fügte er schnell hinzu, um Tom nicht zu verunsichern.
„Ja. Um 11 Uhr kommt der Pastor. Wir haben alle Nachbarn, Freunde und Verwandte eingeladen. Es werden vermutlich so gegen 100 Leute zur Beerdigung kommen. Rosys Töchter werden alle da sein. Die beiden Jüngsten reisen morgen aus L.A. an. Du hast sie schon lange nicht mehr gesehen. Sie sind alle erwachsen und sehr hübsch geworden. Kaum zu glauben bei den Eltern …", sagte Tom und lachte dabei. „Weißt du noch, wie wir Rosy immer geärgert haben wegen ihrer Sommersprossen?"
„Oh ja, das habe ich nicht vergessen: Wir haben dir Kupfer ins Essen getan und jetzt bist du ganz rostig!", äffte Howard mit der Stimme eines kleinen Jungen.
„Rosy ist dann völlig ausgezuckt, hat uns bespuckt, gekratzt und alles hinterhergeworfen, was ihr gerade in die Hände fiel", ergänzte Tom.
„Einmal hat sie dir einen Holzpantoffel nachgeschleudert und dir eine tiefe Platzwunde verpasst."
„Die Narbe kannst du heute noch sehen, weil ich mich zu früh umgedreht habe." Und Tom deutete mit dem rechten Zeigefinger auf die Narbe an der Stirn.
Sie erreichten die Ranch und Howard kam es vor, als ob sich gar nichts verändert hätte. Er stieg aus dem Wagen und wartete darauf, dass seine Eltern aus dem Haus kamen, um ihn zu begrüßen. Aber beide lebten schon lange nicht mehr. Und sein

letzter Aufenthalt auf der Ranch seiner Familie lag mehrere Jahre zurück. Beide, Vater und Mutter, waren im selben Jahr verstorben. Dad genau einen Monat nach seiner Mutter. Er blickte in westliche Richtung, wo er in der Ferne die hohen Bäume des Friedhofshügels erkennen konnte. Zwischen den Bäumen stand ein kleines Mausoleum, die Familiengruft. Dort lagen Mom und Dad seit mehr als fünf Jahren und schon in wenigen Tagen sollte ihnen ihr jüngstes Kind, ihre Tochter Rosy, folgen. Wann würden er und Tom folgen?, fragte er sich im Stillen und ging langsam ins Haus.

Rosys Töchter schwatzten in der Bibliothek lautstark durcheinander. Sie hatten sich lange Zeit nicht mehr gesehen, lebten in verschiedenen Bundesstaaten und waren eifrig damit beschäftigt, sich gegenseitig „upzudaten", wie man nun so sagte. Toms Frau stand in der Küche und bereitete gemeinsam mit ihrer Köchin Amelie das Mittagessen vor.

„Hi Rosy", sagte Howard. „Du siehst gut aus!"

„Du aber auch, du ewiger Junggeselle. Oder hast du etwa still und heimlich geheiratet?"

„Ich und heiraten! Die Frau muss wohl erst geboren werden, die ein Leben mit mir aushält", erwiderte Howard.

Beim Essen war der Tod von Rosy das bestimmende Thema. Howard lauschte nur und beteiligte sich kaum mit Wortmeldungen. Er war müde von der langen Reise und der Jetlag sein ganz spezielles Problem. Er beschloss, sich kurz aufs Ohr zu hauen und ein wenig zu rasten. Er schlief fast eine Stunde, warf sich in ein bequemes Rancher-Outfit und beschloss kurzerhand, mit einem der Pick-ups eine Runde über die Ranch zu fahren.

Auch das Abendessen in bereits kleinerer Runde – Rosys Töchter hatten die Ranch verlassen, um sich mit Freunden zu treffen – war von Rosy überschattet. Tom erzählte unentwegt Anekdoten aus ihrer gemeinsamen Kindheit. Seine Frau lauschte aufmerksam und hatte Spaß an den Geschichten. Howard erlebte seinen älteren Bruder in Höchstform. Beim besten Willen konnte er sich an viele der Geschichten nicht mehr erinnern und insgeheim hatte er den Verdacht, dass Tom einfach nur so dahin fabulierte, um für gute Laune zu sorgen.

Howard war nach dem Steak und dem Gemüse mehr als satt, hatte reichlich Bier und Wein getrunken und begab sich für seine Verhältnisse sehr früh zu Bett. Auf dem Rücken liegend, musste er noch lange an seine Kindheit auf der Ranch denken. Er versuchte, sich die Stimme seiner Mutter in Erinnerung zu rufen, wenn sie ihn morgens geweckt hatte. Er sah seinen Vater vor sich, hoch zu Ross, wie er die Rinder über die Weide jagte. Und er sah Rosy von der Decke der Scheune hängen.

Die Beerdigung verlief, wie es Tradition war im Hause Bush. Der Bestatter brachte morgens die Leiche aus dem Kühlhaus und der Sarg wurde im Wohnzimmer aufgebahrt. Rund um den Sarg brannten lange weiße Kerzen. Er war aus massiver Eiche, glänzend weiß lackiert und mit der weichen dunkelblauen Tapezierung ausgestattet. Rosy trug ein dunkles Kostüm und eine weiße Bluse. Um den Hals trug sie einen Schal, der die Spuren des Stricks verdeckte. Die amerikanische Flagge bedeckte ihren Unterkörper und ihre Beine und hing auf drei Seiten bis zum Boden.

Das Haus füllte sich schon früh mit Gästen. Tom hatte ein Catering bestellt und es wurden Fingerfood und Softdrinks serviert. Pünktlich um 11 Uhr erschien der Pastor und alle Gäste versammelten sich im Wohnzimmer. Es wurde gebetet und in aller Würde der toten Rosy gedacht. Ihre Töchter verabschiedeten sich in sehr persönlichen Worten von ihrer Mutter. Dann wurde der Sarg geschlossen, aus dem Haus getragen und auf eine Kutsche, die mit vielen bunten Blumensträußen geschmückt war, verladen. Für all jene, die schlecht zu Fuß waren, standen weitere mit Blumen geschmückte Kutschen bereit.

Die Prozession setzte sich in Richtung Friedhofshügel in Bewegung und pünktlich um 12 Ihr wurde der Sarg unter Trompetenmusik in die Erde gelassen. Howard stand weinend unmittelbar neben dem offenen Grab und wusste in diesem Augenblick nicht mehr, wer hier zu seiner letzten Ruhestätte gebetet wurde. Die Beerdigungen seiner Eltern, obwohl schon Jahre zurückliegend, waren ganz genau so abgelaufen wie jene seiner Schwester Rosy. Und in ein paar Jahren würde sich das ganze wiederholen. Würde er der Nächste sein?

Nach der Beisetzung fanden sich nochmals alle Gäste im Haus zu Kaffee und Kuchen ein. Später, bei Bier, Wein und Whisky, stieg die Stimmung von Stunde zu Stunde. Spätestens zum Abendessen wurde das Tanzbein geschwungen und das Leben gefeiert. Die Tote war damit nicht vergessen. Sie war Teil der Party, denn in jedem Raum stand mindestens ein großes Foto von Rosy. Und es wurde immer wieder über sie gesprochen, an sie gedacht und auf sie angestoßen, bis in die späte Nacht hinein. Auch das hatte Tradition auf der Ranch der Familie Bush.

Samuel III

Samuel und seine Freunde staunten nicht schlecht, als sie an den Händen aneinander gekettet vom Lastwagen sprangen. Ihr Ziel war keine Baracke, sondern ein Bauernhof mitten im Wald. Von den Wachen wurden sie vor das Haus getrieben, wo sie der Lagerkommandant bereits erwartete. Befreit von den Ketten, standen die zwölf Männer in einer Reihe, als er zu ihnen sprach.

„In wenigen Augenblicken werden Sie Ihre Arbeiten im Labor aufnehmen. Liebermann, Sie sind mir für Ihre Truppe verantwortlich. Jeden Tag um 15 Uhr werden Sie mir hier in Gegenwart der gesamten Mannschaft Bericht erstatten. Wenn Ihnen etwas fehlt, dann lassen Sie es mich wissen. Der Führer erwartet Ihren vollsten Einsatz! Der Führer erwartet von Ihnen Höchstleistungen! Und dafür werden Sie ab heute auch belohnt. Sie werden hier wohnen und arbeiten und mitten in dieser unberührten Natur Ihr Bestes geben für das Deutsche Reich, zum Wohle der arischen Rasse. Der Endsieg ist uns sicher! Und kommen Sie mir ja nicht auf dumme Gedanken. Jeder Versuch der Flucht oder Sabotage wird mit dem Tod bestraft. Abtreten! Heil Hitler!"

Sie betraten das Haus. Samuel ging voran, hinter ihm sein Freund Benjamin. Am Ende eines langen, niedrigen und nur schwach erhellten Ganges bogen sie rechts ab in eine Kammer, in der zwei Männer der Totenkopfwache, mit Gewehren bewaffnet, den Eingang in den Tunnel bewachten. Eine senkrecht stehende, am Granit befestigte Leiter führte tief hinab in den Berg. Der Einstieg konnte mit einer schweren Eisentüre verschlossen werden. Samuel stieg voran in den Untergrund. Seine Augen mussten sich erst an die spärliche Beleuchtung gewöhnen. Unten angekommen standen zwei weitere Wachen parat, das Gewehr im Anschlag und entsichert.

Die Tage vergingen schnell, sie arbeiteten täglich zwölf Stunden im Labor, tief unter der Erde im Schutz des Granits. Es gab tatsächlich mehr zu essen, und nicht nur die Mengen waren ordentlich – nein, auch die Qualität war fast so wie zu Hause bei seiner Ehefrau, an die er sehr oft denken musste. Sie fehlte ihm sehr. Was sie immer noch nicht hatten, waren Matratzen, und so schliefen sie auf Holzbrettern oder einige von ihnen gleich auf dem Boden. Zwölf Stunden Arbeit im Tunnel waren angesichts des geringen Sauerstoffgehaltes der Luft nicht zu schaffen. Seit Tagen ließ sich der Kommandant nicht mehr blicken und Samuel hoffte, ihn bald sprechen zu können.

„Uns fehlen immer noch die Matratzen", sagte Samuel grußlos an den Kommandanten gerichtet, als dieser plötzlich unangekündigt im Labor neben ihm stand.

„Schon vergessen? Wir haben Krieg, Liebermann. Da stockt ab und zu die Versorgung, aber die Deutsche Wehrmacht hat alles im Griff. Fehlt sonst noch etwas?"

„Wann kommen die Chemikalien?"

„Die ersten Waggons sind heute Morgen eingetroffen. Fehlt noch etwas?"

„Nein, Herr Kommandant", nuschelte Samuel, der ohne Unterbrechung an einer Glasapparatur hantierte.

„Etwas lauter und deutlicher, wenn ich bitten darf."

„Meine Männer leiden an Atemnot. Der Sauerstoffgehalt der Luft sinkt im Laufe des Tages sehr stark ab. Wir brauchen entweder einen Schacht zur Belüftung oder wir müssen die Männer alle zwei Stunden zu einer Pause an die frische Luft schicken."

„Liebermann, wir sind hier nicht zur Erholung. Alle vier Stunden wird die Arbeit für 15 Minuten unterbrochen, und sie sorgen mir dafür, dass die Pausen eingehalten werden. Die Pausen verlängern den Arbeitstag."

„Jawohl, Herr Kommandant", sagte Samuel leise.

„Lauter und deutlicher, habe ich gesagt!"

„Jawohl, Herr Kommandant!", schrie Samuel so laut er nur konnte.

„Geht doch", sagte der Kommandant und grinste Samuel höhnisch ins Gesicht.

„Weitermachen!", brüllte er durch den Stollen und verschwand. Ben kam herbei. „Was hat er gesagt?"

„Wir bekommen die Matratzen."

„Und wann?"

Samuel zuckte wortlos mit den Schultern. „Es ist Krieg und da gibt es Versorgungsprobleme, aber die Wehrmacht hat alles im Griff."

„Wenn die Wehrmacht schon Probleme hat, zwölf Matratzen aufzutreiben, dann frage ich mich, ob wir überhaupt das Uranerz bekommen."

„Ben, ich sage dir, das wird klappen!"

„Was macht dich da so sicher?"

„Himmler will mit seiner SS den Krieg gewinnen, und dafür tut er alles."

„Ich hoffe, du hast recht, sonst ..."

„Was sonst?", wollte Samuel wissen.

„Sonst sind wir hier bald am Ende!"

„Noch etwas hat er gesagt. Wir dürfen alle vier Stunden 15 Minuten Pause an der frischen Luft machen."

„Dann können wir ja bald raus aus dem Loch!", sagte Ben mit sichtlich besserer Laune.

Samuel sah auf die große Wanduhr und sagte mit lauter Stimme, sodass ihn alle seine Kollegen hören konnten: „In 20 Minuten dürfen wir ans Tageslicht. Ab sofort ist uns alle vier Stunden eine 15-minütige Pause genehmigt."

Samuel erntete Beifall für seine Worte. Aus Feigheit verschwieg er ihnen aber, dass sie die Pausen einarbeiten mussten.

Archive

Maria kannte Franz nur zu gut. Sobald es ein neues Projekt gab, vergrub er sich in die Arbeit und tauchte oft tagelang in eine andere Welt ab. Mit „Projekt" war nicht unbedingt ein Filmprojekt gemeint – nein, auch wenn er sich mit dem Umbau des Hofes beschäftigte oder mit seinen Robotern, war es ganz genau so. Er lebte in seiner eignen Welt, ließ niemanden an sich ran und wollte nur ungestört arbeiten können.

Als Maria auf dem Pferd sitzend um die Ecke kam, hatte er sich schon entschieden. Er wollte den Gerüchten um Gusen nachgehen und zu recherchieren beginnen. Jahrelang hatte er Tier- und Naturfilme produziert und ganz gut davon gelebt. So ein Projekt barg natürlich ein Risiko. Wer könnte Interesse daran haben, seinen Film zu senden? Das Fernsehen?, fragte er sich. Er musste wohl auf eigene Faust und mit eigenem Geld haushalten und einen Film mit geringsten Produktionskosten herstellen. Aber davon war er ja noch weit entfernt. Jetzt musste er sich erst einmal informieren, recherchieren und ausloten, ob das Thema überhaupt ausreichend Stoff für einen Film lieferte. Gleich am nächsten Tag wollte er im Gusen-Memorial damit beginnen und sich der Frage widmen, welche Archive für seine Recherche interessant sein konnten.

Am Abend sprach er mit Maria.

„Ich hab da eine Idee für ein neues Projekt und ich denke, da sollte ich ein bisschen recherchieren, bevor ich sagen kann, ob es für einen Film reicht oder nicht."

„So, so", sagte Maria, die nur zu gut wusste, dass es das Beste war, Franz einfach reden zu lassen. Fragen hatten jetzt noch keinen Sinn.

„Ich beginne morgen mit der Recherche und werde in den nächsten Tagen mal nach Wien fahren."

„Wirst du länger verreisen?"

„Mal sehen, ich weiß es noch nicht."
„Gut, dann sag es mir rechtzeitig."

Schon vor der Öffnung der Mahnstätte hatte er seinen Jeep auf dem Parkplatz abgestellt und führte ein paar belanglose Telefonate mit dem Handy. Er war zum ersten Mal in seinem Leben an diesem Ort und spürte, dass es nicht das letzte Mal sein würde. Mit der Fototasche auf der Schulter verschaffte er sich einen Überblick, ehe er die Nikon aus der Tasche holte und zu fotografieren begann. Er begann im Außenbereich des Krematoriums und fotografierte jede Inschrift, die an der Betonmauer hing. Im Krematorium selbst ergriff ihn Angst und Betroffenheit. Er glaubte, Todesschreie zu hören, doch er war allein, nur umgeben vom Straßenlärm und dem Knirschen, das seine Schritte im Kies erzeugten. Dann wandte er sich dem Ausstellungsraum zu. Auch dort war er allein, allein mit den Stimmen der Überlebenden, die in Videos ihr Leid schilderten.

Er verbrachte zwei Stunden dort, hoch konzentriert fotografierend und lesend, bis sich sein Magen mit einem lauten Knurren meldete. Zeit fürs Mittagessen, dachte er. Er verspeiste einen Apfel und einen Müsliriegel. Beim Anblick der unterernährten, abgemagerten nackten Körper der Häftlinge blieb ihm fast der Apfel im Hals stecken. Zuletzt besuchte er die Toilette und schrieb folgenden Satz ins Besucherbuch:

Lupus est homo homini, non homo,
quom qualis sit non novit.
(Ein Wolf ist der Mensch dem Menschen,
nicht ein Mensch, wenn man sich nicht kennt.)
Zitat von Plautus

Am späteren Nachmittag kehrte er auf den Hof zurück. Zuvor hatte er noch eines seiner Lieblingswirtshäuser besucht, zur Ablenkung ein wenig mit dem Wirt geplaudert und ein Bier getrunken.

Wieder zu Hause machte er sich Notizen und las noch einmal auf der Homepage nach. Er konnte nicht verstehen, dass das ehemalige Jourhaus noch existierte und jetzt als Wohnhaus genutzt wurde.

Warum hatten es die Befreier nicht sprengen oder abreißen lassen? Wie lebte es sich in einem Haus, in dem der Sitz der SS und das Zentrum der politischen Macht gewesen waren? Wie ging man als Bewohner mit dem Wissen um, dass sich im Keller des Hauses das Lagergefängnis, der sogenannte Bunker, befunden hatte, in dem über Jahre hinweg systematisch gefoltert und gemordet worden war? Kann man das als Besitzer und Bewohner so eines Hauses jemals vergessen?, fragte er sich, als er das Foto vom Jourhaus auf seinem Bildschirm betrachtete. Das große Tor in der Mitte des Bildes stellte den Haupteingang des Lagers dar und war für mehr als die Hälfte der Inhaftierten von Gusen das Ende der Freiheit und der sichere Tod gewesen.

Als am 5. Mai 1945 die U.S. Army das den Alliierten weitgehend unbekannte Konzentrationslager Gusen erreicht und die Häftlinge befreit hatte, befanden sich in Gusen etwa 20.000 stark unterernährte Häftlinge – mehr als im KZ Mauthausen – in besorgniserregendem Gesundheitszustand. Insgesamt waren rund 75.000 Menschen in Gusen eingesperrt gewesen und mehr als die Hälfte hatte die Haft nicht überlebt. Alles, was er an diesem Tag über Gusen I und Gusen II gelesen hatte, war neu für ihn.

Maria war noch nicht zu Hause und so setzte er sich an den Computer, überspielte die Fotos auf die Festplatte und erstellte eine Liste von Museen und Archiven, die für seine Arbeit interessant sein könnten. Er zählte 13 Museen in fünf verschiedenen Ländern und speicherte die Liste unter dem Namen „Museen" auf der Festplatte. Anschließend legte er einen eigenen elektronischen Ordner an und gab ihm den Namen „Bergkristall". Auch die Fotos verschob er in diesen Ordner.

Franz sah sich nochmals die Liste „Museen" an und beschloss, gleich am nächsten Tag mit telefonischen und schriftlichen Anfragen zu beginnen. Vor dem Abendessen betrachtete er nochmals die Fotos, speziell die Luftaufnahmen und Lagebilder, und mit gedrückter Stimmung setzte er sich zu Maria in die Küche, die gerade beim Kochen war.

„Ich habe keinen Hunger", sagte Franz.

„Hast du im Wirtshaus was gegessen?"

„Nein, nur mittags einen Müsliriegel und einen Apfel."

„Und was hat dann auf deinen Magen geschlagen?", hakte Maria nach.

„Ich war in Gusen im Memorial."

„Ich bin gleich fertig. Schenk doch schon mal was zu trinken ein. Erzähl mir beim Essen davon."

„Was möchtest du trinken?"

„Ein Glas Rotwein und Wasser. Es gibt einen Hirschbraten mit Rotkraut und Knödel. Das magst du doch so gerne."

Franz holte zwei Weingläser aus der Anrichte, schenkte den Wein ein und nahm einen kräftigen Schluck vom Blauburger, den Maria auch zum Kochen verwendet hatte. So gut Maria auch gekocht hatte, Franz blieb schon der erste Bissen im Hals stecken. Wortlos stocherte er im Essen herum.

Zwei Tage später saß er im Zug nach Wien und fuhr direkt zur Nationalbibliothek, wo er bereits erwartet wurde. Zum Mittagessen traf er sich mit Hannah. Auch sie ließ er im Unklaren darüber, warum er sich drei Tage in Wien aufhalten würde. Am dritten Tag, im Speisewaggon des Railjet sitzend, nahm er sein Notizbuch und las die Notizen der vergangenen Tage. Komplette Fehlanzeige, dachte er. Viel gesehen, viel gelesen, viele Dokumente kopiert, aber keine neuen Erkenntnisse in Sachen *Bergkristall*. Alles, was er kopiert hatte, ließ er durch den Scanner laufen. Der Ordner „Bergkristall" füllte sich immer mehr.

In der folgenden Woche reiste er wieder mit dem Zug zuerst nach Dresden. Auf der Fahrt dorthin hatte er zum ersten Mal das Gefühl, fündig werden zu können. Im Militärhistorischen Museum fand er umfangreiches Aktenmaterial über die SS. Kopien wurden ihm verwehrt und eine rasche Sichtung war aussichtslos. Ein Museumsmitarbeiter riet ihm zur Registrierung beim Digitalen Bildarchiv des Bundesarchivs, was Franz noch im Museum in die Tat umsetzte. Im Hotel, am Laptop sitzend, fand er Luftbilder von Gusen und Mauthausen aus dem Frühjahr 1945. Die Auflösung der Bilder ließ zu wünschen übrig. Vielleicht gab es sie auch in besserer Auflösung. Aber wo?

Wieder zurück im Mühlviertel buchte er im Internet einen Flug nach London für den nächsten Monat. Maria wollte ihn begleiten, aber da sie keinen Urlaub bekam, flog er allein von Salzburg nach Heathrow. In den riesigen *National Archives* war er nicht das erste Mal, dennoch dauerte es lange, bis er sich zurechtfand. Das Personal des Museums war höflich und hilfsbereit, aber da er selbst nicht so genau wusste, wonach er eigentlich suchte, konnte man ihm nicht helfen. Am dritten Tag stieß er zufällig auf ein Buch eines englischen Autoren mit dem unspektakulären Titel *Concentration camps in Germany*. Er blätterte darin und überflog die Seiten über Mauthausen und Gusen. Er fand eine Luftaufnahme, die ihm nicht bekannt vorkam, aus dem Frühjahr 1945, aufgenommen von einem Aufklärungsflieger der U.S. Army. Er fotografierte die Seite mit dem Handy und notierte sich den Bildnachweis in seinem Notizbuch. Als er das Buch ins Regal zurückstellen wollte, fiel ein braunes, versiegeltes Kuvert heraus. Das Siegel war gut leserlich und stammte von der Royal Airforce. *Top secret, April 1945* stand auf dem Kuvert. Ohne zu überlegen öffnete Franz den Brief und fand darin zehn Negative. Er versteckte das Kuvert in der Innentasche seines Sakkos und stellte das Buch wieder ins Regal.

Auf schnellstem Wege verließ er das Gebäude und fuhr mit der U-Bahn zu seinem Freund Heinz Brunner, den er lange nicht besucht hatte. Die Adresse stand in seinem Notizbuch. Heinz war Fotograf und Filmemacher wie Franz und er lebte in London schon seit mehr als 20 Jahren. Dort angekommen musste Franz feststellen, dass es an der Adresse kein Studio mehr gab. Der neue Mieter, ein kleinwüchsiger Inder, betrieb ein Restaurant. Er wusste nicht, wo Heinz Brunner zu finden war. Auch eine Suche im Netz, die Franz vom Hotelzimmer aus durchführte, blieb erfolglos. Keine Spur von Heinz Brunner! Franz betrachtete die Negative gegen das Licht und hatte das Gefühl, endlich etwas Wichtiges gefunden zu haben. Am nächsten Tag reiste er weiter nach Berlin. Auch dort kannte er einen Fotografen, der ihm Abzüge machen lassen würde. Franz hatte nicht die Absicht, die Negative zu stehlen. Er wollte sie so schnell als möglich in die *National Archives* zurückbringen. Doch die Dinge entwickelten sich anders, als Franz es geplant hatte.

Sal & Friends

Sal & Friends nannte sich das Quartett, bestehend aus einem Geiger, einem Trompeter, einem Schlagzeuger und einer Sängerin, die auch Gitarre spielte. Alle zwei Wochen spielten sie drei Stunden lang, von 21 Uhr bis Mitternacht, im Irish Pub in der Johannesgasse. Alle vier waren Musikstudenten und hatten sich durch das Studium kennengelernt. Die Gage war gering, wurde aber durch kostenloses Essen, drei Freigetränke pro Abend und durch das Trinkgeld der Gäste aufgebessert. Sal war auf der Geige in Höchstform, improvisierte rauf und runter und auch seine Kollegen und die Sängerin boten ihr Bestes. Sie spielten Irische Volksmusik, streuten dann und wann einen internationalen Popsong ein, den sie wie eine irische Weise klingen ließen, und brachten das Publikum in Stimmung. Es wurde mitgesungen, lautstark applaudiert und einige Pärchen tanzten in den Gängen und zwischen den Tischen.

Howard kam regelmäßig in dieses Pub und saß an der Bar. Er hatte Anzug und Krawatte gegen ein legeres Outfit getauscht, trug einen cremefarbenen Stetson, ein kariertes Hemd und ein Gilet aus Jeansstoff. Der Barkeeper kannte ihn und servierte ihm jedes Mal eine Karaffe Wasser und eine Flasche vom besten schottischen Whisky. Howard zahlte immer die ganze Flasche, auch wenn er selten mehr als die Hälfte davon trank. An diesem Abend war Howard sehr betrübt, da einer seiner besten Künstler und Freunde schwer erkrankt war. Er hatte ihn am Nachmittag im AKH besucht und erfahren, dass ihm eine schwere Operation bevorstand. Der behandelnde Arzt war ein guter Bekannter und Nachbar von ihm und so erfuhr er, obwohl Howard keine unmittelbarer Angehöriger war, dass die Situation sehr ernst war.

Howard trank das erste Glas Whisky in einem Zug. Die Musik verscheuchte rasch seine traurigen Gedanken und er wurde von ihr mitgerissen. Seine Stimmung besserte sich von Song zu

Song. Er hatte *Sal & Friends* schon einige Male in diesem Pub erlebt und er fand, dass sie gut waren und richtig tolle Musik machten. Howard sang mit, so gut er den Text konnte. Textlücken überbrückte er wie die meisten im Publikum mit einem „La-la-la". Er applaudierte nach jedem Song mit großer Begeisterung.

Nach drei Stunden legten Sal und seine Freunde noch eins drauf, gaben fünf Zugaben und verließen die Bühne. Sal und Peter, der Schlagzeuger, gingen an die Bar, um sich ihr letztes Freigetränk zu holen.

„Toll gespielt, Jungs. Ihr seid echt gute Musiker", sagte Howard zu den beiden. „Woher kommt ihr?", wollte er wissen.

„Wir sind ein bunter Haufen. Peter, unser Schlagzeuger, kommt aus Holland, der Trompeter aus Salzburg und unsere Sängerin aus Irland – aus Dublin, um genau zu sein. Wir studieren alle Musik und haben uns an der Uni kennengelernt", antwortete Sal.

„Und woher kommst du?", wollte Howard wissen.

„Ich komme aus Israel. Meine Eltern leben in Tel Aviv und ich studiere erst seit kurzem hier in Wien. Ich heiße Salomon. Sal ist eine Abkürzung und so was wie mein Künstlername. Meine Eltern haben mich schon als kleiner Junge Sal gerufen und das hat sich die ganzen Jahre gehalten."

„Gut, sehr gut. Ihr seid wirklich gute Musiker. Na, dann Prost."

„Danke und Prost", erwiderten Sal und Peter.

„Wollt ihr auch einen Whisky?", fragte Howard und entschuldigte sich, dass er sie nicht schon früher eingeladen hatte.

„Nein danke. Vielleicht ein anderes Mal. Was führt Sie hierher in dieses Pub?", wollte Sal wissen.

„Ich komme gerne hierher. Ich bin Amerikaner und lebe schon seit vielen Jahren in dieser Stadt. Meine Vorfahren sind aus Irland ausgewandert und irgendwie spüre ich bei eurer Musik und einem guten Glas Whisky, auch wenn es ein schottischer Whisky ist, meine Wurzeln."

„Aus welchem Teil der Staaten kommen Sie?", fragte Peter.

„Aus Texas. Ich heiße Howard Bush. Ihr könnt mich gerne Howard nennen." Howard griff in die Westentasche und überreichte ihnen seine Visitenkarte. „Wollt ihr nicht doch einen kleinen Drink probieren?"

Und diesmal sagten Peter und Sal ja. Howard bestellte zwei Gläser und schenkte ihnen ein.

„Dann auf eure Musik!", und Howard erhob sein Glas. „Ich muss schon sagen, was mir besonders gut gefällt, sind eure Interpretationen von Welthits wie *My Way* oder *I will always love you* von Whitney Houston. Das klingt super. Auf euch und eure Band."

Howard trank und stellte das Glas geräuschvoll auf den Tresen, während Salomon die Visitenkarte las.

„Gibt es Beziehungen zur berühmten Bush-Familie?", fragte er.

„Ja, die gibt es. Mein Vater und George W. Bush Senior sind Cousins zweiten Grades. Ihre Ranch grenzt an die Ranch meiner Eltern."

Salomon und Peter staunten nicht schlecht.

„Ihr wollt sicher wissen, ob mir das im Leben Vorteile gebracht hat. Geschadet hat es mir jedenfalls nicht, aber genützt hat es auch nicht. Jeder muss im Leben seinen eigenen Weg finden und das habe ich auch so gehalten."

Die Sängerin, ihren Freund im Schlepptau, gesellte sich zu ihnen.

„Darf ich vorstellen? Das sind Mary, unsere Sängerin aus Dublin und echte Irin, und ihr Freund Thomas", sagte Salomon zu Howard.

„Freut mich sehr. Ich bin Howard", erwiderte er.

„Du kommst direkt aus Dublin?"

„Ich wurde in Dublin geboren. Meine Eltern stammen aus Wicklow und Dalkey. Beide Orte liegen südlich von Dublin. Alles an mir ist irisch, auch die roten Haare", sagte Mary scherzhaft.

„Woher kommt es, dass du so gut Deutsch sprichst?"

„Ich habe Deutsch schon in der Schule gelernt und in London deutsche Literatur studiert. Meine Nanny kam aus Wien und seit einem Jahr lebe ich hier. Durch Thomas habe ich erst so richtig Deutsch gelernt."

„Ja, den Dialekt und das Fluchen!", ergänzte Thomas.

„Hallo, ich bin Thomas", er reichte Howard die Hand.

„Machst du auch Musik?", fragte ihn Howard.

„Nein, meine Leidenschaft gilt der Biologie und Geografie. Ich will Lehrer werden."

„Gut, sehr gut. Wollt ihr auch einen Whisky mit uns trinken?"

„Nein, danke", sagte Mary. „Wir müssen jetzt los. Thomas hat morgen um 8 Uhr seine erste Vorlesung und ich muss meine Stimmbänder schonen. Ich habe mir eine Erkältung zugezogen."

„Thomas ist aber noch gar nicht müde", sagte dieser in ironischem Tonfall.

„Gut, du kannst ja noch bleiben", sagte Mary schnippisch. „Ich muss ins Bett. Freut mich, Sie kennengelernt zu haben", sagte sie und reichte Howard die Hand.

„Gute Nacht", sagte auch er und Mary verschwand in Richtung Tür. Thomas folgte ihr wortlos, sich im Gehen mit einem Winken verabschiedend.

„Sieht nach Beziehungskrise aus", kommentierte Peter.

„Thomas hat die letzte Nacht bei einem Freund gepennt und Mary ist sauer, weil er sich nicht bei ihr gemeldet hat", antwortete Salomon.

„Wollen wir noch was trinken?", fragte Howard die beiden.

„Einen kleinen Whisky könnte ich noch vertragen", meinte Peter.

„Ich nehme ein Wasser", sagte Salomon.

„Zwei Whisky und ein Wasser", rief Howard dem Barkeeper zu, der mit einem Kopfnicken zu verstehen gab, dass er verstanden hatte.

„Wo in Holland liegen deine Wurzeln, Peter?", fragte Howard.

„In Breda. Die letzten Jahre habe ich aber in Amsterdam gelebt. Breda war mir zu eng."

„Studierst du auch Musik?"

„Ja, Klavier und Cello."

„Aber in der Band bist du doch der Drummer", konterte Howard. „Du könntest doch auch deine Fähigkeiten am Klavier oder Cello einbringen, oder?"

„Keine schlechte Idee", meinte auch Salomon. „Ja, das sollten wir mal probieren."

Der Barkeeper reichte ein kleines Metalltablett mit den Getränken.

„Prost euch beiden. Auf eure Band und die neuen Ideen. Zahlen bitte!", rief Howard dem Barkeeper zu. „Die Rechnung geht natürlich auf mich."

„Nein, heute seid ihr meine Gäste. Die Rechnung geht aufs Haus", sagte der Lokalbesitzer mit tiefer Stimme. Er war durch den Hintereingang gekommen und stand an der Bar neben Howard.

„Findest du nicht, dass Sal und seine Freunde öfter bei dir auftreten sollten? Die Band macht einen ausgezeichneten Job und kommt beim Publikum an. Peter, der Drummer, beherrscht auch Klavier und Cello. Das könnte man gut einbauen. Ich hätte da so eine Idee für ein paar Songs, die ihr ins Repertoire nehmen könntet."

„Howard, du altes Schlitzohr", sagte der Barbesitzer. „Hat er euch schon einen Vertrag angeboten?", fragte er, den Blick auf Salomon und Howard gerichtet.

„Nein, das hat er noch nicht", antwortete Peter wie aus der Pistole geschossen.

„Dann wird es Zeit! Ich komme gleich wieder und dann besprechen wir alles weitere."

„Okay", brummte Howard. „Wenn ihr damit einverstanden seid, dann machen wir einen Vertrag. Ich schicke dir, Salomon, den Text morgen per Mail. Schick mir eine Nachricht an meine Adresse, dann habe ich deine Kontaktdaten. Ich verlange zehn Prozent der Einnahmen. Gagen und Extras verhandle ich für euch. Einverstanden?"

Salomon und Peter schauten sich an.

„Wir müssen das auch mit Mary abklären", meinte Salomon.

„Gut, mach das."

Der Barbesitzer trat wieder zu ihnen.

„Schon handelseins?"

„So gut wie", sagte Peter mit einem Lächeln.

„Ich mache dir einen Vorschlag: *Sal & Friends* treten ab nächster Woche zweimal pro Woche auf, ihre Gage wird verdoppelt und ich kümmere mich um die Promotion."

„Okay, wir testen das mal einen Monat lang."

„Und dann reden wir übers Geld!", ergänzte Howard. „Ab nächster Woche gibt es doppelte Gage!"

„Gut, so machen wir das", sagte der Barbesitzer.

Howard stieg gut gelaunt und leicht betrunken in sein Taxi. Jede Woche war Howard künftig zu Gast, wenn *Sal & Friends* auftraten. Er ermunterte Sal, stärker seine Virtuosität zum Einsatz zu bringen und Melodien aus klassischen Violinkonzerten für ihre Zwecke zu adaptieren. Peter trat mit dem Cello in Aktion und das Publikum war begeistert. In kürzester Zeit hatte sich Sal mit seiner Formation, auch dank der Mitwirkung von Howard, einen Namen gemacht. Immer wieder hatte er bekannte Gesichter aus der Seitenblicke-Gesellschaft im Schlepptau und sorgte so durch Schlagzeilen in den lokalen Blättern für einen regelrechten Publikumsansturm.

Das Irish Pub war in! Was anfänglich als Hintergrundmusik gedacht war, entwickelte sich zur Attraktion des Abends. Die Leute kamen, um zu essen und zu trinken und um der Performance von *Sal & Friends* zu lauschen. Der Besitzer des Lokals änderte das Konzept. Er verkaufte die Karten für die Konzerte per Internet, reduzierte die Speisekarte auf die zehn beliebtesten Gerichte und ließ das Essen bis spätestens 20 Uhr servieren. Es gab eine halbstündige Pause, und während die Musik spielte, wurde der Service eingestellt. Schon bald wurde das Angebot zusätzlich auf den Samstag ausgeweitet. Noch vor Ablauf des Testmonats wurden *Sal & Friends* an den Einnahmen beteiligt und verdienten gutes Geld dank Howard, der sie unter Vertrag genommen hatte.

Strick

Sie hatte als Kind gern mit Stricken gespielt und ihren Daddy dabei beobachtet, wie man einen richtigen Knoten macht und mit dem Lasso Rinder einfängt. Später, als sie sieben oder acht Jahre alt gewesen war, hatte er ihr gezeigt, dass es unterschiedliche Knoten gibt und sie hatte schnell gelernt, mit dem Seil umzugehen. Im Lassowerfen war sie geschickter gewesen als ihre Brüder.

Sie wusste schon lange vor dem entscheidenden Tag, dass ihr Leben ein Ende finden musste. Sie konnte mit der Schuld, ihren Mann getötet zu haben, nicht länger leben. Sie konnte auch nicht akzeptieren, dass andere Mörder hinter Gittern saßen, in Texas sogar noch die Todesstrafe verhängt wurde, sie aber unbehelligt auf ihrer Ranch leben konnte. Sie zog sich aus der Öffentlichkeit vollkommen zurück. Nur ihre Töchter, das Fernsehen und das Radio waren ihre Verbindung zur Außenwelt. Kaum noch empfing sie Besuch, bestenfalls von ihrem Bruder Tom. Die gesamte Verwandtschaft ihres toten Mannes lehnte jedweden Kontakt zu ihr ab. Sie lebte auf der Ranch, konnte sich frei bewegen und fühlte sich doch gefangen. Sie überlegte lange, wie sie sich umbringen sollte. Waffen gab es genug. Rosy konnte auch gut mit einem Gewehr oder einer Pistole umgehen, aber damit an sich selbst Hand anzulegen, war für sie undenkbar. Medikamente und Schlaftabletten hielten ihre Töchter unter Verschluss, auch Rasierklingen und scharfe Messer gab es keine mehr im ganzen Haus. Mit einem Strick konnte sie umgehen und Stricke gab es auf der Ranch mehr als genug. So kam sie auf die Idee, sich zu erhängen.

Ein Testament hatte sie schon lange vor ihrem Freitod erstellt. Auch einen Abschiedsbrief hatte sie bedacht, diesen aber immer und immer wieder zerrissen und neu geschrieben. Je mehr sie sich den Tod wünschte, umso mehr stand sie unter Beobachtung ihrer Kinder und der Köchin. Selbst die Angestellten auf der Ranch schränkten ihre Freiheit ein. Sie wurde auf Schritt und Tritt rund um die Uhr überwacht. In ihrer Kleidung versteckte man Peilsender, überall im Haus wurden Kameras installiert, bis auf Toilette und Dusche. Und jede ihrer Töchter hatte per Smartphone zu jeder Zeit Zugang zu den aufgezeichneten Videos und ihrer GPS-Position. Sie fühlte, wie ihr Gefängnis immer kleiner und enger wurde. Hatte anfangs die Mauer noch weit draußen hinter den Weiden gelegen, dort wo die Ranch endete, so befand sie sich nun in ihrem Körper. Rosy konnte nicht mehr, sie wollte nicht länger leben.

Sie hatte Ben geliebt wie keinen anderen Menschen. Ben war ein guter Ehemann und Vater gewesen, fürsorglich, ehrlich und treu. Doch wenn er getrunken hatte, wurde er zum Tier. Das erste Mal, als er betrunken nach Hause gekommen war und er sie geschlagen hatte, glaubte sie ihm, als er sich tags darauf bei ihr entschuldigte. Es sei nur ein einmaliger Ausrutscher gewesen. Irgendwann wurde jeder Samstag zum Martyrium für sie. Sturzbetrunken kam er ins Schlafzimmer, prügelte und vergewaltigte sie. Selbst das Abschließen der Tür half nichts. Ben trat sie einfach ein. Ihr Körper war übersät von blauen Flecken, sie trug keine Kleider mehr, verhüllte ihre Verletzungen mit Jeans, langärmeligen Shirts oder Blusen – selbst im Hochsommer. Sie verlegte das Schlafzimmer ins Erdgeschoss, damit die Kinder, die ihre Zimmer ein Stockwerk höher hatten, nichts mitbekommen konnten. Sie versuchte, Ben mit Schlaftabletten am Ausgehen zu hindern. Auch das half nichts. Es verschob das Problem nur auf den nächsten Tag.

Je länger es dauerte umso verzweifelter fragte sie sich, was sie noch tun könnte, um dem Albtraum ein Ende zu setzen. Sie ging zum Arzt, der ihr eine Psychotherapie empfahl und Ben in eine Entziehungsanstalt schicken wollte. Ben verprügelte sie in völlig nüchternem Zustand, als sie ihm davon erzählte. Er sei nicht krank und schon gar nicht alkoholabhängig, schrie er ihr ins Gesicht, bevor die erste Ohrfeige das Trommelfell des rechten Ohrs verletzte. Im Krankenhaus tischte sie dem Arzt eine Lügengeschichte über den Hergang des „Unfalls" auf, der zu dieser Verletzung geführt hatte. Der Arzt glaubte ihr kein Wort, die vielen Hämatome blieben auch ihm nicht verborgen. Behutsam versuchte der Arzt, die Wahrheit zu erfahren, doch Rosy blockte ab.

In jener Nacht wusste sie ganz genau, was zu tun war. Sie hatte die Kinder zu ihren Eltern geschickt, wartete im Dunkeln sitzend, die Winchester geladen und entsichert, bis Ben nach Hause kam. Sie war kurz eingenickt, da hörte sie Bens Wagen, der sich mit hoher Geschwindigkeit dem Haus näherte. Die Tür des Pick-ups flog lautstark zu und Sekunden später torkelte er ins Haus. Sie zögerte keine Sekunde. Wortlos erhob sie sich aus dem Sessel und feuerte drei Schüsse ab. Sie rief den Sheriff und die Rettung. Für Ben kam jede Hilfe zu spät. Laut Aussage des Notarztes war der Tod sofort eingetreten. Wie die Obduktion ergab, hatte die erste Kugel Ben am linken Bein getroffen, knapp oberhalb des Knies. Der zweite tödliche Schuss hatte direkt ins Herz gezielt. Nur der dritte Schuss hatte Ben verfehlt und das Holz der Eingangstür durchschlagen. Das Projektil fand man in der Rinde eines Baumes vor dem Haus.

Rosy saß weinend im Ohrensessel, als der Sheriff kurz vor der Rettung mit Blaulicht und Sirene auf der Ranch eintraf. Er versuchte, sie zu befragen, doch sie blieb tagelang stumm wie eine Auster, weinte ohne Unterbrechung und musste nach drei Tagen zwangsernährt werden. Rosy wurde verhaftet und des Mordes angeklagt. Wäre da nicht dieser junge, ehrgeizige Anwalt gewesen – sie wäre wohl lebenslänglich hinter Gittern gelandet, wahrscheinlich sogar zum Tode verurteilt worden. Es kam ganz anders, als viele gedacht hatten. Rosy wurde freigesprochen. Das Gericht befand, es sei Notwehr gewesen, weil sie gedacht habe, es versuchte jemand einzubrechen. Seither lebte sie auf der Ranch und konnte das Urteil des Richters und der Geschworenen nie akzeptieren.

Unerwartet, fast unverhofft, ergab sich eine Chance, als die Köchin bereits nach Hause gefahren war. Ihr Messerset hatte sie wie jeden Tag in einem Koffer verstaut und ins Auto mitgenommen. Babs musste ihre kleine Schwester Sue Allen ins Krankenhaus bringen. Sie empfand es als Wink des Schicksals. Den Abschiedsbrief hatte sie schnell geschrieben und so machte sich Rosy, die Winchester in der Hand, auf den Weg in die Scheune. Sie nahm einen der Stricke vom Haken, machte gekonnt einen Knoten, warf das Seil über einen Querbalken, stieg auf die Leiter und wand es mehrere Male um den Balken. Dann stieg sie wieder herab und verknotete das Seil an den Gitterstäben einer leerstehenden Pferdebox. Die Winchester legte sie auf den Boden der Scheune, umgab sie mit einem Kreis geformt aus Teelichtern, die sie aus der Küche geholt hatte, und zündete sie der Reihe nach mit einem Feuerzeug an. Sie benutzte 20 Stück Teelichter, weil Ben an einem 20. geboren und auch an einem 20. gestorben war. Sie nahm den Abschiedsbrief aus der Tasche und schob ihn unter das Gewehr, damit ihn der Wind nicht wegblasen konnte.

Einen Augenblick hielt sie inne, betete zu Gott, dass der Tod schnell eintreten möge, um ein zweites Mal die Leiter zu besteigen, die sie an einen Querbalken des Dachstuhls angelehnt hatte. Langsam kletterte sie Stufe für Stufe höher, getragen von einer Leichtigkeit, die sie so schon lange nicht mehr verspürt hatte. Sie stand etwa drei Meter über dem Boden, vergewisserte sich der richtigen Länge des Strickes, legte ihn sich um den Hals und betete ein weiteres Mal zu Gott.

Rosy sprang und ihr letzter Gedanke galt Ben.

„Ich komme zu dir. Ich freue mich auf dich. Bald bin ich bei dir", sagte sie halblaut.

Ein lautes Knacken beendete das irdische Leben von Rosy Bush, während die Muskeln noch einige Male zuckten, ehe ihr Körper vom Wind, der durch die Scheune wehte, sanft geschaukelt wurde.

Babs fand sie zwei Stunden später. In Rosys Gesicht sah sie ein Lächeln der Zufriedenheit, wie sie es seit dem Tod von Dad bei ihrer Mutter vermisst hatte.

Babs war direkt aus dem Krankenhaus gekommen. Der Aufenthalt hatte viel länger gedauert, als sie ursprünglich gedacht hatte. Sie war mit ihrem Wagen so schnell sie konnte zurück auf die Ranch zu ihrer Mutter gefahren, weil sie Unheil befürchtete. Als sie ankam, sah sie schon von weitem das große Tor der Scheune offenstehen. Der Körper ihrer Mutter baumelte etwa einen Meter über dem Betonboden der Scheune. Sie beschleunigte, parkte den Wagen direkt vor dem Tor, griff ins Handschuhfach nach dem scharfen Tauchermesser, sprintete die letzten Meter so schnell sie konnte, fühlte den Puls ihrer Mutter am Handgelenk und wusste, dass sie zu spät gekommen war. Jede Hilfe war zwecklos. Das wusste Babs als Krankenschwester. Vermutlich war sie an Genickbruch gestorben, dachte sie.

Babs kletterte auf die Leiter und durchschnitt das Seil. Der leblose Körper ihrer Mutter fiel zu Boden. Ihr fiel erst jetzt auf, dass sich ihre Mutter umgezogen hatte. Sie trug ein neues Kleid, erst wenige Tage zuvor hatte sie es im Internet bestellt und per Eilboten zugestellt bekommen. Sie würde es für einen besonderen Festtag aufheben, hatte sie den Kindern erzählt. Babs las den Abschiedsbrief. Da wurde ihr klar, was ihre Mutter damit gemeint hatte. Rosy hatte die Haare hochgesteckt, wie sie es früher, als Dad noch lebte, getan hatte, wenn es etwas zu feiern gab. Ihre Fingernägel waren frisch lackiert, weder Arme noch Beine trugen blaue Flecken. Ihre Mutter wirkte auf sonderbare Art und Weise glücklich und zufrieden.

Babs rief den Sheriff an und wartete, neben der toten Mutter kniend, auf seine Ankunft. Es dauerte mehr als 20 Minuten, ehe Sheriff Frank Parker und sein junger Kollege Tom Smith auf der Ranch auftauchten. Grußlos traten sie neben den Leichnam und die immer noch auf den Knien befindliche, vor Kälte fröstelnde Babs.

Tom stellte die erste Frage: „Hast du sie gefunden, Babs?"

„Ja. Ich habe meine Schwester ins Krankenhaus gefahren und sie war kurz allein. Ich hatte ein schlechtes Gefühl, sie alleine zu lassen. Aber sie sagte, sie sei müde."

Babs begann zu schluchzen. Tom reichte ihr ein Taschentuch.

„Ich habe gleich ihren Puls gefühlt, aber da war nichts mehr."

Sheriff Parker rief den Arzt und die Bestattung, tippte ein kurzes Protokoll in den Laptop und verschwand mit Tom wieder.

Für ihn war der Fall klar und erledigt: Tod durch Erhängen – Selbstmord!

Der Arzt stellte den Totenschein aus und die Bestatter transportierten den Leichnam ab.

Babs verbrachte den Abend auf der Ranch, gemeinsam mit drei ihrer Schwestern weinend, nicht begreifen wollend, warum sich ihre Mutter das Leben genommen hatte.

Am nächsten Tag sah sie sich die Videobänder des Vortages an und begriff, dass ihre Mutter beide Kameras in der Scheune durch gezielte Schüsse aus der Winchester zerstört hatte. Niemand sollte sie beim Sterben beobachten. Babs hatte gar nicht gewusst, dass ihre Mutter so gut schießen konnte.

Flohmarkt

Salomon hatte eine kurze Nacht hinter sich. Howard hatte ihn zum Geburtstag eingeladen und sie hatten nach ihrem Auftritt im Irish Pub mit der gesamten Crew des Lokals noch lange ausgelassen und feuchtfröhlich gefeiert. Dummerweise hatte Salomon seinem Studienkollegen und Freund Jonas versprochen, ihn auf einen Flohmarkt zu begleiten.

Jonas, der Sänger, war in den Chor der Volksoper aufgenommen worden und stand seither zwei bis drei Abende pro Woche auf der Bühne. Als Sänger, aber auch als Musiker – er spielte Geige und Klavier – war er erst seit wenigen Wochen Teil der Band *Sal & Friends.* So oft es sein Dienstplan erlaubte, war er bei den Auftritten dabei. An diesem Sonntag wollten sie gemeinsam einen Flohmarkt beim Naschmarkt besuchen und ein wenig stöbern, so wie sie es oft sonntags taten. Zum Mittagessen waren sie von Jonas' Vater, einem berühmten Dirigenten, der sich wieder einmal auf der Durchreise befand, im Hotel Imperial eingeladen. Jonas' Vater lebte in München, gab oft Konzerte in Wien, aber in den letzten Jahren trat er noch viel öfter in Moskau auf und dirigierte Privatkonzerte für Oligarchen und Superreiche. Jeden Trip nach Moskau nutzte er für einen kurzen Zwischenstopp in Wien. Die Kaffeehäuser und Restaurants der Stadt hatten es ihm angetan. Auch ein Treffen mit seinem Sohn stand zumeist auf seinem Programm.

Jonas klopfte an Salomons Tür und fragte: „Hey Sal, bist du schon wach? Wir wollten um zehn aufbrechen!"

Salomon blickte auf sein Handy. Verdammt! Er hatte vergessen, den Wecker zu stellen, und verschlafen.

„Ich bin gleich so weit", rief er in Richtung Tür, sprang aus dem Bett und spürte sofort seinen rebellierenden Magen. Er hätte nicht ständig mittrinken dürfen, und das bereute er heute mehr als sonst. Er duschte kalt, putzte sich die Zähne, trank ein

Glas lauwarmes Wasser und stand keine zehn Minuten später vor Jonas, der ihn mit einem Grinsen begrüßte.

„Sieht ganz so aus, als hättest du gestern zu viel getrunken", meinte er und gab Salomon durch eine Geste zu verstehen, dass er noch nicht bereit war, das Studentenheim zu verlassen. Salomon trug eine Winterjacke, darunter einen Sweater, seine Lieblingsjeans, aber weder Socken noch Schuhe.

Salomon verstand nicht gleich, was ihm Jonas sagen wollte.

„Du solltest noch Socken und Schuhe anziehen. Der Sommer ist vorbei, wir haben November."

Salomon lief zurück in sein Zimmer, fischte ein Paar frisch gewaschener Socken aus der Kommode und schlüpfte in seine Sneakers. Es war der erste nebelige, trübe Tag im November, als Salomon und Jonas in die Straßenbahn stiegen.

Der Flohmarkt war um diese Zeit, kurz vor 11 Uhr, gut gefüllt. Sie steuerten auf eine Ansammlung von Ständen zu, wo hauptsächlich Schellacks, Schlagerplatten aus den fünfziger Jahren, Notenhefte, aber auch Musikinstrumente, Fotos und Bücher angeboten wurden. Mittendrin entdeckte Jonas einen Wehrmachtshelm, Orden aus der NS-Zeit und Hakenkreuze in verschiedenen Größen.

„Hey Sal, das schenke ich dir zum Geburtstag."

Jonas nahm den Helm und setzte ihn dem Freund auf den Kopf. Er griff zum Handy und wollte ihn fotografieren.

„Du spinnst wohl! Und dann stellst du das auch noch auf Facebook. Wie erklär ich das meinen Eltern? Salomon, der Judenjunge mit einem Helm der deutschen Wehrmacht!"

Salomon nahm den Helm ab und legte ihn so schnell er konnte wieder zurück auf den Tisch.

„Und Geburtstag habe ich erst in fünf Monaten."

Salomon, verärgert über diesen Scherz seines Freundes, schlug einen anderen Weg ein und entfernte sich von Jonas.

Einige Meter weiter entdeckte er einen Stand, der nur alte Bücher feilbot. Als regelmäßiger Besucher dieses Flohmarktes kam ihm der Verkäufer gänzlich unbekannt vor. *Jedes Buch 2 Euro* stand auf einem Schild. Der Verkäufer – seine Nase war knallrot – stammte, wie man leicht hören konnte, aus dem Osten, vermutlich aus der Ukraine, und sprach kein Wort Deutsch. Auch sein Englisch war kaum zu verstehen. Die Bücher waren stehend in stapelbaren roten Plastikboxen, wie es sie bei IKEA zu kaufen gab, eingeordnet. Die meisten waren zwar alt, machten aber einen erstaunlich sauberen und frischen Eindruck. Er nahm ein Buch heraus, roch daran und glaubte, sich auf einer Blumenwiese zu befinden. Eigenartig … Wurden diese Bücher etwa parfümiert, um sie besser verkaufen zu können?

Aus der zweiten Box fischte er ein kleines Buch, das vollständig und fein säuberlich in braunes Pergament eingepackt war. Er roch auch an diesem Buch und der Geruch schreckte ihn ab. Es roch nach Moder, Feuchtigkeit und Verwesung. Dennoch öffnete er es und zuckte kurz zusammen, als er las, was er da in Händen hielt:

Mein Kampf, von Adolf Hitler

Er blätterte ein weiteres Mal um und fand auf der nächsten Seite eine handschriftliche Widmung, mit schwarzer Tinte geschrieben. Darunter befand sich ein Stempel. Deutlich waren der Text *Lagerkommandantur Mauthausen* und das Datum – *24.12.1943* – zu lesen.

Dieses Buch, geschrieben von unserem innig geliebten Führer
Adolf Hitler schenke ich meinem „Lieblingsjuden" Samuel Liebermann,
der dieses Geschenk zu würdigen weiß und der dem Deutschen Reiche
stets zu Diensten steht.
Sieg Heil!
Der Lagerkommandant

Den Namen des Kommandanten konnte er nicht entziffern, aber dem Datum nach musste es sich um ein Weihnachtsgeschenk gehandelt haben. Salomon erschrak über das Gelesene und wurde blass. Jonas, der einige Meter von ihm entfernt stand, sah, wie sein Freund taumelte und sich an der Tischkante festzuhalten versuchte. Jonas drängte sich zu ihm und bewahrte Salomon davor, zu Boden zu sacken.

„Was ist los? Geht's dir nicht gut?", fragte er.
„Lies, was da steht!"
„Und? Was bedeutet das?", wollte Jonas wissen, nachdem er die Widmung überflogen hatte.
„Samuel Liebermann war mein Urgroßvater. Er war Häftling im KZ Mauthausen und ist bei einem Luftangriff der Amerikaner ums Leben gekommen. So weit ich weiß, war er zuletzt in einem Außenlager am Rande der Hermann-Göring-Werke stationiert. Am 25. Juli 1944 haben die Amerikaner zum ersten Mal Bomben auf die Stadt Linz und die HGW abgeworfen. Die KZ-Häftlinge waren dem Angriff schutzlos ausgeliefert. Mein Urgroßvater war ein sehr zäher und kräftiger Mann. So hat er viele Jahre im KZ überlebt. Aber gegen die Bomben war auch er machtlos. Er war einer von insgesamt 176 Toten. Soweit man weiß, haben alle SS-Aufseher den Bombenangriff überlebt. Mein Urgroßvater nicht."
„Aber was macht dich so sicher, dass dieses Buch deinem Urgroßvater gehört hat? Der Name Liebermann ist doch bei Juden so geläufig wie der Name Mayer im Wiener Telefonbuch."
„Ich weiß es nicht, aber ich spüre, dass dieses Buch meinem Urgroßvater gehört hat."
Jonas verstand kein Wort, schüttelte den Kopf und drückte dem Verkäufer eine 2-Euro-Münze in die Hand. Salomon steckte das Buch in die Innentasche der Jacke und wortlos verließen die beiden Freunde den Flohmarkt in Richtung Hotel Imperial.

Jonas' Vater war umringt von mehreren Journalisten, die von ihm ein Interview verlangten. Geduldig beantwortete er ihre Fragen, bis er Jonas und seinen Freund, den er noch nicht persönlich kannte, aber von dem ihm sein Sohn schon viel erzählt hatte, bemerkte.
„Meine Herren, seien Sie mir bitte nicht böse", sprach er in breitem Hochdeutsch mit unverkennbar bayrischem Einschlag. „Aber ich habe nun eine wichtige Verabredung mit zwei hoffnungsvollen jungen Künstlern."
Jonas umarmte seinen Vater, den er schon seit zwei Monaten nicht mehr gesehen hatte, kurz aber herzlich. Unzählige Fotos

wurden geschossen, bis es den drei Männern gelang, sich aus der Umklammerung der Journalisten und Fotografen zu befreien. Da sich Jonas und Salomon sehr ähnlich sahen, wurde später in den Gazetten fälschlich von seinen zwei Söhnen berichtet, mit denen sich der berühmte Dirigent zum Essen getroffen habe.

Sie plauderten entspannt und genossen das Mittagessen, zu dem sie der Dirigent eingeladen hatte. Immer wieder kamen Fans an ihren Tisch und baten um ein Autogramm. Leicht genervt und mit gespielter Freude ließ Jonas' Vater es über sich ergehen, bis er dem Oberkellner zu verstehen gab, dass man von nun an nicht mehr gestört werden wolle, was dieser auch strikt beherzigte, wie Salomon beobachten konnte.

Jonas erzählte mit Begeisterung von *Sal & Friends* und ihren erfolgreichen Auftritten im Irish Pub und vergaß dabei fast zu erzählen, dass er nun selbst an der Volksoper im Chor ein Engagement hatte und er kurz vor einem Vorsingen für seine erste Operettenrolle stand. Sein Vater versprach, ins Irish Pub zu kommen, sobald es sein Terminkalender erlaubte. Bei Sachertorte und Kaffee erzählte Jonas anschließend die Geschichte mit dem Buch. Salomon griff in die Jackentasche und legte das Buch auf den Tisch. Der Dirigent nahm es, las die Widmung und sah Salomon an, als er zu ihm sagte: „Es gab in den dreißiger Jahren in Berlin auch einen bekannten Dirigenten, der Samuel Liebermann hieß. Ich glaube, der wurde von den Nazis nach Dachau verschleppt und dort ermordet. Was macht dich so sicher, dass dieses Buch deinem Urgroßvater gehört haben soll?"

„Ich bin mir ziemlich sicher", entgegnete Salomon spontan.

„Ich kenne da jemanden, der dir vielleicht helfen kann, diese Frage zu klären."

Jonas' Vater griff in die Tasche seines Sakkos und blätterte im Telefonbuch seines Handys. Er notierte die Nummer auf einem kleinen Zettel und reichte sie Salomon.

Salomon las den Namen und musste lachen.

„Was ist daran so lustig?", wollte der Dirigent wissen. Salomon reichte den Zettel an Jonas weiter und auch der reagierte wie sein Freund.

„Wir kennen Howard Bush", sagte Jonas.

„Woher kennt ihr ihn? Er ist mein Agent. Er betreibt seit vielen Jahren eine sehr erfolgreiche Künstleragentur. Er ist Amerikaner …"

„Genauer gesagt Texaner", fiel ihm Jonas ins Wort. „Und er ist auch unser Agent." Und betonte dabei das Wort „unser" auf seine ganz spezielle Weise mit einer Grimasse.

„Dann müsst ihr wirklich gute Musiker sein, wenn euch Howard unter Vertrag genommen hat."

„Kann schon sein", sagte Salomon. „Auf jedem Fall gefällt ihm unser Musikstil und er ist fast bei jedem Auftritt im Irish Pub dabei."

„Meinen wir da wirklichen den gleichen Howard Bush? Der Howard, den ich meine, ist ein Klassikfreak vom Scheitel bis zu Sohle, ist etwa 1,90 Meter groß und trägt nur dunkle Maßanzüge mit Krawatte. Er geht fast jeden Abend ins Konzert oder die Oper. Howard hat viele Jahre an der Amerikanischen Botschaft als Kulturattaché gearbeitet, kennt in Wien Gott und die Welt und ist auch politisch bestens vernetzt."

„Genau den Howard meinen wir auch", sagte Jonas mit einem breiten Grinsen.

Und auch Salomon war darüber amüsiert: „Howard ist nicht nur ein Klassikfan, er steht auch auf Folkmusik und guten Whisky. Jede Woche ist er Gast im Irish Pub. Den dunklen Anzug lässt er dann im Schrank, stattdessen trägt er Jeans, meist ein kariertes Hemd und einen Cowboyhut."

„Diese Seite von Howard ist mir neu. Gut, ihr kennt also beide Howard, den Texaner. Dann könnt ihr ihn ganz direkt darauf ansprechen, ob er euch helfen kann, die Frage zu klären, ob Samuel Liebermann, der Empfänger des Buches, tatsächlich dein Urgroßvater war. Aus dem Stempel geht hervor, dass er es vom Lagerkommandanten höchstpersönlich erhalten hat. Man kann zwar die Unterschrift nicht erkennen, aber anhand des Datums sollte es leicht möglich sein herauszufinden, wer zum damaligen Zeitpunkt Lagerkommandant war. Wir Deutschen sind sprichwörtlich bekannt für unsere Gründlichkeit und unsere Vorfahren waren da nicht anders. Auch die Nazis haben ihr Handeln mit Akribie dokumentiert. Jeder Beschluss, jeder Befehl erfolgte schriftlich und hat Spuren hinterlassen. Auch der Holocaust wurde sauber dokumentiert. Wenn Samuel Liebermann also tatsächlich dein Urgroßvater war, dann hat sein Schicksal in den Archiven der SS Spuren hinterlassen. Wo und wann wurde dein Urgroßvater geboren? Wo hat er zuletzt gelebt?"

„Sein Geburtsdatum kenne ich nicht. Er wurde in Nürnberg geboren. Zuletzt hat er in Bayern gewohnt. Er wurde bald nach der Machtergreifung der Nazis inhaftiert und nach Dachau verschleppt. Später kam er nach Mauthausen und war am Aufbau des KZ's beteiligt, später dann beim Aufbau der Hermann-Göring-Werke."

„Nehmen wir mal an, das Buch hat tatsächlich deinem Urgroßvater gehört. Dann war er Häftling mit Sonderstatus und es muss eine spezielle Verbindung zwischen ihm und dem KZ-Kommandanten gegeben haben. Hast du eine Ahnung, warum das so gewesen sein könnte? War er vielleicht anders ...?"

Jonas' Vater legte eine Pause ein und wusste nicht recht, wie er den Satz beenden sollte.

„Meinen Sie, er sei vielleicht schwul gewesen? Nein, das glaube ich nicht. Aber ich muss gestehen, dass ich über meinen Urgroßvater sehr wenig weiß. Und alles, was ich über ihn weiß, hat mir mein Vater vor Jahren erzählt."

„Es kann natürlich auch sein, dass er spezielle Fähigkeiten oder spezielles Wissen besessen hat, und er deshalb einen Sonderstatus erhielt. Wie dem auch sei ... Ich bin mir ziemlich sicher, dass sich etwas in den Archiven finden müsste. Zum Glück haben die Amerikaner das KZ Mauthausen befreit und erst später, nachdem sie alle Archive und Unterlagen abtransportiert hatten, den Russen das Feld überlassen. Die Russen haben weit weniger Wert darauf gelegt und vieles zerstört, was zur späteren Aufklärung nützlich gewesen wäre. Aber wie gesagt: Die Amerikaner haben vieles vor der Zerstörung durch die Russen bewahrt. Willst du der Vergangenheit und der Geschichte auf den Grund gehen?", wollte der Dirigent wissen.

„Ich weiß es noch nicht", sagte Salomon und kaum hatte er es ausgesprochen, bereute er den Satz bereits, denn er wollte es wissen!

„Ich denke, ich sollte zumindest versuchen, mehr über meinen Urgroßvater in Erfahrung zu bringen."

„Dann tu das. Wenn ich dir dabei irgendwie helfen kann, dann lass es mich wissen."

Der Dirigent griff in die Sakkotasche und überreichte ihm seine Visitenkarte.

„Am Besten, du schickst mir eine Mail oder SMS", merkte er an.

Der Oberkellner trat an ihren Tisch und flüsterte dem Dirigenten etwas ins Ohr.

„Gut, bringen Sie mir die Rechnung und sagen Sie dem Herrn, dass ich ihn gerne heute um 16 Uhr hier im Kaffeehaus treffen möchte."

Jonas blickte auf die Uhr seines Handys – 15.10 Uhr.

„Wann habt ihr euren nächsten Gig im Irish Pub?", fragte der Dirigent seinen Sohn bei der Verabschiedung.

„Jede Woche donnerstags."

„Und Howard ist jedes Mal da?"

„Ja", antwortete Salomon.

„Gut, dann werde ich es auch schaffen. Bis bald!"

Und der berühmte Mann verschwand in seine Suite.

Hannah

Hannah war, ganz gegen ihre Gewohnheit, überpünktlich am Treffpunkt vor dem Irish Pub. Im Job lief es im Augenblick nicht so besonders. Sie hatte kaum Aufträge und im Kalender gab es mehr leere Seiten als ihr lieb war. Vor zwei Tagen hatte sie Frederic Berger zum Abendessen ins Irish Pub eingeladen und da sie dringend einen neuen Auftrag brauchte hatte sie sogleich eingewilligt. Sie hatte ihn, der eigentlich Friedrich Berger hieß, groß gewachsen und arrogant wirkte, vor einem Monat kennengelernt. Seine Assistentin war auf der Suche nach einer Fotografin gewesen und hatte bei ihr im Atelier angerufen. Herr Berger sei Verleger und es gehe um Fotos für ein Kochbuch. Zwei junge Haubenköche hatten beschlossen, ihre kreativsten Gerichte in Buchform zu veröffentlichen, dazu ein wenig Text über die Köche selbst, reichlich Fotomaterial und nicht zu vergessen die Kochrezepte, gespickt mit allen Tipps und Tricks.

Hannah hatte sich mit Herrn Berger bereits wenige Tage später im Verlag getroffen, der – wie sie im Netz recherchierte – seinem Vater gehörte. Frederic war freundlich auf sie zugekommen. Sie hatte in einem der Besprechungszimmer Platz genommen und einige Fotos und Fotobücher auf den Tisch gelegt. Auf dem iPad hatte sie weiteres Anschauungsmaterial mitgebracht, mit dem sie ihn von ihren Arbeiten überzeugen wollte. Frederic Berger trug einen dunkelblauen Anzug, das weiße Hemd eine Spur zu weit offen und eine Goldkette um den Hals. Er war braun gebrannt und der Typ, der scheinbar nichts anbrennen lässt. Hannah mochte solche Typen nicht, die ihr zu offensichtlich aufs Erobern aus waren und nur um ihres persönlichen Vorteils willen. Aber sie saß nun einmal in diesem Besprechungszimmer, um einen Auftrag zu bekommen. Nach einer guten Stunde war seine Assistentin, eine superdürre Rothaarige, ins Zimmer eingetreten.

„Frederic, dein nächster Termin wartet in deinem Büro", hatte sie fast ein wenig französisch intoniert gesagt und sanft die rechte Hand auf seine linke Schulter gelegt. Diese Frau schien gefährlich und wollte mehr sein als seine Assistentin. Vielleicht war sie es auch, hatte Hannah gedacht.

„Okay, ich komme gleich."

Er hatte auf ihre Hand geblickt, die noch immer auf seiner Schulter lag.

Wieder an Hannah gerichtet, hatte er gesagt: „Ja, ich denke, wir sollten unser Gespräch wie vereinbart in ein paar Tagen fortsetzen. Ihre Bilder gefallen mir sehr gut. Vielleicht könnten Sie mir bis dahin schon einige Vorschläge machen, wie Sie die Gerichte präsentieren würden. Und welchen Ort Sie für die Aufnahmen vorschlagen."

„Okay, das mache ich. Ich erwarte Ihren Anruf wegen eines Terminvorschlages. Nächste Woche lässt es sich einrichten. Übernächste Woche muss ich nach Paris."

Paris war gelogen, ihr Terminkalender für die nächsten drei Wochen gähnend leer. Das allerdings hatte sie diesem arroganten Schnösel nicht auf die Nase binden wollen. Sie hatte den Verlag verlassen, war am Büro der Assistentin vorbeigegangen, die sich artig bei ihr verabschiedete und Hannah mit einem Blick der Verachtung strafte, was Hannah ihrem eigenen, sehr lässigen Outfit zuschrieb. Clara Stopfer, so hatte Hannah auf dem Türschild gelesen, betonte ihre schlanken Beine durch einen schwarzen Minirock und mörderisch hohe Stöckelschuhe. Wie konnte man mit solchen Schuhen den ganzen Tag herumlaufen? Wer stopft da was oder wen?, hatte Hannah leise in sich hineingelacht, als sie mit dem Lift runterfuhr.

Gut, nun wartete Hannah auf Frederic Berger. Nicht weil sie unbedingt auf ein Date mit ihm scharf war. Andererseits … Gegen ein kleines Abenteuer hatte auch sie nichts einzuwenden. Hannah war Single, schon seit Monaten ohne Beziehung und an den letzten Sex mit ihrem Freund konnte sie sich beim besten Willen nicht mehr erinnern. Sie hatten zu viel Rotwein – billigen Fusel noch dazu – mit einem kräftigen Joint konsumiert und waren beide entsetzlich high gewesen, als sie im Bett landeten. Hannah war es am nächsten Tag schlecht gegangen, sie war stundenlang nicht vom Klo runtergekommen und ihr Freund war verschwunden gewesen. Alles, was er ihr hinterließ, war eine SMS: *War eine schöne Zeit mit dir, danke.*

Echt nett, wenn man mit einem Mann fast ein halbes Jahr lang Tisch und Bett geteilt hat. Gut, sie war verärgert gewesen, hatte sich einige Wochen elendig gefühlt, weil sie glaubte, er würde jeden Moment zur Tür hereinkommen. Er hatte noch immer einen Schlüssel zu ihrer Wohnung und einige Klamotten in ihrem Kleiderschrank. Nicht, dass sie Angst gehabt hätte wegen des Schlüssels. Auch ging es ihr nicht um den Platz im Kleiderschrank. Sie besaß nur wenige Röcke, Kleider und Hosen. Sie war verärgert, weil die Beziehung zwar aus, aber nicht beendet war! Man konnte doch nicht von einem Tag auf den anderen abhauen, ohne richtig Schluss zu machen. Hannah hatte sich immer darüber aufgeregt, wenn ein Paar seine Beziehung einfach so per SMS beendete. Das konnte es doch nicht gewesen sein! Sie hatte die SMS ihres Freundes nicht einmal beantworten können, weil er auch sein Wertkartenhandy bei ihr gelassen hatte. Frauen wollen diskutieren und Frauen wollen das letzte Wort haben! Und das ging einfach nicht, weil er ohne Handy und Klamotten, aber mit Schlüssel das Weite gesucht hatte.

Hannah blickte auf die Armbanduhr. Es war Punkt 19 Uhr, als sie das Irish Pub betrat.

„Es gibt eine Reservierung auf den Namen Frederic Berger."

„Einen Augenblick bitte", sagte die junge Dame am Empfang. „Ja, die Tickets sind bereits bezahlt. Tisch 13 haben wir für Sie reserviert. Sie können gerne schon Platz nehmen."

„Wie darf ich das mit den Tickets verstehen?", fragte Hannah.

„Heute findet ein Konzert der Band *Sal & Friends* statt. Es beginnt um 21 Uhr. Vor dem Auftritt servieren wir Ihnen Ihr Abendessen. In der Pause können Sie dann an die Bar gehen. Die Möglichkeit zu rauchen besteht im Hof. Die Türe hinter mir führt dorthin. Wir servieren aber gerne auch in der Pause

Getränke und Snacks, die Sie per SMS bestellen können. Die Nummer dazu finden Sie in der Speisekarte."

Es klang gerade so, als hätte die junge Dame das nicht zum ersten Mal heruntergeplappert. Hinter Hannah hatte sich schon eine Schlange gebildet, die bis auf die Straße reichte. Sie nahm an Tisch 13 Platz, warf einen Blick in die Speisekarte und wartete. Frederic Berger kam nicht. Er hatte wohl was Besseres vor, oder besser gesagt seine Assistentin mit ihm. Clara kannte seine Termine und hatte, wie Frederic, Zugang zu seinem Outlook-Kalender. Gelegentlich, wenn sie Gefahr im Verzug spürte, ließ sie einen Termin „verschwinden", so wie an diesem Tag. Clara wollte Frederic, weil er der Sohn des Chefs war und ihm eines Tages der Verlag gehören würde. Clara sorgte für klare Verhältnisse. Frauen, die ihr gefährlich werden konnten, durften in seinem Terminkalender keinen Platz haben – schon gar nicht zu einem Abendessen ohne ihr Beisein!

Hannah bestellte ein kleines Steak. Der Kellner versuchte erfolglos, ihr zu erklären, dass ein Steak *medium* besser schmeckt als *well done*, aber Hannah blieb konsequent. Sie wollte es nicht *medium*, sondern durch! Seit dem BSE-Skandal in England sollte doch jeder Mensch wissen, dass die Brionen – oder wie diese Dinger auch heißen mochten – nur abgetötet wurden, wenn das Fleisch ordentlich durchgebraten war. Dazu bestellte sie Gemüse und einen Salat als Vorspeise. Sie ärgerte sich immer noch, dass dieser Mistkerl sie versetzt hatte, und wartete aufs Essen. An der Bar entdeckte sie einen groß gewachsenen älteren Herrn – lässig wie ein Cowboy gekleidet, sogar mit passendem Hut –, der ihr zuprostete. Sie hob das Glas und nickte lächelnd zurück. Na, dann Prost!

Das Steak schmeckte hervorragend, nur der Salat hätte mehr Essig vertragen. Sie hatte alles aufgegessen, auch das gegrillte Gemüse und die Kräuterbutter, als auch schon die Band auf die Bühne trat und zu spielen begann. In der Speisekarte hatte sie einen Text über die Band gelesen, in dem jeder der Musiker kurz mit Foto beschrieben wurde. Sie nahm die Speisekarte zur Hand und las ihn ein zweites Mal. Sal hieß eigentlich Salomon, kam aus Tel Aviv und war Musikstudent.

Hannah war noch nie in Irland gewesen und die irische Musik war ihr fremd, doch schon von Beginn an spürte sie diese Energie, die das gesamte Publikum erfasste und in einen gewissen Flow versetzte. Am liebsten hätte sie getanzt und geklatscht.

In der Pause rauchte sie eine Zigarette im Hof, bevor sie an der Bar einen Drink bestellen wollte.

„Sieht so aus, als könnten Sie einen Drink vertragen. Darf ich Sie einladen? Es gibt hier wirklich guten irischen und schottischen Whisky", sagte Howard an Hannah gerichtet.

„Was können Sie mir empfehlen?", erwiderte Hannah

„Probieren Sie den mal." Und er reichte ihr sein Glas. „Der schmeckt würzig und nicht zu erdig."

Hannah nahm das Glas aus seiner Hand, schwenkte es gekonnt und roch, schwenkte es ein weites Mal und roch erneut.

„Riecht sehr gut", meinte sie und nahm einen winzigen Schluck. „Ja, den nehme ich auch."

„Wirklich gute Wahl, sage ich doch. Sie scheinen einen guten Whisky zu schätzen."

Hannah nickte, Howard trank sein Glas leer, bestellte beim Barkeeper ein neues und schenkte ihr selbst ein.

„Na, dann Prost", sagte Hannah und Howard erwiderte die gleichen Worte mit einem Lächeln im Gesicht.

„Sieht ganz so aus, als hätte Sie Ihr Freund versetzt."

„Ich war mit einem Auftraggeber verabredet. Dem ist wahrscheinlich was dazwischengekommen."

Sie griff in die Handtasche, kramte nach dem Handy und fand keine Nachricht von Frederic Berger. Okay, dann eben nicht, dachte sie leicht säuerlich.

„Gefällt Ihnen die Band?", wollte Howard wissen.

„Die Jungs sind große Klasse. Ich war hier zum Essen verabredet und ich wusste gar nicht, was mich hier erwartet. Tolle Livemusik, auf jeden Fall. Sie kommen öfter hierher?"

„Ja, das kann man so sagen. Seit ich die Jungs unter Vertrag habe, habe ich keinen Abend versäumt."

„Sie sind ihr Manager?"

„Ich betreibe eine Künstleragentur", antwortete Howard und reichte ihr seine Visitenkarte. „Und was machen Sie beruflich?"

„Ich bin Fotografin. Ich habe mich auf Mode spezialisiert, mache aber auch andere Dinge wie Kochbücher und solche Sachen", sagte Hannah, in ihrer Handtasche nach einer Visitenkarte suchend. „Ich kann gerade keine Visitenkarte finden. Ich sende Ihnen aber gerne meine Kontaktdaten per Mail. Ihre E-Mail-Adresse steht sicher auf der Karte."

„Ja, das tut sie", sprach Howard und meinte: „Das trifft sich gut, dass Sie Fotografin sind. Wir, also *Sal & Friends,* nehmen nächste Woche die erste CD auf und ich denke", Howard machte eine Pause, „das wird eine tolle Sache. Ich glaube an die Jungs und wir sollten dieses Ereignis festhalten. Wer könnte das besser als ein Profi wie Sie?"

Hannah fühlte sich geschmeichelt.

„Aber Sie haben doch noch nichts von mir gesehen."

„Haben Sie Kostproben Ihrer Kunst dabei? Vielleicht in Ihrer Handtasche?"

Hannah verstand die Anspielung. Sie hatte eine sehr große Handtasche und es war schwer, darin etwas zu finden!

„Nein, leider ..."

„Ich bin morgen Abend auch wieder hier. Kommen Sie um 19 Uhr. Sie zeigen mir Ihre Fotos ich lade Sie zum Essen ein. Ich verspreche Ihnen zwei Dinge: Erstens haben Sie den Job, wenn mir Ihre Arbeit gefällt, und zweitens ..."

„Was ist mit zweitens?", hakte Hannah nach.

„Ich würde niemals eine Frau versetzen!", sagte Howard.

Hannah musste lachen. Da kam eines der Bandmitglieder zu ihnen.

„Darf ich vorstellen? Salomon, das ist Hannah, unsere Fotografin. Ich darf doch Hannah sagen?"

„Klar doch. Freut mich, dich kennenzulernen. Tolle Musik!"

„Danke, freut mich auch. Wir sehen uns nachher, einverstanden? Ich muss wieder auf die Bühne. Ihr wollt doch einen zweiten Teil, oder?"

„Na klar doch! Geh schon, streng dich an!", rief ihm Howard hinterher.

„Sie können das Konzert auch mit mir an der Bar verfolgen und mir Gesellschaft leisten."

„Sehr gerne", sagte Hannah und hängte die Handtasche auf einen Haken unter der Bar. Schon beim ersten Song fühlte sie sich irgendwie anders als sonst ohne das Gefühl einordnen zu können.

Nach dem Konzert trank sie noch etwas mit den Jungs der Band. Die Gitarristin war schon von ihrem Freund abgeholt worden. Sie plauderte sehr angeregt mit Salomon. Leicht beschwipst verließ sie das Irish Pub so gegen 2 Uhr früh und fuhr nach Hause.

Am nächsten Morgen – sie hatte geduscht und einen Schluck Tee getrunken –, war sie über sich selbst schwer verwundert, als sie aus dem Fenster auf die Straße blickte. Sie war tatsächlich mit dem Auto nach Hause gefahren und hatte den Wagen besser eingeparkt, als es ihr sonst je gelingen würde. Unglaublich, wie konnte sie nur so blöd und verantwortungslos sein?

Sie checkte ihre Mails auf dem Handy, zog sich an und fuhr mit den Öffentlichen ins Studio. Heute würde sie ihren Smart nicht anrühren, schwor sie sich selbst, schon gar nicht am Abend. In die Johannesgasse kam man besser mit der U-Bahn und schließlich war Samstag. Da würde sowieso kein Parkplatz zu finden sein. Im Atelier angekommen, schaltete sie die Kaffeemaschine ein, warf eine Kapsel in den Schacht und genoss den Duft der braunen, heißen Brühe, während der Computer hochfuhr. Keine neue Anfrage, nur Werbung im Postfach des Mailservers. Wenn das so weiterginge würde bald das Geld knapp werden und sie müsste wieder ihren Vater anpumpen. Aber das wollte Hannah auf keinen Fall. Ihr Vater hatte in den letzten Jahren viel Geld in seinen Bauernhof gesteckt. Nicht dass er deswegen knapp bei Kasse gewesen wäre. Aber einfach so wollte sie es nicht. Sie war Mitte Zwanzig und wollte nicht länger von ihren Eltern abhängig sein. Vielleicht würde sie ja heute Abend einen neuen Auftrag erhalten. Sie war guter Laune, was sie eigentlich immer war, außer an gewissen hormonell gesteuerten Tagen, wie es ihr Freund bezeichnet hatte. Sie dachte an ihren Ex und dessen Klamotten, die sie bei nächster Gelegenheit zu entsorgen gedachte. Sein Handy würde sie per *Wundertüte* von *Ö3* einer sinnvollen Verwertung zuführen. Sie schrieb eine Aufgabe ins Outlook – *Wundertüte bestellen.*

Sie dachte an Salomon, mit dem sie sich letzte Nacht so gut unterhalten hatte. Eine Stunde lang hatte er jiddische Witze zum Besten gegeben und sie hatte sich köstlich amüsiert. Hannah überlegte, welche Fotos sie Howard zeigen konnte, um ihn zu überzeugen. Sie blätterte im Fotoarchiv und entschied sich für ein Querbeet aus Mode über Porträts bis hin zu Landschafts- und Aktfotografien. Rund 50 Fotos wählte sie aus, kopierte die Dateien auf den Tablet-PC, um den restlichen Vormittag im Atelier mit Kleinkram und erfolgloser Warterei auf Kundschaft zu verbringen. Kurz vor 12 Uhr betrat Salomon das Geschäft und grüßte freundlich.

„Hi, hier arbeitest du also. Du bist ja wirklich Fotografin."

„Soll das ein Witz gewesen sein?", gab sie ihm schnippisch zur Antwort und bereute es im selben Moment. „Na klar bin ich Fotografin!"

„Sorry. Ich wollte dich nicht kränken. Ich dachte nur ..."

„Was dachtest du?"

„Howard ist ein netter Kerl, aber manchmal ein bisschen ... sagen wir ... komisch. Du darfst mich nicht falsch verstehen. Ich mag ihn sehr. Er hat mir und meinen Freunden sehr geholfen. Ohne ihn gäbe es *Sal & Friends* wahrscheinlich gar nicht mehr und die Plattenaufnahmen haben wir auch ihm zu verdanken. Ich finde das übrigens eine tolle Idee, dass du mit uns ins Studio fährst."

Sal ging durchs Atelier und sah sich die Bilder an, die an den Wänden hingen, während er das sagte.

„Soll das heißen, ich habe den Auftrag schon?"

„Von mir aus ja. Die Aufnahmen gefallen mir gut. Du hast ein Auge fürs Detail und die Stimmung."

„Danke! Das freut mich, dass dir die Bilder gefallen. Könntest du bei Howard ein gutes Wort für mich einlegen?"

„Das habe ich schon getan. Ich komme gerade von ihm. Ich soll dir schöne Grüße ausrichten. Er freut sich auf heute Abend und du sollst nicht vergessen, etwas mitzunehmen. Ich weiß zwar nicht, was er damit gemeint hat, aber ich richte es dir gerne aus."

„Howard hat eine Visitenkarte und Fotos gemeint. Ich hab da schon was zusammengestellt", sagte sie und zeigte Salomon die Fotos auf dem Tablet.

„Finde ich sehr gut, gute Auswahl. Ich bin mir sicher, du bekommst den Job. Ich muss weiter. Wir sehen uns am Abend im Irish Pub. Bis bald!"

Er schüttelte ihr die Hand und ging.

Hannah war erfreut über das Gespräch und dachte darüber nach, wie hoch sie ihre Gage ansetzen sollte. Ihr Handy vibrierte. Es war ihr Vater.

„Hallo Papa, wie geht es dir?"

„Danke, mir geht es gut. Und ist bei dir alles okay? Wie läuft das Geschäft?"

„Kann nicht klagen. Läuft wie geschmiert", log sie. „Nächste Woche soll ich eine Band zu Studioaufnahmen begleiten und Aufnahmen machen."

„Kenne ich die Band auch?", fragte ihr Vater.

„Ich denke nicht. Sie heißt Sal & Friends, lauter junge Musikstudenten. Die Musik ist echt cool, ein bisschen schräg, könnte man sagen. Warum rufst du an, Papa?"

„Nur so, wollte mal wieder deine Stimme hören. Kommst du nächste Woche nach Hause?"

„Nein, da sind wir im Studio."

„Auch gut, dann bis bald."

„Bis bald", sagte auch Hannah und legte ihr Handy auf den Schreibtisch, verärgert über sich selbst, weil sie ihren Vater angelogen hatte. Sie brauchte diesen Auftrag dringend wie einen Bissen Brot und sie hatte ihn noch nicht in der Tasche!

Den Nachmittag verbrachte Hannah mit Joggen auf der Donauinsel und einem Buch von Paolo Coelho auf der Couch in ihrer Wohnung. Sie überlegte nur kurz, was sie anziehen könnte, entschied sich für ein eng tailliertes Cocktailkleid, schwarze Schuhe und eine Handtasche, die nicht viel größer war als das iPad. Ihre Geldbörse hatte sie vormittags im Atelier bereits mit Visitenkarten aufgefüllt. Sie freute sich auf den Abend im Pub und verließ ihre Wohnung früh genug, um am nächstgelegenen

Bankomaten Geld abheben zu können. Die U-Bahn war voll wie immer am Samstag. Einige Fußballfans sorgten in der Station für einen gehörigen Wirbel und so konnte sie nicht hören, dass ihre Mutter sie anzurufen versuchte. Jeden Samstag rief sie bei ihr an und das Telefonat endete so gut wie nie unter einer halben Stunde. Dieser Samstag verlief anders – kein Telefonat mit Mama.

Kurz vor 19 Uhr betrat Hannah das Irish Pub, als sie auch schon dem Drummer begegnete. Sie begrüßte ihn mit einem freundlichen „Hallo". An seinen Namen konnte sie sich nicht erinnern.

„Wir sitzen alle an einem Tisch links neben der Bar", sagte er und führte sie an der Hand zu seinen Kollegen und zu Howard.

„Seht her, wen ich euch da mitgebracht habe."

„Gut gemacht, Peter!", sagte Howard, der sein Outfit im Vergleich zum Vorabend nur geringfügig geändert hatte. Sein Hemd war kariert statt gestreift.

Howard – ganz Gentleman – erhob sich von seinem Stuhl, ging auf Hannah zu, nahm ihre Hand.

„Freut mich sehr, dass Sie gekommen sind, Hannah", meinte er und begrüßte sie mit einem Handkuss.

Sal und seine Freunde witzelten über Howards etwas altmodische Begrüßung, was Hannah aber ganz anders empfand. Sie machte die Runde um den Tisch, begrüßte alle per Handschlag und nahm zwischen Howard und Salomon Platz. Kaum hatte sie sich gesetzt, servierte der Kellner eine Runde Bier. Howard erhob als Erster das Glas.

„Auf einen schönen, erfolgreichen Abend. Prost!"

Jeder nahm sein Glas in die Hand, man blickte in die Runde und stieß an.

„Haben Sie mir was mitgebracht?", wollte Howard wissen.

„Ja, natürlich", sagte Hannah, griff zur Handtasche, überreichte Howard eine Visitenkarte und reichte ihm das Tablet, nachdem sie die Diashow gestartet hatte. Howard nickte zufrieden, kommentierte das eine oder andere Foto mit einer Geste oder einem knappen „Gut" oder „Wow" oder „Sehr schön".

„Sehr gute Arbeiten. Was ist Ihr Preis? Sie müssen wissen, ich bin Texaner. Bei uns macht man Geschäfte vor dem Essen solange man hungrig ist. Dann hat man nachher mehr Zeit für das Wesentliche."

Hannah notierte die Zahl auf den Bierdeckel und ergänzte: „Das ist eine Pauschale für zwei Tage. Anreise und Übernachtung extra."

„Einverstanden. Um die An- und Abreise kümmere ich mich, auch um das Hotel. Habe ich Ihnen schon verraten, wohin wir fahren und wo sich das Studio befindet?"

„Nein."

„Es liegt im Weinviertel. Wunderschöne Landschaft, nahe der Grenze zu Tschechien und es gibt dort guten Weißwein, Grünen Veltliner und Riesling. Während ihr im Studio seid, werde ich ein bisschen in die Keller gehen", sagte er mit Vorfreude in den Augen.

Hannah war erleichtert. Sie hatte wieder einen Auftrag und die Gage für zwei Tage war höher als sie erwartet hatte. Howard hatte nicht einmal den Versuch unternommen, mit ihr zu handeln. Auch gut, dachte sie. Der Kellner kam zum zweiten Mal und servierte eine Runde Irish Stew, das ganz köstlich schmeckte. Die Stimmung am Tisch war gut. Die Zeit bis zum Auftritt der Band verlief für alle wie im Flug. Hannah und Howard nahmen Platz an der Bar. Eine Flasche Whisky und zwei Gläser standen schon bereit. Hannah trank nur ein Glas und verweigerte konsequent jeden weiteren Drink. Sie wollte nüchtern bleiben. In der Pause ging sie in den Hof rauchen und unterhielt sich mit Peter und der Sängerin, die Barbara hieß. Im zweiten Teil des Konzertes ging im Publikum so richtig die Post ab und die Atmosphäre hatte etwas ganz Spezielles, das Hannah so noch nie erlebt hatte. Im Publikum befanden sich viele Iren, die in Wien lebten, und sie waren es, die von der Musik mitgerissen wurden und eine Kettenreaktion auslösten.

Nach dem Konzert lernte sie auch Jonas kennen, der direkt aus der Volksoper kam. Sie unterhielten sich eine ganze Weile, bis sich Salomon fast ein bisschen eifersüchtig dazwischen drängte und Hannah fragte, ob sie nicht Lust hätte, mit ihm noch woanders hinzugehen.

Hannah hatte Lust und sie gingen gemeinsam durch die Kärntnerstraße in Richtung Stephansdom. Die Nacht verlief anders, als sie es sich gewünscht hatten.

Nach einigen Drinks in der Bar des Haas-Hauses fuhren sie mit der U-Bahn. Sal wollte Hannah nach Hause begleiten. Auf der Fahrt dorthin wurden sie im Waggon von einer Gruppe junger Burschen angepöbelt. Salomon versuchte, sich nicht provozieren zu lassen. Die Gruppe folgte ihnen zur Rolltreppe und kurz davor schlug der Anführer der Gruppe mit der rechten Faust zu. Er traf Salomon mitten im Gesicht, schlug ihm einen Zahn aus und beschimpfte ihn: „Du feige Judensau, wehr dich doch!"

Hannah wurde von zwei Burschen festgehalten. Sie schrie: „Hört auf, Polizei!" Bis ihr der Mund zugehalten wurde und auch sie mehrere Schläge in den Bauch abbekam. Sie sah, wie Salomon zu Boden sank, das Blut aus der Nase und dem Mund strömte.

Die Gruppe verschwand in alle Richtungen, als sich die Polizei näherte. Hannah und Salomon wurden ins AKH eingeliefert und verarztet. Sie wurde zur Beobachtung stationär aufgenommen.

Am nächsten Morgen machte sich Hannah im Labyrinth des AKH auf die Suche nach Salomon. Mit bandagierter Nase und einem fehlenden Schneidezahn würgte er an seinem Frühstück. Der Bauch, der voller blauer Flecken war, schmerzte bei jedem Schluck.

„Wie geht es dir?", fragte Hannah, die selbst ziemlich mitgenommen aussah.

„Super", witzelte Salomon, hob dabei den Kopf und seine Zunge blitzte durch das Loch in der Zahnreihe. Dabei verzog er auf komische Art und Weise das Gesicht, was Hannah zu einem herzhaften, aber auch schmerzhaften Lachen veranlasste. Die nächtlichen Tritte in den Bauch spürte sie mehr als ihr lieb war.

Gegen Mittag wurden sie aus dem Krankenhaus entlassen. Sie nahmen ein Taxi – die U-Bahn war ihnen suspekt – zuerst zu Hannahs Wohnung, dann weiter zum Studentenheim.

Beide verbrachten den restlichen Sonntag weitgehend bewegungslos auf der Couch und im Bett, weit voneinander entfernt und doch in Gedanken verbunden. Hannah wollte Salomon anrufen, doch vorher musste sie noch einen dringenden Rückruf tätigen. Mama hatte schon achtmal angerufen, dreimal auf die Mailbox gesprochen und eine SMS gab es obendrein! Mehr als eine Stunde hing sie am Apparat, bis sie der leere Akku zur Aufgabe zwang. So sehr sie ihre Mutter auch mochte, sie konnte ganz schön anstrengend sein. Und heute war sie wirklich anstrengend!

Salomon hatte auch das Bedürfnis, sich bei Hannah zu melden, aber bei jedem Versuch landete er auf der Mailbox. Erst am späteren Nachmittag, als Hannahs Akku wieder voll aufgeladen war, gelang, was sich beide schon seit Stunden gewünscht hatten. Sie konnten endlich miteinander reden und sich in die Augen schauen. Videochat nennt man das.

„Hi, wie geht's dir?", fragte Hannah als Erste.

„Es geht so, der Bauch schmerzt noch etwas."

„Hast du Schmerztabletten genommen?"

„Nur noch eine, vor zwei Stunden etwa. Und wie geht es dir, Hannah?"

„Der Schock sitzt noch tief. Wir haben Glück gehabt, dass die Polizei in der Nähe war. Du könntest tot sein."

„Bitte nicht übertreiben. Der Typ hat mir kräftig eine ins Gesicht geschlagen und die Fußtritte waren auch nicht ohne, aber das war nicht lebensgefährlich."

„Hast du sein Messer nicht gesehen, das er am Gürtel hatte?"

„Nein, das ist mir nicht aufgefallen."

„Du kannst von Glück reden, dass er es nicht gezückt und gegen dich verwendet hat."

„Wie kommst du klar mit den Schmerzen?"

„Ich halte mich an den Rat der Ärzte und schlucke alle paar Stunden eine Tablette und solange ich mich nicht bewege, ist die Welt in Ordnung. Bist du wirklich Jude?", wollte Hannah wissen.

„Ja ich bin Jude. Hast du ein Problem damit?"

„Nein, natürlich nicht. Wie konnte dieser Schläger das wissen?"

„Meine Nase und meine Haare könnten mich verraten haben."

„Du hast eine schöne Nase. Jetzt gerade nicht, aber das wird wieder. Und dein schwarzes Kraushaar gefällt mir auch."

„Danke, lieb von dir. Ich könnte mir aber auch die Haare schneiden und färben lassen."

„Spinnst du? Tu das ja nicht. Ich hab da eine Idee."

„Sag schon, was für eine Idee?"

„Ich würde gerne Fotos von deinem Bauch machen. Ich meine so eine Serie, die zeigt, wie sich die Farben verändern. Was hältst du davon?"

„Du bist scharf auf mein Sixpack. Du kannst es ruhig zugeben", lästerte Salomon.

„Heißt das jetzt ja oder nein?"

„Ja, du kannst gerne heute schon damit beginnen, wenn du möchtest."

„Nein, nicht heute. Aber morgen. Wann ist es dir recht?"

„Ich werde morgen die Bude nicht verlassen. Du kannst jederzeit kommen."

„Okay, aber ich ruf dich vorher an. Dann wünsche ich dir noch gute Besserung. Schlaf gut und ..."

„Und was?"

„Träum was Schönes!"

„Ich träume schon seit drei Tagen von was Schönem. Ich hoffe, das geht so weiter."

„Von was träumst du?"

„Von dir!"

„Ist das wahr?"

„Natürlich! Das ist genauso wahr, wie ich ein Judenjunge bin. Ich wünsche dir auch eine gute Nacht. Wirf noch eine Tablette ein und freu dich auf morgen ... auf die Session. Ciao."

„Ciao", sagte auch Hannah.

Jeden Tag besuchte sie Salomon nun im Studentenheim und knipste das Farbenspiel, das seinen Bauch so interessant erscheinen ließ. Sie brachte ihm etwas zu essen, hielt seine Hand und sie redeten über Israel, seine Heimat, über Familie, über die Welt und Gott, der trotz unterschiedlicher Religionsbekenntnisse für beide der gleiche zu sein schien. Jeden Tag fiel Hannah der Abschied ein bisschen schwerer. Am dritten Tag blieb sie bei ihm und schlief besser als die Nächte zuvor an seiner Seite ein. Als sie am nächsten Morgen erwachten – die Sonne war bereits hoch am Himmel –, sprang sie blitzartig über ihn hinweg aus dem Bett und berührte unsanft seinen Bauch. Salomon schrie vor Schmerz.

„Was ist denn mit dir los? Warum so eilig?"

„Ich muss ins Atelier, ein Kundentermin. Mist! Wir haben verschlafen!"

„Wann sehen wir uns wieder?"

„Du könntest mich zum Mittagessen einladen als kleines Dankeschön für die Krankenpflege der letzten Tage. Ist das okay?" Und ohne seine Antwort abzuwarten lief sie aus dem Zimmer.

Salomon drehte sich zur Seite, schlief noch ein wenig und schrieb Hannah dann ein SMS:

Bin um 12 Uhr im Atelier. Ich liebe dich. Sal

Hatte er tatsächlich *Ich liebe dich* geschrieben? Es war das erste Mal in seinem Leben. Die Schmerzen gehörten der Vergangenheit an. Salomon duschte ausgiebig, verspürte wieder so richtig großen Appetit auf Müsli, Ham and Eggs und Kaffee.

Er schnappte seinen Geigenkasten, fuhr mit dem Lift in den Keller zu den Proberäumen und spielte voll motiviert, bis es Zeit war aufzubrechen. Eine Minute vor 12 Uhr betrat er das Atelier und Hannah fiel ihm in den Arm. Sie aßen bei einem Japaner zu Mittag und die Pause war viel zu kurz.

Das Wochenende kam näher und Howard rief Sal an, um ihm die Details für den Trip ins Studio mitzuteilen. Treffpunkt war um 7 Uhr vor Howards Wohnung. Er hatte einen Kleinbus angemietet. Sie sollten pünktlich sein, weil sie das Studio schon ab 9 Uhr zur Verfügung hätten. Für Samstag war Open End geplant. Das Hotel war ganz in der Nähe. Es gehörte auch dem Besitzer des Studios und er hatte für alle Zimmer reserviert. Salomon sollte seine Freunde informieren und auch Hannah.

„Ich habe gehört, ihr seid euch näher gekommen", umschrieb Howard das, was er dachte.

„So kann man das nennen. Ich mag Hannah sehr, sie ist einfach toll."

„Da hast du recht. Pass auf, dass sie dir nicht das Herz bricht."

„Und wenn sie das schon getan hat?"

„Dann kannst du dich an einen alten Texaner wenden, der weiß, wie man damit umgeht."

„Gut zu wissen. Ich sag's meinen Freunden. Also dann bis Samstag um 7 Uhr vor deiner Wohnung!"

„Wenn ihr vor 7 Uhr kommt, gibt es die Chance auf einen Kaffee. Verstanden?"

„Habe verstanden, Mister Bush", schloss Salomon das Telefonat in militärischem Tonfall. Er hatte schließlich in der Israelischen Armee seinen Dienst versehen und wusste, wie das geht.

Studio

Salomon und Hannah waren schon eine Viertelstunde vor dem Rest der Band bei Howard und tranken mit ihm genüsslich einen Espresso. Hannah wirkte für Howard noch verschlafen.
„Schlecht geschlafen, Hannah?", fragte er mit einem süffisanten Lächeln.
Gähnend und für ihre Verhältnisse sehr langsam sprechend bekam er
„Sehr gut, aber zu kurz ..." zur Antwort.
„Ihr könnt auf der Fahrt noch etwas Schlaf nachholen, damit ihr mir für den Rest des Tages auch fit seid."
„Wir werden unser Bestes geben", mischte sich Salomon ein.
„So wie letzte Nacht", flüsterte Hannah ihm ins Ohr und kitzelte ihn dabei ein wenig am Kinn.
Howard hatte diese Anspielung nicht vernommen, da er die Espressotassen in die Spüle stellte und der Lärm des Geschirrs sein Ohr erfüllte. Den Rest sollte seine Haushaltshilfe erledigen, die sich dreimal die Woche um seine Wohnung, die Wäsche und den Einkauf kümmerte. Er hatte sie im Haus kennengelernt. Da er ihren Namen nicht aussprechen konnte, nannte er sie der Einfachheit halber Lara. Sie stammte aus Bosnien, war während des Krieges mit den Kindern zu ihrer Schwester nach Wien geflüchtet, später war auch ihr Mann gefolgt. Sie lebten in Simmering in einer viel zu kleinen Wohnung zu sechst. Auch ihr Vater, bereits 90 Jahre alt, den sie zu pflegen hatte, war vor kurzem bei ihr eingezogen. Laras Deutsch war auch nach vielen Jahren noch eine Katastrophe, aber kommunizieren musste Howard mit ihr sowieso nicht viel. Sie wusste, was zu tun war, saugte und wischte die Böden, wusch das Geschirr, da sie mit dem Geschirrspüler nicht umzugehen wusste, kaufte für Howard ein, putzte zweimal im Jahr gründlich die Fenster innen und außen und brachte gelegentlich seine Anzüge in die Reinigung. Den Einkauf ver-

räumte sie ganz nach Howards Wünschen und Vorgaben und legte ihm die Rechnung samt Wechselgeld auf den Küchentisch.
Immer donnerstags um 8 Uhr stand sie vor der Tür. Manchmal hatte Howard einen Einkaufszettel geschrieben, meist aber genügte ein Blick von ihr in den Kühlschrank, um zu wissen, was sie zu besorgen hatte. Das Geld legte er ihr für gewöhnlich auf den Tisch. Howard wusste kaum etwas von Lara, aber das störte ihn auch nicht. Er hatte ihr von Beginn an vertraut und ihr einen Wohnungsschlüssel gegeben. Lara betreute mehrere alleinstehende ältere Mitbewohner im selben Haus. Alle waren zufrieden mit ihr und schätzten Laras Zuverlässigkeit. Nur selten liefen sie sich über den Weg, da Howard meist schon vor Laras Ankunft die Wohnung verließ. Bestand die Notwendigkeit, Informationen auszutauschen, dann schrieb er ihr eine Notiz oder eine SMS.

Howard besaß kein eigenes Auto. Er hatte einen Kleinbus angemietet und ihn bereits am Vortag abgeholt. Gemeinsam mit den restlichen Bandmitgliedern, die auch noch sehr müde wirkten, gingen sie zur Garage bei der Oper. Die Fahrt hinauf ins Weinviertel verlief sehr ruhig. Howard war hellwach und konzentriert, während der Rest schlummerte. In den Rückspiegel blickend, sah er Hannahs Kopf auf Salomons Schulter liegen. Nur Peter, der Drummer, sagte ab und an ein Wort. Howard hatte das Radio ganz leise eingestellt. Er wollte die Verkehrsmeldungen nicht verpassen. Samstag früh war die Welt auf den Straßen in Ordnung.
„Sie kommen auf Wiens Straßen gut voran", sagte die gut gelaunte Moderatorin auf Ö3.
Nach weniger als zwei Stunden Fahrzeit hatten sie ihr Ziel erreicht. Der Besitzer des Studios, ein Althippie der 68er Generation, mit langen grauen Haaren, die er zu einem Pferdeschwanz gebunden hatte, trug verwaschene Jeans, ein T-Shirt, das im Urzustand einmal gelb gefärbt gewesen sein musste, Sandalen, die aus der Römerzeit hätten stammen können und roch kräftig nach einer Mischung aus Alkohol und kaltem Rauch. Er empfing Howard und seine Begleitung mit Herzlichkeit. Der Reihe nach umarmt er sie alle. Zwischendurch zog er kräftig an der

brennenden Zigarette. Joe, so hieß er, führte sie ins Studio. Dort hatte seine Frau Flora, die sie erst zum Mittagessen trafen, Kaffee und Gebäck vorbereitet. Joe nahm einen kräftigen Schluck aus der Schnapsflasche und reichte diese weiter.

„Den müsst ihr probieren. Den habe ich selbst gemacht", sagte er voller Stolz. „Die Obstbäume da draußen gehören alle uns."

Bis zum Mittagessen hatten sie vier Tracks ihrer ersten CD im Kasten. Joe saß am Mischpult, Sal und seine Freunde gaben ihr Bestes und Hannah schoss Unmengen an Fotos. Mittags servierte Joes Frau belegte Brötchen mit Käse und Schinken, dazu gab es Wasser, Bier und Wein. Nicht zu vergessen einen Pflichtschluck Obstler, wie Joe es nannte. Vom herrlichen Wetter im Weinviertel bekamen sie nichts mit, so konzentriert arbeiteten sie bis spät in die Nacht. Zwischendurch aßen sie selbst gemachte Pizzastücke und tranken Rotwein.

Der erste Tag im Studio verlief also besser als erwartet. Howard seilte sich am Nachmittag für einige Zeit ab, besuchte mehrere Weinbauern und kehrte beschwipst ins Studio zurück, wo er in einer Ecke sitzend einschlief. Erst als man gegen 22 Uhr die Arbeit für beendet erklärte, erwachte er wieder fit wie ein Turnschuh und wollte feiern. Joe lud sie ein. Sie übersiedelten ins Wohnhaus gleich nebenan und tranken noch mehrere Flaschen vom Selbstgebrannten. Nur Salomon und Hannah hatten sich nicht am Trinken beteiligt und waren nüchtern geblieben. Hannah übernahm den Transport ins Hotel. Salomon war zwar nüchtern, hatte aber keinen Führerschein. Dort angekommen, sagte sie zu Salomon: „Ich bin noch gar nicht müde. Hast du noch Lust auf einen Spaziergang?"

„Ja, gerne."

Hannah fuhr mit dem Kleinbus ein Stück hinaus aus der Ortschaft und hielt auf einem Güterweg am Waldrand. Die Nacht war klar, Millionen von Sternen funkelten und der Mond leuchtete ganz hell …

„Das war unglaublich gut", sagte Hannah, in Salomons Armen liegend, eine ganze Weile später. „Dabei habe ich mir geschworen, nie wieder Sex in einem Auto zu haben!"

„Warum das denn?", wollte Salomon wissen.

„Mein erstes Mal fand im Auto statt. Ich war 15 und es war die reinste Katastrophe. Da habe ich mir geschworen: Nie wieder Sex im Auto. Aber nach der heutigen Nacht kann ich mir eine Fortsetzung vorstellen."

„Wie alt warst du beim ersten Mal", fragte Hannah nach einer Pause.

Salomon zögerte mit der Antwort.

Hannah staunte: „Soll das heißen, du warst bis jetzt Jungfrau? Das hätte ich jetzt aber nicht gedacht."

Sie streichelte seine Brust, ließ ihre Hand nach unten gleiten und spürte, dass auch Salomon zu einer Fortsetzung bereit war.

Erst Stunden später kehrten Salomon und Hannah ins Hotel zurück und schliefen noch kurz, bevor sie der Klingelton seines Handys weckte. Pünktlich um 10 Uhr begann Tag zwei im Studio, nur Howard fehlte. Der sei in die Kirche gegangen, was keiner glauben wollte. Howard kam eine Stunde später zu Fuß zum Studio ohne darauf einzugehen, wo er gewesen war. Schließlich sei er ihnen keine Rechenschaft schuldig.

Der Tag im Studio begann zäh. Joe brach die Aufnahmen nach einer halben Stunde ab und verkündete eine Rauchpause. Auch danach lief es nicht besser. Irgendwie waren alle geschlaucht.

„Wir brechen ab. Ich denke, das ist besser so. Ich kann euch anbieten, dass wir kommende Woche Mittwoch weitermachen. Oder ihr ruht euch draußen im Garten aus und wir setzen die Aufnahmen in zwei Stunden – sagen wir um 14 Uhr – wieder fort. Was ist euch lieber?"

Die Diskussion war rasch geführt und man einigte sich auf eine Pause im Schatten der Obstbäume. Dort standen Gartenliegen aus Holz bereit. Weiche Auflagen aus Schaumstoff luden zum Dösen ein. Und das taten sie ohne Ausnahme, während sich Joe und seine Frau um das Mittagessen kümmerten.

Der Duft von gegrilltem Fleisch ließ Salomon und seine Freunde wieder aufwachen. Der Mittagstisch war schon gedeckt. Eine lange Tafel, bestehend aus drei grün lackierten Holztischen, gleichfarbigen Klappsesseln und einem langen grünweiß karierten Tischtusch. Auf dem Tisch standen zwei weiße, bauchige Porzellanvasen mit Wiesenblumen und drei Glaskrüge, gefüllt mit Brunnenwasser. Kein Teller und kein Glas glich dem anderen, nur das Besteck kam aus einer Serie, und doch wirkte alles stimmig und einladend. Sie aßen und tranken, als hätten sie seit Tagen nichts mehr zu sich genommen. Vor allem Howard konnte seine Begeisterung für die gegrillten Käsekrainer nicht verbergen. Den Kaffee tranken sie im Studio und mit einer kurzen Verspätung gingen die Aufnahmen weiter.

Es war fast Mitternacht, als Joe die Korken knallen ließ. Sie hatten tatsächlich alle zwölf Titel eingespielt.

Gegen 3 Uhr morgens stellte Hannah, die sich ans Steuer gesetzt hatte, den Kleinbus vor ihrer Wohnung ab. Nur Salomon war bei ihr. Sie hatte Howard und den Rest der Band der Reihe nach aussteigen lassen und wollte den Bus im Laufe des Tages abgeben, so wie sie es mit Howard vereinbart hatte. Hannah und Salomon waren todmüde und schliefen tief und fest, bis sie durch einen Knall geweckt wurden. Die Müllabfuhr hatte den Kleinbus gerammt. Was für ein Bild!

Um den Papierkram kümmerte sich Howard, worüber Hannah auch sehr froh war. Sie widmete ihre Zeit den Aufnahmen, die sie im Weinviertel im Studio und auch außerhalb gemacht hatte. Sie sortierte und verwarf einige im ersten Schritt. Dann begann sie mit der Nachbearbeitung. Schneiden, retuschieren. Es dauerte Tage, bis sie damit fertig war und schließlich mehr als 250 Aufnahmen – ein *Best of* könnte man sagen – der Band und natürlich auch Howard präsentierte. Alle waren zufrieden, denn es gab mehr als genug Material für das CD-Cover und das Booklet, das sie nun gestalten sollte. Ein Zusatzauftrag, bei dem sich Hannah die Unterstützung einer befreundeten Grafikerin holte.

Auch Joe meldete sich nach ein paar Tagen bei Howard und meinte, sie sollten zu ihm ins Studio kommen und sich seine Tapes anhören. Nur Howard und Salomon hatten Zeit und so fuhren die beiden im Smart von Hannah gen Norden. Ein Bild für die Götter! Der groß gewachsene Howard im Smart. Das Lenkrad hatte er, so schien es von außen betrachtet, zwischen seinen Knien eingeklemmt, während die beide Hände kaum

Platz fanden auf dem schwarzen Lederlenkrad. Wie gesagt, ein Bild für die Götter. Salomon, daneben sitzend, verschwand vollends, als Hannah sie verabschiedete und auf der Fahrerseite ins Fahrzeug blickte.

Howard und Salomon waren sich einig. Einige Aufnahmen sollten noch nachgebessert werden und einen Track wollten sie in den nächsten Wochen neu einspielen. Die CD sollte vor Weihnachten auf den Markt kommen und so hatten sie noch genug Zeit, ihre Pläne umzusetzen.

Das Wochenende nach den Studioaufnahmen wollten Hannah und Salomon im Mühlviertel verbringen – genauer gesagt auf dem Bauernhof ihres Vaters. Ihre eigene Wohnung war längst fertig und gemütlich eingerichtet. Alle Möbelstücke hatte sie selbst entworfen und von Freunden, die etwas davon verstanden, anfertigen lassen. Auch ihr Vater hatte Hand angelegt und mitgearbeitet. Er sollte nicht zu Hause sein. Er musste wegen eines neuen Filmprojektes dringend nach Berlin und ihre Stiefmutter verbrachte ein paar Tage mit ihren besten Freundinnen in einem Wellnesshotel in der steirischen Thermenregion. Ein perfektes Wochenende für zwei Jungverliebte in romantischer Atmosphäre. So stellte sich Hannah das vor.

Leider kam es erstens anders als man zweitens meistens denkt. Doch drittens wieder nicht so schlimm, wie man denkt!

Salomon wurde über Nacht krank, hatte hohes Fieber und schlief 24 Stunden lang durch. Hannah, schon der festen Überzeugung, das gemeinsame Wochenende im Mühlviertel würde ins Wasser fallen, war traurig, als Salomon doch mit einer kleinen Reisetasche vor der Tür stand.

„Geht es dir wirklich wieder gut genug, dass wir fahren können?", fragte sie ihn mit kritischem Blick.

„Aber klar doch. Ich bin noch etwas schlapp, aber erholen kann ich mich da wie dort. Außerdem hast du mich neugierig gemacht. Du hast mir in den letzten Tagen so viel über den Hof, die Landschaft und deine Wohnung erzählt. Ich möchte das alles mit eigenen Augen sehen."

„Aber du hast doch die ganze Zeit geschlafen, als ich dir das erzählt habe. Du willst mich auf die Schippe nehmen, oder?"

„Ich habe sicher nicht alles, aber sehr viel aufgenommen und würde jetzt gerne starten. Hast du schon gepackt?"

„Nein, habe ich nicht, aber das muss ich auch gar nicht. Ich muss den Computer runterfahren und die Fenster schließen, dann können wir aufbrechen."

Gesagt, getan! Es dauerte dann doch noch eine halbe Stunde, bis sie in Hannahs blauem Smart saßen. Hannah kam mit einem Trolley aus dem Schlafzimmer. Von wegen nichts einpacken, dachte sich Salomon.

„Und was genau schleppst du da mit?"

„Sei nicht so neugierig. Das ist eine Überraschung!"

„Okay, bin schon still", sagte er und legte sich den Zeigefinger der rechten Hand auf die Lippen. „Ich rede erst wieder, wenn ich gefragt werde."

„Was ist denn mit dir los? So kenne ich dich gar nicht. Hat die Grippe was bei dir verändert?"

„Vielleicht. Wer weiß schon, was ein Virus im Körper alles anrichten kann."

Wortlos gingen sie zum Auto. Salomon bemühte sich redlich, den Trolley und seine kleine Sporttasche hinter den Sitzen zu verstauen.

„Ich fürchte, wir müssen die Überraschung hier lassen. Der Trolley hat einfach keinen Platz", ätzte er.

„Stell dich nicht so an. Freu dich lieber auf die Überraschung."

Salomon schob den Beifahrersitz nur wenige Zentimeter nach vorn und der Koffer fand genauso Platz wie seine Sporttasche.

Die ganze Fahrt über erzählte Salomon von seiner Verwandtschaft. Er begann mit David, seinem älteren Bruder, der beschlossen hatte, nach Wien überzusiedeln.

„Ich hab da eine Idee. Was hältst du davon, wenn wir zusammenziehen? Wir kennen uns zwar erst seit kurzer Zeit, aber du bist mir so vertraut, dass ich mir nichts anderes vorstellen kann. Wir verbringen fast die gesamte Freizeit zusammen. Ich habe seit Wochen nicht mehr im Studentenheim geschlafen und es hätte noch einen Vorteil: David könnte mein Zimmer im Heim übernehmen und müsste nicht gleich eine Wohnung suchen."

Hannah war erfreut und gleichzeitig überrascht über Salomons Vorschlag.

„Du kannst gerne bei mir einziehen. Eigentlich bist du das ja eh schon. Aber eines sage ich dir: Wenn du mit mir Schluss machen solltest, dann mach das nicht per SMS. Nimm deine Klamotten mit und auch dein Handy!", sagte sie sehr energisch.

Salomon verstand die Aufregung nicht.

„Ich gebe dir recht. Eine Beziehung beendet man nicht per SMS. Und wenn schon Trennung, dann mit einem ordentlichen Streit." Nach einer kurzen Pause fragte er nach: „Und warum sollte ich mein Handy bei dir lassen? Das verstehe ich gar nicht."

„Mein letzter Freund hat das getan. Er hat mir eine SMS geschickt und die Beziehung damit beendet. Handy und Kleidung hat er zurückgelassen. Ich konnte nicht einmal seine blöde Nachricht beantworten. Er ist einfach aus meinem Leben verschwunden, so von heute auf morgen."

„So ein Arsch", sagte Salomon.

„Ja, ganz genau. Er hat sich wie ein Arschloch verhalten. So etwas will ich nie wieder erleben."

„Und was hast du mit seinen Sachen gemacht?", wollte er wissen.

„Die Klamotten habe ich zur Caritas gebracht und das Handy in eine Wundertüte gesteckt."

„Seit wann kann man Handys rauchen?"

„Du weißt nicht, was die Wundertüte ist, oder?"

„Nein, noch nie gehört."

„Der Radiosender Ö3 hat diese Aktion ins Leben gerufen. Alte Handys werden gesammelt, verwertet und der Erlös kommt der Aktion Licht ins Dunkel zugute."

„Was ist das denn wieder?"

„Was jetzt?"

„Licht ins Dunkel."

„Das gibt es schon seit mehr als 20 Jahren in Österreich. Der ORF sammelt Spenden für hilfsbedürftige Kinder und in Not geratende Familien. Jedes Jahr darf ein Kind nach Bethlehem fliegen und das Friedenslicht ins Land bringen, wo es dann rechtzeitig vor Weihnachten verteilt wird, als Symbol des Friedens. Hast du noch nie davon gehört?"

„Nein, das höre ich zum ersten Mal. Finde ich eine coole Idee."

„Auch viele Promis und Firmen veranstalten gezielte Aktionen mit ihren Mitarbeitern und spenden für Licht ins Dunkel. Da kommen jedes Jahr mehrere Millionen Euro zusammen. Das hat sich bei uns zu einer ganz großen Sache entwickelt. Zu Beginn jeder Spendensaison gibt es eine eigene Fernsehsendung zur Primetime. Promis sitzen an den Spendentelefonen und die Rufnummer kann sich jedes Kind merken, weil das Datum von Weihnachten vorkommt."

Nach einer Pause bohrte Salomon nach: „Warum hat dich dein Freund verlassen?"

„Das weiß ich nicht und ich konnte ihn auch nicht danach fragen."

„Wann hast du seine Sachen entsorgt?"

„Am Tag, als ich dich das erste Mal auf der Bühne sah, war ich bereit für einen Neuanfang."

„Ich hab auch schon am ersten Abend gewusst, dass du was Besonderes bist!"

Hannah und Salomon blickten sich in die Augen, mit 130 Stundenkilometern auf der Westautobahn mit dem Smart brausend, fast um einen Tick zu lange. Gerade noch rechtzeitig blickte sie nach vorne und sah, dass sie auf einen Stau auffuhren.

Sie standen schon zehn Minuten in der Rettungsgasse – auch den Sinn dieser Vorschrift musste sie Salomon erklären –, als aus dem Radio der Verkehrsfunk kam: „Sperre auf der A1, Fahrtrichtung Salzburg auf Höhe Melk. Nach einem LKW-Unfall sind alle Fahrspuren gesperrt. Mit dem Eintreffen des Rettungshubschraubers ist in den nächsten Minuten zu rechnen. Fahren Sie daher bei Pöchlarn ab auf die beschilderte Ausweichroute. Wir wünschen weiterhin gute Fahrt."

Die Abfahrt Pöchlarn lag nur wenige Meter hinter ihnen.

„Also Rückwärtsgang und los!", sagte Hannah und viele Autofahrer taten es ihr gleich.

Nach fast zweistündiger Fahrt hatten sie den Bauernhof mit Blick auf St. Georgen erreicht. Salomon sprang aus dem Auto. Er brauchte dringend eine Toilette, genau wie Hannah. Erst nach der Erleichterung der Blase konnte er den Ausblick genießen. Der Hof lag wunderschön auf einer Anhöhe und war sehr gepflegt. Ihm gefiel diese Mischung aus Granitsteinen und weißem Verputz der Fassade. Die kleinen Fenster an der Außenfassade, noch dazu vergittert, wirkten wie bei einem Puppenhaus. Die Haustüre war rot lackiert und mit Granit umrandet. Links und rechts davon standen moderne Blumentröge, mit Geranien und Surfinien bepflanzt. Die breite Zufahrt mündete in einer Schleife aus Asphalt, die mehr als genug Platz bot, um den Smart winzig erscheinen zu lassen. In der Mitte befand sich eine Rasenfläche mit drei hohen Bäumen und einer Sitzbank aus Holz, von der man über die sanfte Hügellandschaft des Mühlviertels blicken konnte. Bei gutem Wetter konnte man bis zu den Alpen, vom Hochkar bis zum Dachstein, sehen, erklärte ihm Hannah.

„Schön hier, nicht wahr? Oder habe ich dir zu viel versprochen?"

„Wirklich sehr schön hier", sagte Salomon, umarmte seine Freundin und küsste sie mit Hingabe und Ausdauer auf den Mund.

„Hast du Hunger?", fragte sie.

„Worauf genau?"

„Komm, wir gehen rauf und ich zeig dir meine Wohnung."

Die nächsten drei Tage waren herrlich, sowohl wettertechnisch als auch beziehungstechnisch. Drei Tage lang kamen sie nicht aus dem Bett. Nur in dringenden Notfällen, sprich Toilette, verließen sie das Schlafzimmer. Sie aßen und tranken im Bett und hatten Sex ohne Ende!

Am Tag der Abreise entdeckte Hannah eine Nachricht ihrer Stiefmutter:

Es wird sonnig und heiß. Bitte Blumen gießen.
Danke und viel Spaß euch beiden – smile

Oh Mist, dachte Hannah. Gemeinsam versorgten sie die Blumentröge mit Wasser und hofften, die Blumen würden es überlebt haben. Kurz bevor sie abreisten drehte sie mit Salomon eine Runde durchs Haus, zeigte ihm den neu gestalteten Innenhof, den Stall mit den Pferden und den Wellness-Bereich. Wo waren eigentlich die Pferde?, fragte sich Hannah, die nichts fürs Reiten übrig hatte. Den Teil des Hofes, der noch im Urzustand war, ließ sie links liegen. Die Zeit drängte. Salomon hatte einen Auftritt im Fernsehen bei einer Show. Er konnte sich einfach den Namen des Moderators nicht merken, aber er hatte ein markantes Gesicht! Auch an der Werkstätte ihres Vaters gingen sie vorbei. Sie war Tabuzone für Hannah und immer versperrt.

„Was macht dein Vater beruflich?", wollte Salomon wissen.

„Er ist gelernter Fotograf."

„Daher kommt also dein Interesse und Talent fürs Fotografieren."

„Jetzt macht er aber nur noch Filme, in erster Linie Dokumentarfilme fürs Fernsehen. Er hat seine eigene Firma. Er arbeitet viel fürs Fernsehen, hat schon Dokus für die BBC gemacht. Dabei arbeitet er mit Spezialkameras und baut viele Dinge selbst."

„Was heißt das genau?", wollte Salomon wissen.

„Er hat zum Beispiel einen Film über Eisbären gedreht und die Kamera in eine Art weißen Fußball verbaut, den er fernsteuern konnte. So konnte er die Eisbären aus geringster Entfernung filmen, und als die Tiere dann den Ball als Spielzeug entdeckt haben, war es ganz um sie geschehen. Sie haben dann versucht, das Gehäuse zu knacken. Einem Eisbären ist das auch gelungen und mein Vater hat das alles mit einer zweiten Kamera festgehalten. Das waren echt sensationelle Aufnahmen, für die er mehrere Preise gewonnen hat."

„Die Kameras baut er selbst, hast du gesagt."

„Die Kameras selbst nicht, aber das Drumherum baut er selbst. Er hat sich hier auf dem Hof eine Werkstatt eingerichtet. Die ist absolute Tabuzone für uns und ist auch immer versperrt."

Salomon dachte kurz nach, was er fragen wollte, aber Hannah setzte schon fort: „Ich bin praktisch im Studio aufgewachsen. Meine Eltern haben sich spät kennengelernt. Meine Mutter war Schuhverkäuferin in einem Geschäft in Linz und mein Vater hat auch in Linz bei einem alten Fotografen gelernt, der ihm, als er starb, das Geschäft und seine kleine Eigentumswohnung vererbte. Meine Mutter ist zehn Jahre jünger als mein Vater. Sie wollte nie eigene Kinder. Eigentlich ist sie so was wie eine frühe Emanze. Die Schwangerschaft ist einfach passiert. Voilà, und da bin ich nun. Meine Mutter hat ihren Job im Schuhgeschäft aufgegeben und bei meinem Vater gearbeitet. Sie ist eine clevere Geschäftsfrau, die sehr gut mit Kunden umgehen kann und großes Geschick im Verkaufen besitzt. Ich hatte die ersten Jahre gar kein eigenes Zimmer. Ich hab sowieso den ganzen Tag im Geschäft verbracht. Jeden Nachmittag hat meine Mutter mit mir einen Spaziergang gemacht. Der hat immer exakt eine Stunde gedauert. Mehr Zeit war nicht drin. Wir sind auf den Spielplatz gegangen, und immer wenn die Stunde zu Ende ging und ich noch spielen wollte, hat sie mich einfach geschnappt und in den Kinderwagen gesetzt. Ich muss wieder zur Arbeit, hat sie gesagt, während ich heulend im Kinderwagen saß. Später dann hat mich ein Mitarbeiter oder eine Mitarbeiterin aus dem Shop begleitet, je nachdem wer gerade Zeit hatte."

„Klingt nach strenger Erziehung", unterbrach sie Salomon.

„Streng schon, aber ...", sagte sie und dachte kurz nach, was sie sagen wollte. „Behütet ist das bessere Wort. Das hat mich mehr gestört. Ich konnte lange keinen Schritt alleine machen. Ich war immer in Begleitung. Meine Eltern haben mich in den Kindergarten gebracht, später zur Schule und jeden Tag abgeholt. Das ging bis ich 14 wurde und es einen Riesenkrach gab. Du musst wissen, die Schule lag keine fünf Minuten von der Wohnung entfernt. Und als wir später an den Stadtrand in ein Haus gezogen sind, hat mein Vater unter anderem genau dieses Haus gekauft, weil das nächste Gymnasium mit dem Bus nur eine Station entfernt lag. Ich bin aus dem Haus – die Bushaltestelle war direkt vor dem Gartenzaun – und bin nach einer Station wieder ausgestiegen. Musste nur die Straße überqueren und war in der Schule. Trotzdem saß meine Mutter jeden Tag mit mir im Bus und hat mich am Nachmittag selbst abgeholt oder abholen lassen. Das ist doch krank, oder?"

„Wenn man schon 14 ist, dann schon!", warf Salomon ein.

„Ich musste lange darum kämpfen, alleine hinfahren zu dürfen. Du kannst dir vorstellen, wie mich da meine Freundinnen und Schulkollegen gehänselt haben. Gluckenbaby haben sie mich genannt. Das war schlimm, kann ich dir sagen. Als ich dann 16 war, durfte ich das erste Mal abends fortgehen, ins Kino mit Freunden. Mein Papa hat mich mit dem Auto hingebracht, dort gewartet und auf der Heimfahrt hat er mich regelrecht verhört. Er wollte ganz genau wissen, wer die Burschen gewesen waren – Name, Alter, Beruf der Eltern und so weiter. Alles in Anwesenheit einer Freundin, die wir nach Hause gebracht haben. Das war vielleicht peinlich. Ich sag dir, das kommt davon, wenn man die Kinder spät bekommt. Junge Eltern sind nicht so komisch und verhalten sich lockerer. Hast du Geschwister?"

„Ja, einen älteren Bruder und zwei jüngere Schwestern."

„Toll! Ich bin ein Einzelkind. Das ist manchmal ganz schön fad. Bei euch war sicher immer was los."

„Ja, das kann man wohl sagen. Wir konnten immer Freunde mit nach Hause bringen. Meine Eltern haben das immer gern gesehen."

„Das war bei mir nur sehr schwer möglich. Meine Eltern haben immer viel gearbeitet und ich war wenig allein zu Haus. Möchtest du selbst mal Kinder haben?", fragte sie spontan.

„Klar doch, zwei bis drei mindestens. Und die sollen nicht in der Stadt aufwachsen."

„Warum?"

„Die sollten wissen, woher die Milch kommt und das Getreide fürs Brot. Die sollten sich in der Natur bewegen können und nicht vor dem Computer veröden."

„Klingt gut, gefällt mir. So ein Hof wie ihn mein Vater hat, das wäre genau der richtige Platz dafür. Findest du nicht auch? Du lebst auf dem Land, hast viel Natur, kannst Tiere halten – einen Hund oder ein Kaninchen vielleicht – und du bist doch ganz nahe an einer Großstadt mit all ihren Vor- und Nachteilen."

„Ja, du hast recht. Ein perfekter Ort für Kinder. Hattest du als Kind ein Haustier?"

„Wir hatten immer Katzen, später auch Fische und ein Meerschweinchen und einen Hamster."

„Musstest du darum auch kämpfen?"

„Nein, aber mein Vater musste meine Mutter überzeugen. Wenn es nach ihr gegangen wäre, hätte ich kein Haustier bekommen."

„Wir hatten nie welche, weil meine Eltern das in der Wohnung nicht wollten."

„Schade. Für mich waren die Haustiere sehr wichtig. Ich hatte ja keine Geschwister."

„Und deine Mutter leitet jetzt die Shops in Linz, Wien und Salzburg?"

„Ja, das ist ihr Leben. Es gibt zurzeit keinen Mann an ihrer Seite und sie arbeitet von früh bis spät. Nach der Scheidung hat meine Mutter die Shops bekommen. Mein Vater hat sich sowieso mehr für die Filmproduktion interessiert und er genießt das Reisen, ist oft wochenlang unterwegs. Das hat meine Mutter immer sehr gestört, obwohl sie, wenn sie dann zusammen waren, eh nur gestritten haben."

„Worüber?"

„Über alles Mögliche, vor allem aber hat sich meine Mutter immer beschwert, dass mein Vater immer dann, wenn er gerade keinen Film gedreht hat, auch keine Zeit für sie hatte."

„Und wie ist ihr Verhältnis jetzt nach der Scheidung?"

„Sie haben keinen Kontakt mehr. Papa hat Maria, seine Lebensgefährtin. Die ist nett und unkompliziert. Sie kann gut damit umgehen, wenn Papa verreist ist. Sie hat viele Interessen und auch viele Freundinnen. Übrigens kocht sie sehr gut und im Tiefkühlschrank gibt es immer was Vorgekochtes. Möchtest du was essen bevor wir fahren?"

„Ja, gerne", antwortete Salomon. Sein Magen knurrte bereits.

Sie gingen ins Erdgeschoss in die große gemütlich eingerichtete Wohnküche mit einem quadratischen Holztisch direkt vor einer Fensterzeile. Salomon nahm Platz und blickte in den Garten, während sich Hannah im Tiefkühlschrank auf die Suche machte. Sie nahm zwei Plastiksäckchen mit insgesamt vier Stück Knödeln und wärmte diese auf ohne Salomon zu fragen, ob das für ihn okay war. Die Knödel dufteten bereits und auch eine Portion Sauerkraut stand auf dem Herd, als sie zu ihm sagte: „Teller und Besteck findest du da drüben in der Kommode."

Salomon, der gerade an die bevorstehenden Prüfungen denken musste, reagierte nicht gleich und Hannah wiederholte den Satz etwas lauter: „Schläfst du, mein Lieber?"

„Nein, nein. Ich war nur in Gedanken versunken."

Sie aßen Wurst- und Grammelknödel, dazu selbst gemachtes Sauerkraut, und tranken Süßmost, gespritzt mit Mineralwasser. Für Salomon war es eine Premiere und es schmeckte ihm vorzüglich.

„Daran könnte ich mich gewöhnen."

„Woran genau?", wollte Hannah wissen.

„An solche Wochenenden, an dich und das gute Essen. Danke fürs Kochen."

„Ich hab doch nichts gekocht, nur aufgewärmt. Das Lob gilt Maria, die kann das wirklich sehr gut."

Salomon umarmte Hannah und küsste sie leidenschaftlich auf den Mund.

„Liebe geht durch den Magen", sagte er.

„Schon wieder?"

„Schon wieder! Ich hätte jetzt gerne einen Nachtisch."

Der Abwasch musste warten …

Erschöpft vom Liebesspiel saß Hannah, ihren Geliebten umarmend, mit geschlossenen Augen auf seinem Schoß. Seine Hände klebten auf ihren Pobacken, als Salomon die Stille unterbrach: „Was ist mit der Überraschung im Trolley?"

Hannah zuckte zusammen, lief halbnackt aus dem Haus zum Auto und kehrte mit dem Koffer in der Hand in die Küche zurück.

„Den hätte ich jetzt fast vergessen", sagte sie entschuldigend. „Ich hab eine Überraschung für dich. Komm, mach auf!"

Salomon öffnete den Koffer und war augenblicklich baff. Im Trolley befand sich ein schwarzer Geigenkoffer, den er öffnete.

„Woher wusstest du, welche Geige ich mir wünsche?"

Er nahm Geige und Bogen aus dem Koffer, stimmte das Instrument und begann zu spielen. Hannah schmolz dahin.

„Woher wusstest du, welche Geige ich mir wünsche?", wiederholte Salomon seine Frage.

„Ich kenne die Verkäuferin und auch den Besitzer des Geschäfts. Sie waren vor ein paar Tagen bei mir im Atelier, weil ich Fotos für einen Katalog machen soll. Da haben sie dein Bild gesehen und die Verkäuferin hat mir erzählt, dass du im Geschäft warst und du die Geige gerne gehabt hättest, aber der Preis hätte dich abgeschreckt und du wärst wieder gegangen. Du hättest gemeint, du müsstest noch sparen und würdest in ein paar Wochen wiederkommen."

„Die ist aber verdammt teuer. Warum machst du mir ein so teures Geschenk, mein Schatz?"

„Weil du es mir wert bist, mein Meister! So, und jetzt gehen wir mal wieder duschen, machen die Küche sauber und fahren zurück nach Wien. Okay so, mein Meister?"

Salomon umarmte sie und bedankte sich mit mehr als nur einem Kuss.

Es war kurz vor Mitternacht, als Hannah ihren Smart nach mehreren Ehrenrunden um den Block in einer Parallelstraße einparkte. Salomon trug das wenige Gepäck in der rechten Hand, mit dem linken Arm umklammerte er Hannah, als ihr Handy klingelte. Es war Maria.

„Was will Maria zu dieser Uhrzeit?", fragte sie sich laut und nahm das Gespräch an.

„Hallo Hannah, bitte entschuldige die Störung zu so später Stunde, aber es ist wichtig."

„Ist was mit Papa?"

„Ja, er hatte einen Unfall. Ich habe gerade mit ihm telefoniert. Er liegt in Berlin im Krankenhaus und muss dort ein paar Tage bleiben. Es hat ihn ein betrunkener Autofahrer vor seinem Hotel angefahren und ist geflüchtet. Er hat sich zwei Rippen gebrochen und auch das rechte Bein ist in Gips. Ich werde morgen gleich zu ihm fahren. Ich weiß noch nicht, ob per Flug, Zug oder Auto. Wie es ihm wirklich geht, weiß ich nicht. Du kennst ihn ja. Er tut so, als ob ihm nichts passiert wäre, aber der Arzt hat mir ganz was anderes erzählt. Er hat auch innere Verletzungen davongetragen und es könnte sein, dass sie ihn heue Nacht noch an der Leber operieren müssen. Ich wollte dich fragen, ob du mich nach Berlin begleiten möchtest?"

„Maria, ich muss mir das überlegen, ob das morgen geht. Ich habe meine Termine nicht im Kopf. Darf ich dich morgen anrufen?"

„Ja, klar. Bitte ruf deinen Vater erst morgen an. Er hat Schmerzen und eine Schlaftablette bekommen. Er schläft jetzt schon. Ich wünsche dir eine gute Nacht. Ich hoffe, ihr konntet das Wochenende auf dem Hof genießen. Das Wetter war ja nicht so toll."

„Wir haben es sehr genossen und das Wetter war ganz okay für uns."

„Wenn man verliebt ist, ist das Wetter Nebensache", tönte es an Hannahs Ohr. Maria wusste nur zu gut, was sie sagte.

„Übrigens, wir haben uns am Tiefkühlschrank bedient. Die Knödel waren super und auch der Gemüseauflauf war traumhaft. Danke!"

„Es freut mich, wenn es euch geschmeckt hat. Für zwei Leute zu kochen macht wenig Spaß, erst recht seit dein Vater so wenig isst und mehr auf seine Linie achtet. Wäre schön, euch beide mal bekochen zu dürfen. Wie sieht es denn nächstes Wochenende aus? Kommst du mit deinem Freund ins Mühlviertel? Wir würden ihn gerne kennenlernen."

„Mal sehen, ob das geht. Salomon hat am Samstag einen Auftritt. Ich muss mit ihm reden."

„Gut, macht das und meldet euch. Ihr seid beide herzlich willkommen. Ciao!" sagte Maria und legte auch schon auf.

„Mein Vater ist in Berlin von einem Betrunkenen angefahren worden und liegt im Krankenhaus. Maria reist morgen zu ihm. Es kann sein, dass er heute Nacht noch operiert werden muss. Eine innere Verletzung an der Leber, hat sie gesagt, und einige Knochen hat er sich auch gebrochen. Ich muss mir das überlegen, ob ich hinfahren soll beziehungsweise kann."

„Natürlich fährst du hin", mischte sich Salomon ein.

„Ich denke darüber nach", sagte sie, die Wohnungstür aufsperrend.

Als Hannah schon um 7 Uhr erwachte und Salomon noch tief und fest schlief, kroch sie lautlos aus dem Bett und öffnete ihr Notebook. Sie konnte am Abend nach Berlin fliegen, musste tags darauf aber wieder zurück sein. Andernfalls würde sie sich selbst ein Terminchaos bescheren. Schließlich hatte sie Aufträge zu erledigen und ihr Konto war überzogen wegen der teuren Geige.

Sie rief Maria an, checkte die Flugverbindungen und ergatterte noch ein Ticket für die Abendmaschine von Wien nach Tegel.

Salomon schlief immer noch, als Hannah die Wohnung verließ und zur Arbeit ins Atelier aufbrach. Sie schrieb ihm eine Notiz und klebte diese auf die Espressomaschine.

Hallo Schlafmütze!
Ich fliege am Abend nach Berlin. Komme am Dienstag 18 Uhr wieder zurück. Wir hören uns gegen Mittag.
Ich liebe dich,
Hannah

Berlin

Hannah hatte einen sehr stressigen Tag hinter sich. Sie hatte versucht, ihren Vater zu erreichen. Immer wieder war sie auf der Mailbox gelandet. Bei Maria hatte sie es auch mehrmals probiert, aber sie wusste, dass Maria im Zug nach Berlin saß, und war nicht enttäuscht darüber gewesen, sie nicht gleich erreichen zu können. Maria würde zurückrufen. Ihr Vater hingegen war ein Handymuffel. Da konnte sie lange auf einen Rückruf warten.

„Hallo Maria, ich wollte dir nur mitteilen, dass ich Papa nicht erreichen konnte. Mein Flug geht kurz vor sechs. Bis 20 Uhr sollte ich es zum Krankenhaus schaffen. In welchem Krankenhaus liegt er eigentlich?", sprach Hannah auf Marias Box.

Keine Minute später rief sie zurück.

„Hallo Hannah, du hast angerufen. Ich war eingenickt und das Handy habe ich auf lautlos geschaltet."

„Ja, ich habe dir auf die Mailbox gequatscht. Macht nix. Ich wollte dir nur sagen, dass ich Papa nicht erreichen konnte. Weißt du was Neues von ihm?"

„Ich habe vor einer Stunde mit ihm telefoniert. Er hatte heute weitere Untersuchungen. Er muss nicht operiert werden. Er hatte Glück im Unglück. Nur Quetschungen, Prellungen und eine Gehirnerschütterung. Er muss aber noch zur Beobachtung bleiben."

„In welchem Krankenhaus liegt er?"

„Im Klinikum Prenzlauer Berg, im sechsten Stock. Zimmernummer kann ich dir auch nicht sagen."

„Okay, ich melde mich bei dir, sobald ich in Berlin gelandet bin."

„Gut, mach das. Ich werde so gegen 16 Uhr bei ihm sein. Hast du schon ein Hotelzimmer gebucht?", wollte Maria wissen.

„Daran habe ich noch gar nicht gedacht."

„Dein Vater hat ein Doppelzimmer im Marriott gebucht. Wir können uns gerne das Zimmer teilen."

„Danke für das Angebot. Ich habe da eine gute Freundin in Berlin. Sie ist Model. Vielleicht hat sie heute Abend Zeit. Ich denke, ich könnte auch bei ihr übernachten. Sie hat eine große Wohnung am Prenzlauer Berg, gar nicht weit weg vom Krankenhaus. Ich versuche mal, sie zu erreichen und gebe dir noch Bescheid wegen dem Zimmer. Ist das okay für dich?"

„Natürlich passt das für mich. Dann wünsche ich dir einen guten Flug und wir sehen uns am Abend im Krankenhaus."

„Dir auch noch eine gute Fahrt und lass Papa schön grüßen. Sag ihm, man kann mit einem Handy auch telefonieren."

„Mach ich. Tschüss."

„Tschüss."

Hannah war erleichtert. Ihr Vater musste nicht operiert werden. Sie versuchte gleich, ihre Freundin Jasmin – das war eigentlich ihr Künstlername – zu erreichen. Jasmin hieß mit bürgerlichem Namen Veronika Ottenstab, war in der ehemaligen DDR aufgewachsen und jobbte als Model. Berlin war ihr Rückzugsort. Sie zu erreichen, war nicht leicht. Meistens war sie im Ausland, vor allem in Paris und Mailand, und lebte ein Leben aus dem Koffer. Sie hatte ihrer Mutter eine kleine Wohnung in Berlin gekauft und sie selbst hatte ein Loft am Prenzlauer Berg renovieren lassen – viel Platz und sündhaft teuer!

Sie wählte Jasmins Nummer. Nach dem dritten Läuten sprach sie auf die Mailbox: „Hi Jasmin, hier spricht Hannah. Ich bin mal wieder in der Stadt. Mein Vater liegt nach einem Verkehrsunfall im Krankenhaus am Prenzlauer Berg. Wir könnten uns heute Abend treffen, falls du in der Stadt bist. Melde dich doch bitte."

Hannah legte auf und begann, sich wieder der Arbeit zu widmen. Sie musste Büroarbeiten erledigen, Abrechnungen machen und Termine organisieren. Sie machte sich einen Latte Macchiato, nahm ein Blatt Papier zur Hand und schrieb eine Liste aller Erledigungen, die sie bis zur Abreise machen wollte. Hannah war mittendrin und konzentriert bei der Arbeit, da vibrierte ihr Handy, das sie auf der großen Glasplatte des Besprechungstisches abgelegt hatte.

„Hi, hier Jasmin", tönte es aus dem Lautsprecher. „Ich hab deine Nachricht gehört. Klar sehen wir uns heute Abend. Ich schmeiß eine Party. Kannst jederzeit kommen. Sind auch wichtige und scheene Leute dabei." Das Wort *schön* dehnte sie in Berliner Mundart. „Und übrigens: Meine Wohnung ist groß genug. Du kannst auch bei mir pennen. Also kein Zimmer buchen! Du weißt ja, bei Jasmin ist die Bude immer voll und das ist toll!" Hannah hatte nichts anderes erwartet. Ihre Freundin war während eines Redeschwalls immer drauf, als wäre sie der personifizierte Duracell-Hase. Ihre Partys hatten Stil. Da wurde geklotzt und nicht gekleckert und ihr Loft war die perfekte Location. Man lernte lustige und auch jede Menge schräge Vögel kennen. Hannah freute sich jetzt schon auf den Abend.

Mittags verließ sie das Studio, kaufte sich ein Sandwich im Supermarkt und las auf ihrem Smartphone die Schlagzeilen des Tages auf einer Parkbank sitzend und essend. Salomon rief an. Mit vollem Mund nahm sie den Anruf entgegen: „Hallo Schatz! Schön, dass du anrufst. Bin gerade beim Essen."
„Soll ich später anrufen?"
„Nein, geht schon. Hab mir nur ein Sandwich gekauft."
„Hast du schon einen Flug gebucht?"
„Ja, gleich heute Morgen. Ich habe noch einen Platz ergattert, Start ist kurz vor 18 Uhr. Ich sollte es bis 20 Uhr zu meinem Vater schaffen. Er liegt im Krankenhaus am Prenzlauer Berg. Er musste nicht operiert werden. Es scheint ihm schon besser zu gehen."
„Das freut mich für dich und ihn natürlich auch", unterbrach Salomon.
„Was machst du am Abend in Berlin?"
„Ich besuche meine Freundin Jasmin. Die wohnt ganz in der Nähe vom Krankenhaus."
Die Sache mit der Party wollte sie lieber nicht erwähnen. Salomon konnte ziemlich eifersüchtig sein.
„Woher kennst du sie?"
„Sie arbeitet als Model und wir haben uns auf der London Fashion Week vor drei Jahren kennengelernt. Sie ist als Kind in der DDR aufgewachsen und lebt seit der Wende in Berlin. Sie ist nicht ganz so das typische Model, wenn du verstehst, was ich meine."
„Keine Ahnung", brummte Salomon.

„Sie ist älter und reifer als die meisten Models und auch nicht so spindeldürr. Sie redet viel und hat Humor. Bist du noch dran?"
„Ja, natürlich."
„Was machst du heute Abend?"
„Wir treffen uns zu einer Probe im Studentenheim. David kommt auch mit. Ich habe ihn dazu überredet, Trompete zu spielen."
„Wann lerne ich David kennen?"
„Sobald du aus Berlin kommst, stelle ich ihn dir vor. Wann landest du morgen?"
„Gegen 17 Uhr."
„Na, dann wünsche ich dir einen guten Flug. Melde dich doch, wenn du gelandet bist."
„Schön, dass es dich gibt", sagte Hannah mit verträumter Stimme.
„Dito", antwortete Salomon mit einem Lächeln im Gesicht.
Jetzt war es Zeit für die Uni. Salomon hatte Vorlesung. Im Laufschritt ging er die Stufen hinauf in den zweiten Stock zum Hörsaal.

Hannahs Flug verlief ruhig. Auf einen Snack verzichtete sie, stattdessen schloss sie die Augen und döste vor sich hin. Wäre da nicht dieser Businesstyp neben ihr gewesen, der schon zum dritten Mal die Toilette aufsuchen musste, hätte Hannah den Flug tatsächlich genossen. Nachdem sie sich zum dritten Mal von ihrem Platz am Gang erhoben hatte, bot sie ihm an, die Plätze zu tauschen. So saß sie nun in der Mitte einer Dreier-Reihe, rechts am Fenster ein Rabbi, der den ganzen Flug über betend und lesend neben ihr saß, links der Businesstyp im dunklen Anzug, bereits zum vierten Mal auf dem Weg zur Toilette. Mann, so schön sind die Toiletten nun auch wieder nicht, dachte sich Hannah.
Gleich nach der Landung schrieb sie Salomon eine SMS:

Bin gut gelandet. Wetter in Berlin angenehm. I.l.d.s.s.

Postwendend folgte die Antwort aus Wien:

Schönen Aufenthalt, bleib sauber!

Ob Salomon eine Ahnung von der Party hatte? Jasmins Partys hatten es in sich, aber sie würde standhaft bleiben. Sie hatte seit Langem wieder einen festen Freund und das sollte auch so bleiben.

Mit ihrem Handgepäck verließ sie den Flughafen, stieg ins erstbeste Taxi und der Fahrer begrüßte sie mit typischer Berliner Schnauze: „Wohin mit uns, scheene Frau?"

„Ins Krankenhaus am Prenzlauer Berg".

Um dem Taxifahrer erst gar keine Chance für eine Konversation zu geben, wählte sie Marias Nummer – ihr Vater würde sowieso nicht abheben –, plauderte mit ihr eine ganze Weile und erfuhr von ihr den Namen der Abteilung, die Etage und die Zimmernummer. Der Taxifahrer hatte verstanden, dass sein Fahrgast nicht an einer Unterhaltung interessiert war, und drehte das Radio lauter. Der Abendverkehr war voll im Gange und Hannah traf etwas später als sie gerechnet hatte im Krankenhaus ein.

Sie betrat das Krankenzimmer ihres Vaters. Das Licht brannte und ihr Vater saß aufrecht im Bett in einem weiß-hellblau karierten Nachthemd. Maria saß auf einem Sessel an seiner rechten Seite und hielt ihm die Hand. Sie hatte geweint und seine Haare waren wie immer zerzaust.

„Hallo Maria! Hallo Papa!"

Hannah begrüßte zuerst Maria mit einer festen Umarmung und einem Kuss auf die Wange, dann trat sie an die linke Seite des Bettes und begrüßte auch ihren Vater.

„Was machst denn du für Sachen? Warum lässt du dich von einem Betrunkenen anfahren?"

„Wer sagt, dass es ein Betrunkener war?"

„So hat es mir Maria erzählt", gab Hannah zur Antwort.

„Man hat den Fahrer nicht erwischt. Ich glaube nicht, dass es ein Unfall war."

„Wieso glaubst du das?"

„Ich habe die Limousine gesehen. Die Scheinwerfer brannten und der Motor lief, als ich die Straße überqueren wollte. Dann hat der Fahrer plötzlich voll beschleunigt, ich habe angefangen zu rennen und das Auto hat mich Gott sei Dank nicht mehr voll erwischt, sondern nur gestreift. Ich bin auf den Gehsteig und gegen eine Straßenlaterne geschleudert worden. Die Prellungen und Quetschungen stammen von der Laterne."

Er zeigte ihr die Bandagen und die blauen Flecken.

„Hast du eine Anzeige gemacht?"

„Nein, das zwar nicht, aber die Polizei war gestern bei mir und hat mich befragt. Es waren zwei Beamte in Zivil. Sie haben mir ihre Ausweise unter die Nase gehalten. Ich habe mir aber ihre Namen nicht gemerkt. Einer hieß mit Vornamen Stefan, glaube ich."

„Du glaubst, das war ein Attentat?", sprach Hannah und begann dabei zu zittern. Maria versank wieder in Tränen.

„Ja, das glaube ich", sagte Franz an Hannah gerichtet. Sie hielt seine rechte Hand und führte sie an ihre Wange.

Nach einer Pause hakte sie nach: „Wer könnte ein Motiv haben, dich zu …"

„Ich weiß es nicht, aber vielleicht hat es damit was zu tun."

Franz löste seine rechte Hand aus Marias Umklammerung und griff unter die Bettdecke. Er zog ein braunes A5-Kuvert hervor und reichte es seiner Tochter.

„Was ist das?", wollte sie wissen.

„Ich habe recherchiert und in dem Kuvert sind einige Negative, die du für mich aufbewahren sollst."

„Papa, was hast du getan? Sag schon", insistierte Hannah. „Wenn du mir nicht sofort erzählst, was hier gespielt wird, spüle ich den Inhalt das Klo runter. Also los, aber dalli, dalli!"

So energisch kannte Franz seine Tochter gar nicht. Hatte sie doch mehr von ihm geerbt, als er immer geglaubt hatte?

„Ich recherchiere seit einiger Zeit", begann er und sah seine Tochter dabei an.

„Lass dir doch nicht alles aus der Nase ziehen!", schimpfte Hannah und wurde laut.

„Leise, schrei nicht so", sagte Franz kleinlaut. „Es gibt da das Gerücht, dass das KZ Gusen wesentlich größer gewesen sein soll, als der Öffentlichkeit bekannt ist. In den unterirdischen Stollen haben die Nazis gegen Ende des Krieges Waffen produziert. Man hat dem Projekt den Tarnnamen B8 – Bergkristall gegeben. Die Häftlinge mussten in Rekordzeit unter menschenunwürdigen Bedingungen die Stollen in den Berg hauen. Tausende sind dabei verstorben. Die Stollen sollen viel größer gewesen sein und es geht noch heute das Gerücht um, dass nur ein Teil der alten Stollen nach dem Krieg zerstört wurde. Man weiß bis heute nicht, was die Nazis dort genau gemacht haben. Es wird gemunkelt, dass an einer Wunderwaffe gebaut wurde."

„Was hat das alles mit dir zu tun?", fragte Hannah und verstand den Sinn nicht.

„Ich habe in verschiedenen Archiven gestöbert und bin auf Dokumente gestoßen, die darauf hindeuten, dass an den Gerüchten was dran ist."

„In welchen Archiven warst du?"

„Begonnen habe ich in Gusen und Mauthausen. Dann war ich in Wien im Innenministerium, in der Nationalbibliothek. Und dann … dann bin ich nach London und Paris gefahren."

„Und jetzt warst du auch hier in Berlin auf der Suche? Was ist da jetzt drin?"

Hannah hob das Kuvert und schüttelte es.

„Negative von Luftbildern, die die Briten bei Aufklärungsflügen über Gusen gemacht haben aus dem Zeitraum Frühjahr 1943 bis März 1945."

„Hast du etwa die Negative gestohlen?", kam es ihr in den Sinn.

„Ich wollte nur Abzüge machen und sie wieder zurückbringen."

„Papa, ich versteh dich nicht. Warum klaut ein erfolgreicher Filmemacher Negative? Was soll das alles?"

„Das kann ich dir jetzt auch nicht erklären. Nimm bitte das Kuvert und verstecke es an einem sicheren Ort."

„Okay!"

Hannah nahm das Kuvert und steckte es in ihre Handtasche.

„Wie lange musst du noch bleiben?", fragte sie nach einer Schweigeminute.

„Ich darf morgen das Krankenhaus verlassen. Ich will aber noch in Berlin bleiben und …"

„Das kommt gar nicht infrage. Wir fahren morgen gemeinsam mit dem Zug nach Hause", mischte sich Maria ein, die bislang stumm geblieben war. Franz blickte geknickt in ihre Richtung und schwieg.

„Bitte rede mit niemandem über meine Recherchen und auch nicht über die Negative. Bitte versprich mir das! Auch kein Wort zu deinem neuen Freund", ergänzte Franz eilig.

„Okay, versprochen. Ich bringe das Kuvert sicher nach Wien."

„Danke, braves Mädchen", sagte er und streichelte ihr durchs Haar.

„Übergib das Kuvert an Howard Bush. Er wohnt …"

Hannah schrak auf.

„Woher kennst du Howard Bush? Ich weiß, wo ich ihn finden kann, und ich kenne auch seine Handynummer."

„Woher kennst du Howard?"

Franz blickte seine Tochter völlig perplex an.

„Howard betreibt eine Künstleragentur und mein Freund hat eine Band. Sie nennen sich Sal & Friends. Howard ist ihr Agent. Durch ihn habe ich im Irish Pub meinen Freund Salomon kennengelernt. Und woher kennst du Howard?"

„Das ist eine ganz lange Geschichte. Die erzähle ich dir ein andermal. Ich bin jetzt müde. Ich will schlafen."

Typisch Papa, dachte Hannah. Er weicht mal wieder aus und sagt nur, was er unbedingt sagen muss.

„Ich mache mich auf den Weg zu Jasmin. Ich kann bei ihr übernachten. Macht's gut und kommt morgen gut nach Hause."

Hannah verließ das Klinikum und stieg in ein Taxi, obwohl der Weg zu Jasmins Wohnung kurz war. Aber sie hatte keine Lust, von einem Irren überfahren zu werden. Der Taxifahrer sah in Hannah eine ortsunkundige Touristin und kurvte mit ihr drauf los in der Hoffnung, doch ein wenig Umsatz machen zu können, was Hannah auch bemerkte, ihr aber gerade gleichgültig war. Zu tief saß der Schock, den ihr das Gespräch bereitet hatte.

Hannah zahlte das Taxi, stieg aus, die Handtasche fest unter den Arm geklemmt. Die Eingangstüre stand sperrangelweit offen. Aus der Gegensprechanlage hörte man Jasmins Stimme und laute Musik. Vor dem riesigen Lift, der bis zu 25 Personen befördern durfte, wie sie auf einer Tafel las, drängte sich eine heitere Menschentraube, einige in bunten Kostümen, gekleidet wie für eine Faschingsparty. Hannah wunderte gar nichts. Jasmins Partys standen immer unter einem Motto. Sie hatte vergessen, nach dem heutigen Motto zu fragen. Hannah drängte sich in den Lift und gemeinsam wackelte man zwei Etagen höher. Vor der Wohnungstüre stand Jasmin, in einen knallgelben Overall gezwängt, silberne Plateauschuhe tragend, eine blitzblaue Kurzhaarperücke auf dem Kopf, und schwenkte in der linken Hand ein Glas Prosecco. Sie begrüßte die Gäste mit Handschlag und Küsschen links und rechts. Jasmin, schon von Natur aus groß gewachsen, musste dank der Plateauschuhe, die ihr weitere zehn Zentimeter Höhenzulage verschafften, beim Betreten ihrer Wohnung den Kopf einziehen. Hannah hatte sie erst gar nicht bemerkt, so groß war der Trubel bereits.

„Schön, dass du gekommen bist", sagte sie, ihre Freundin Hannah fest drückend. „Das Motto der Party lautet ABBA-Mania."

Hannah wäre auch so drauf gekommen.

„Du kannst dich da drinnen umziehen."

Jasmin zog eine Kette aus ihrem Ausschnitt und sperrte das Zimmer auf.

„Mein Schlafzimmer ist Tabuzone. Da lasse ich nur ganz spezielle Gäste rein. Dich zum Beispiel", zwinkerte sie. „Es liegen drei verschiedene Kostüme auf dem Bett. Such dir eins aus. Perücken und Schuhe findest du in den Schachteln vor dem Kasten."

Jasmin reichte ihr den Schlüssel.

„Und sperre dann bitte wieder ab. Ich möchte nicht, dass sich irgendein geiles Pärchen in meinem Bett vergnügt. Igitt!", sagte sie und schnitt dabei eine Grimasse, wie es nur Jasmin konnte, dabei lautstark lachend. Sie entschwand tanzend zur Musik von *ABBA* in der Menge.

Hannah schloss die Tür hinter sich und musterte die Kostüme. O Gott, was für Farben, dachte sie. Sie entschied sich für den leuchtgrünen Overall mit tiefem V-Ausschnitt und Glockenhosen mit Fellbesatz knapp unter dem Knie. Dazu eine rote Langhaar-Perücke, eine silberne Kette und Plateaustiefel, auch in der Farbe von glänzendem Silber. Ihre Handtasche mit dem braunen Kuvert versteckte sie im Kasten.

Hannah sperrte das Schlafzimmer zu und machte sich auf die Suche nach Jasmin, um ihr den Schlüssel zu geben. Ein Partygast, schon leicht illuminiert, kam mit zwei Drinks auf sie zu und reichte ihr einen davon. Sie tanzte mit ihm, so gut dies in dem Gedränge möglich war. Er hieß Ralf und seine Blicke klebten in Hannahs Ausschnitt, während sie selbst nach der Gastgeberin Ausschau hielt. Als sie sie endlich erspähte, wendete sie sich abrupt von ihrem Tanzpartner ab. Mit der rechten Hand griff er nach ihr, ohne sie zu erwischen. Hannah, endlich bei Jasmin angekommen, griff nach der Kette mit dem Schlüssel und …

Verdammt! Die Kette war weg! Unverhofft tauchte Ralf wieder an ihrer Seite auf, die Kette schwenkend.

„Warum so eilig? Das Schlafzimmer liegt in der anderen Richtung, schöne Frau. Ich habe den Schlüssel dazu", sagte der betrunkene Ralf, dem Sieg scheinbar so nah.

Hannah riss ihm die Kette aus der Hand, trat mit dem Stiefel auf seinen Fuß und verschwand in Richtung der Fensterfront, wo sie Jasmin zuletzt erblickt hatte.

Dort fand sie diese auch, händigte ihr die Kette mit dem Schlüssel aus und genehmigte sich einen Drink. Gin Tonic mit viel Eis und einem Schuss Limettensaft! Nach dem zweiten Glas begann sie, die Party zu genießen.

Stunden später lagen Jasmin und Hannah auf dem großen Bett und der Himmel drehte sich. Das lag nicht daran, dass sie zu viel getrunken hatten – nein, es lag an Jasmins Bett. Es stand mitten im Raum, drehte sich langsam und auf dem Rücken liegend konnte man durch das Glasdach in die sternenklare Nacht blicken. Jasmin erzählte von ihrem neuen Lover, einem französischen Basketballspieler.

„Er ist 2,10 Meter groß. Endlich ein Mann, zu dem ich aufblicken kann. Meine bisherigen Liebhaber waren alle kleiner als ich. Er spielt in Paris, ist französischer Staatsbürger, aber geboren ist er in den Staaten."

„Bei einer Größe von 1,91 Meter ist das für eine Frau auch nicht leicht, einen größeren Partner zu finden", warf Hannah ein. „Wie oft seht ihr euch?"

„Immer wenn ich nach Paris komme", sagte Jasmin und nippte an einer Wasserflasche.

„Hat er dich noch nie in Berlin besucht?"

„Nein, er mag die Deutschen nicht."

„Warum das?"

„Die Nazis haben viele seiner Verwandten im KZ vergast. Was hat dich so plötzlich nach Berlin gezogen?", hakte Jasmin ein.

„Mein Vater hatte einen Unfall und liegt im Klinikum Prenzlauer Berg. Wir dachten, er ist von einem Betrunkenen angefahren worden, aber mein Vater glaubt, dass es ein Anschlag war. Er recherchiert gerade über das KZ Mauthausen und wenn er das tut, dann macht er sicher einen Film daraus. Er hat in irgendeinem Archiv Negative gefunden und mitgenommen."

„Du meinst, er hat die Negative geklaut?"

„So kann man es auch sagen."

Auch Hannah nahm einen Schluck aus der Wasserflasche, die ihr Jasmin gereicht hatte.

„Er hat irgendetwas entdeckt und mir ein Kuvert mit Negativen anvertraut."

Hannah sprach, obwohl sie ihrem das Gegenteil Vater versprochen hatte, nun doch über das Kuvert. Jasmin hörte gespannt zu.

„Wo ist das Kuvert jetzt?"

„In meiner Handtasche bei dir im Kasten."

Jasmin sprang aus dem Bett und lief zum Kasten. Sie öffnete die Schiebetüre, schnappte sich Hannahs Handtasche und warf sie neben ihr aufs Bett.

„Komm, zeig schon!", befahl sie ihrer Freundin.

„Ich habe Papa versprochen, es niemandem zu zeigen."

„Jetzt stell dich nicht so an! Du hast ihm sicher auch versprochen, mit niemandem darüber zu reden. Und was hast du gerade getan? Also raus mit dem Kuvert. Ich will es sehen."

Jasmin war aufgeregt. Hannah öffnete die Handtasche, doch das Kuvert war nicht zu finden.

„Verdammt!", sagte sie. „Das muss dieser Ralf gewesen sein. Der hat mir die Kette mit dem Schlüssel runtergerissen."

Jasmin stand auf, ging wieder zum Kasten, betätigte einen Knopf und der gesamte Kasten glitt lautlos um einen Meter nach links. Zum Vorschein kam ein Safe, den Jasmin mit einer Zahlenkombination öffnete. Sie fischte ein braunes Kuvert heraus und reichte es ihrer Freundin.

„Das musst du mir jetzt aber erklären", sagte Hannah völlig verdutzt.

„Bei mir ist schön öfter eingebrochen worden und so habe ich die ganze Wohnung mit einer Alarmanlage und vielen Minikameras ausstatten lassen. In jedem Raum sind mehrere davon, auch hier im Schlafzimmer. Immer wenn ich verreise, mache ich die Anlage scharf. Oder so wie heute: Wenn eine Party steigt, dann schalte ich nur die Kameras ein. Ich kann über mein Smartphone die Bilder zu jedem Raum abrufen, auch wenn ich unterwegs bin. Die Kameras reagieren auf Bewegung und zeichnen alles auf. Einen Monat lang bleiben die Daten in der Cloud gespeichert."

„Wie kommst du an das Kuvert?", fragte Hannah ungeduldig. „Erklär mir das bitte!"

„Als ich die Gäste begrüßt habe, ist mir ein Typ aufgefallen, der dich die ganze Zeit beobachtet hat. Er kam unmittelbar nach dir aus dem Lift."

Jasmin nahm ihr Smartphone, wischte und tippte darauf herum und zeigte Hannah ein Standbild.

„Das ist der Typ."

„Den kenne ich nicht."

„Ich dachte zuerst, der gehört zur Catering-Truppe, aber dann lief einer der Barkeeper zur Wohnungstür raus und an ihm vorbei die Treppe runter. Die beiden haben sich nicht gekannt. Da bin ich misstrauisch geworden."

„Was ist dann passiert?"

„Ich habe die Software zur Gesichtserkennung aktiviert und von da an haben ihn die Kameras gezielt verfolgt und jeden Schritt aufgezeichnet. Als er dann ins Schlafzimmer eingedrungen ist, bin ich ihm gefolgt. Ich konnte ihn die ganze Zeit auf dem Smartphone beobachten."

„Aber du hattest doch gar kein Smartphone in der Hand."
„Ich muss es gar nicht in der Hand halten. Ich hatte das Smartphone die ganze Zeit in meinem Overall unter dem breiten Gürtel versteckt. Ich kann es mit der Datenbrille steuern."
„Was erzählst du mir da für ein Märchen, von wegen Datenbrille und so weiter?"
Jasmin ging nochmals zum Safe, nahm die Brille heraus und setzte sich diese auf die Nase.
„Das ist meine Datenbrille, die aussieht wie eine normale Sonnenbrille aus den achtziger Jahren."
Sie reichte sie ihrer Freundin und aktivierte mit dem Handy eine der Kameras.
„Das bin ja ich, hier im Bett", war Hannah überrascht. „Und was geschah dann?"
„Ich bin dem Typen ins Schlafzimmer gefolgt, und als er mit dem Kuvert flüchten wollte, habe ich es ihm abgenommen."
„Wie hast du das gemacht?"
„Ich habe ihm meinen Minirevolver unter die Nase gehalten und das hat ihn überzeugt."
„Und wo hattest du den so plötzlich her? Etwa auch unter dem breiten Gürtel?"
„Ja, richtig!"
„Mann oh Mann, du bist unglaublich. Deine Wohnung ist total überwacht. Du schmeißt eine Party und beobachtest deine Gäste via Datenbrille. Ich glaub das alles nicht! Ich glaube, das ist die versteckte Kamera!"
„Komm, jetzt mach schon das Kuvert auf. Ich will sehen, was da drin ist."
Jasmin reichte ihr einen Brieföffner. Hannah schnitt es vorsichtig auf und ließ den Inhalt herausgleiten.
Negative, zehn Stück an der Zahl, lagen auf dem weißen Laken. Hannah nahm eines in die Hand, hielt es gegen das Licht und blickte hindurch.
„Kann man was erkennen?", wollte Jasmin wissen.
„Nicht wirklich."
„Komm mit, ich zeig dir was."

Jasmin sprang aus dem Bett und ging auf den Safe zu. Der Kasten war noch immer einen Meter nach links verschoben. Sie öffnete den Tresor und drückte einen Knopf. Lautlos glitt der Kasten einen weiteren Meter nach links und zum Vorschein kam eine Stahltür.

„Was ist das jetzt wieder?", fragte Hannah erstaunt.

„Dahinter verbirgt sich die Technik. Nimm die Negative mit. Wir scannen sie ein!"

Augenblicke später sahen sie auf dem Bildschirm Luftaufnahmen einer Landschaft, die Hannah bekannt vorkam.

„Das ist das KZ von Gusen."

Sie betrachteten alle zehn Aufnahmen und konnten beim besten Willen nicht wirklich Unterschiede zwischen den Bildern erkennen.

„Spannend", sagte Jasmin und verschwand. „Ich hol uns einen Drink."

Zurück kam sie mit zwei Gläsern gut gekühltem Prosecco.

„Ich denke, man muss die Aufnahmen sehr stark vergrößern und in der richtigen zeitlichen Reihenfolge übereinanderlegen."

„Woran erkennt man die zeitliche Reihenfolge?"

„An den Nummern auf den Negativen. Vielleicht kennt dein Vater die richtige Reihenfolge."

„Wirklich spannend", sagte Jasmin zum wiederholten Male. „Wenn du willst, dann lasse ich einen Spezialisten ran an die Dateien."

„Nein, lieber nicht! Du weißt, ich habe meinem Vater versprochen …"

„Ich weiß. Und als brave Tochter hast du dich auch nicht daran gehalten."

Die vergangene Nacht hatte es in sich gehabt. Hannah hatte schlecht geschlafen. Sie hatte von ihrem Vater geträumt, wie er von einem Auto angefahren und durch die Luft geschleudert wurde. Ein Mann lächelte aus dem Auto. In Zeitlupe fuhr er an ihr vorbei. Sein Gesicht konnte sie ganz deutlich erkennen. Es war jener Mann, der ihr in die Wohnung gefolgt war und das Kuvert stehlen wollte. Schweißgebadet erwachte sie.

Nach einer Dusche ging sie in die Küche und fand Jasmin bereits Zeitung lesend. In der Hand hielt sie eine Tasse Tee.

Ohne sich von der Zeitung abzuwenden, sagte sie: „Tee ist noch genug in der Kanne. Du kannst aber auch Kaffee haben. Die Maschine steht rechts auf der Anrichte und die Kapseln sind im Oberschrank."

„Ich bin komplett gerädert", sagte Hannah.

„Dann würde ich Kaffee empfehlen."

„Ja, das denke ich auch".

Hannah schaltete die Espressomaschine ein, suchte nach einer Tasse und fand auch die Kapseln dort, wo Jasmin gesagt hatte. Sie nahm einen ersten Schluck und blickte aus dem Fenster hinaus in einen grünen Innenhof. Die Wohnung war erstaunlich ruhig.

„Wann geht dein Flug nach Wien?"

„Um circa 16 Uhr."

„Das trifft sich gut. Dann können wir noch einen Spaziergang machen und am Nachmittag gemeinsam zum Flughafen fahren."

„Wohin geht deine Reise?"

„Nach Paris. In die Stadt der Liebe!"

Hannah landete pünktlich in Wien. Am Ausgang wurde sie von Salomon, der eine langstielige Rose in der Hand hielt, erwartet. Mit dem Zug fuhren sie in die Stadt. Hannah erzählte nichts von den Ereignissen in Berlin. Sie wollte unbedingt noch ins Studio, um das Kuvert im Safe zu verstauen. Salomon erzählte ihr, dass David sie heute zum Abendessen eingeladen hatte. Hannah kannte David schon, aber mehr als ein paar kurze Begegnungen hatte es bislang nicht gegeben. Sie fand ihn nett und freute sich auf einen entspannten Abend, der sie auf andere Gedanken bringen sollte.

„Gut, das freut mich", sagte Hannah. „Ich bin schon sehr hungrig. Ich muss noch kurz ins Studio, meine Ausrüstung holen und die Post checken. Dann fahre ich in die Wohnung, mache mich frisch und wir sehen uns im Studentenheim."

„Okay, mach das. Ich fahre direkt ins Studentenheim. Ich muss noch proben."

„Was gibt es zu essen?"

„Ich habe keine Ahnung. Ich wusste bis heute nicht einmal, dass mein Bruder kochen kann. Lassen wir uns überraschen."

Das Essen schmeckte vorzüglich. Es war eine Mischung aus indischer Vor-, marokkanischer Haupt- und türkischer Nachspeise. Dazu tranken sie Wasser, Tee, Wein und türkischen Kaffee zum Abschluss. Hannah, Salomon und David unterhielten sich angeregt und genossen den Abend. David fand Hannah sympathisch und umgekehrt war es genauso. Nur eine Frage brachte David etwas aus der Fassung. Und zwar die Frage nach seiner „Freundin" Anna.

Buch

Rückblende – Einige Wochen vorher

Kaum war Salomon in seiner Studentenbude angekommen, warf er sich aufs Bett und blätterte in dem Buch in der Hoffnung, sein Urgroßvater hätte ihm darin einen weiteren Hinweis auf seine Identität oder sonst eine wichtige Botschaft hinterlassen.

In der Mitte des Buches machte er eine Entdeckung, mit der er so gar nichts anzufangen wusste. Mit schwarzer Schrift, vermutlich mit einem Stück Kohle geschrieben, stand:

Tunnel bis B8.27 fertig

Unter der Zeile befand sich vermutlich das Datum, aber leider verwischt und unleserlich.

Was sollte das bedeuten? Konnte ihm Howard tatsächlich helfen? Sollte er sich an ihn wenden und ihm die Geschichte erzählen oder würde ihn der Texaner auslachen? Sollte er Jonas von der Textzeile erzählen? Wusste sein Vater mehr über das Schicksal des Urgroßvaters, als er Salomon vor Jahren erzählt hatte? War sein Urgroßvater ein Kollaborateur der Nazis gewesen? Was hatte sein Urgroßvater beruflich gemacht, bevor er ins KZ gesteckt wurde? Fragen über Fragen gingen ihm durch den Kopf, bis er auf dem Rücken liegend einschlief. Der Schlaf der letzten Nacht war viel zu kurz ausgefallen.

Als er wieder aufwachte, war es im Zimmer stockdunkel. Es war 2 Uhr früh und Salomon war hellwach. Er beschloss, seinem Vater eine E-Mail zu schreiben. Ohne die Geschichte mit dem Buch und der Textzeile zu erwähnen, formulierte er seine Fragen:

Hallo Papa,
ich habe mich mit ein paar Freunden von der Uni – auch Juden – über unsere Familiengeschichte unterhalten und zu meiner Schande konnte ich recht wenig darüber sagen, wer aus unserer Familie Opfer der Nazis wurde. Ich weiß von meinem Urgroßvater Samuel, aber ansonsten ist mir kein weiteres Familienmitglied eingefallen. Was hat Urgroßvater beruflich gemacht? Wo wurde er geboren? Wann kam er ins KZ? War er Ende 1943 schon im KZ Mauthausen? Wann ist er ums Leben gekommen? All diese Fragen beschäftigen mich zurzeit und ich denke, du kannst mir Antworten geben.
Bis bald,
Salomon

Er las den Text nochmals und drückte auf *Senden*. Salomon rechnete mit keiner schnellen Antwort, da sein Vater kein Smartphone besaß, der PC in seinem Arbeitszimmer im Bestfall nur einmal pro Woche hochgefahren wurde und er seinen Vater als Verweigerer in Sachen Mails und Social Media nur zu gut kannte. Viele Diskussionen hatten David und er mit ihrem Vater geführt, ohne ihn aber von der Sinnhaftigkeit moderner Kommunikationssysteme zu überzeugen. Selbst das Handy war ihm ein Gräuel. Lieber nutzte er das gute alte Festnetz mit Anrufbeantworter.

Auch alle Fragen an Howard listete Salomon auf und tippte sie in sein Notebook. Kurz vor 4 Uhr drehte er das Licht wieder aus und träumte von einem Spaziergang mit seinem Urgroßvater, den er nie kennengelernt hatte, am Strand von Tel Aviv.

Salomon hatte sich getäuscht, denn sein Vater antwortete schon wenige Stunden nach der Versendung der E-Mail. Er las die Nachricht aufmerksam durch. Alle Fragen, die er seinem Vater gestellt hatte, waren beantwortet.

Hallo Salomon,
es freut mich, dass du dich für unsere Familiengeschichte interessierst. Jeder Jude sollte wissen, wo seine Wurzeln liegen und welches Schicksal die eigene Verwandtschaft hat erleiden müssen.

Dein Urgroßvater hieß mit vollem Namen Samuel Isaak Liebermann, wurde 1890 in Nürnberg geboren und lebte zuletzt in Bayern in einem Vorort von München, vermutlich Pasing.

Er hat an der Uni in München Physik studiert, war Dozent an der Technischen Universität und arbeitete als Wissenschaftler in irgendeinem Institut. Er wurde wie viele Intellektuelle und Politiker nach der Machtergreifung Hitlers im Sommer 1933 ins KZ nach Dachau gesteckt und später nach Mauthausen verlegt. Den genauen Zeitpunkt der Verlegung kenne ich aber nicht. Ende 1943 befand er sich mit hoher Wahrscheinlichkeit schon in Mauthausen, vielleicht aber auch in einem der unzähligen Außenlager, die unter der Führung von Mauthausen standen. Am 25. Juli 1944 starb er bei einem Luftangriff der Amerikaner, die zum ersten Mal die Hermann-Göring-Werke unter Beschuss nahmen. Es gab ab dem Zeitpunkt seiner Inhaftierung kein Lebenszeichen mehr von ihm.

Alles, was wir über sein Schicksal wissen, wissen wir aus mündlichen Überlieferungen. Neben Urgroßvater sind auch noch viele andere Verwandte dem Holocaust zum Opfer gefallen. Ich bin dabei, dir eine Liste zu erstellen, aber das wird noch etwas dauern.

Schalom,
Dein Papa

PS: Habe mir vergangene Woche ein Notebook gekauft und in der Wohnung WLAN installieren lassen. Da staunst du, was?

Salomon hatte eine Idee und schrieb eine SMS an seinen Bruder David mit der Bitte, ihn anzurufen. Und David rief ihn an, umgehend sogar.

„Hallo Brüderchen, wie geht es dir?"

„Gut, sehr gut. An der Uni komme ich gut voran und mit einigen Freunden haben wir eine Band gegründet. Wir nennen uns Sal & Friends. Wir treten regelmäßig im Irish Pub auf und verdienen ganz gutes Geld damit. Du solltest uns mal hören. Vielleicht kommst du in den Ferien mal nach Wien? Wir spielen auch den ganzen Sommer durch."

„Hey, das klingt ja gut. Warum sollte ich dich denn anrufen? Ist was passiert?", fragte David.

Salomon erzählte ihm von dem Buch, von den vielen Fragen, die ihn beschäftigten, und der E-Mail seines Vaters, die er gerade erst erhalten hatte.

„Kannst du mir helfen mehr darüber zu erfahren, wer unser Urgroßvater war, was er gemacht hat, wo er gelebt hat? Er war Dozent für Physik an der TU. Vielleicht findest du was an der Uni über ihn …"

Salomon war so in seinen Redeschwall vertieft, dass er gar nicht bemerkte, dass sein Bruder nicht mehr in der Leitung war. Sein Handy klingelte und er erschrak. Er musste fast alles wiederholen, ehe sein Bruder ihn unterbrach und sagte: „Ich wusste gar nicht, dass unser Urgroßvater Physiker gewesen ist. Daher stammt wohl mein Interesse für die Physik. Okay, ich habe verstanden. Ich werde mich mal auf die Suche machen. Ich wollte dir auch was erzählen. Ich möchte gerne mein Physikstudium in Wien fortsetzen und habe schon mit der TU Kontakt aufgenommen. Es ist noch nichts entschieden, also bitte noch kein Wort an Mama oder Papa."

„Okay, versprochen! Ich glaube, bei uns hier im Studentenheim wird bald ein Platz frei. Ich könnte mich erkundigen, wenn du möchtest. Soll ich?"

„Ja, mach das. Ich halte dich auf dem Laufenden, wenn ich was über unseren Urgroßvater finde."

„Dann mach's gut. Schalom."

„Schalom", erwiderte auch David und legte auf.

David klappte das Notebook auf, ging auf die Google-Webseite und tippte den Namen seines Urgroßvaters – Samuel Liebermann – in die Suchmaschine ein. 9,2 Millionen Treffer nach 0,62 Sekunden Suchzeit – Wahnsinn! Er klickte sich durch die Liste der Top 20. Keiner der Links brachte einen Hinweis auf seinen Urgroßvater. Das wäre auch zu schön gewesen! Am nächsten Tag würde er sein Glück in der Hauptbibliothek der TU versuchen.

Nach zwei Tagen intensiver Suche wusste David genauso viel wie vorher. Sein Urgroßvater hatte an der TU München Physik studiert und war zuletzt als Dozent tätig gewesen. Er fand keine einzige Publikation von ihm, lediglich eine Liste, datiert mit März 1933, aus der hervorging, dass Samuel Liebermann als wissenschaftlicher Mitarbeiter der TU geführt worden war. Bei vielen der auf der Liste genannten Personen war neben dem Namen das Institut angeführt, in dem er oder sie tätig gewesen war. Nicht so bei Samuel Liebermann.

David rief seinen Bruder in Wien an und teilte ihm mit, was seine Recherche ergeben hatte – nämlich so gut wie nichts.

„Die Personalverwaltung der TU hat mir ausrichten lassen, dass aus der Zeit der Nazis viele Dokumente fehlen. Man geht davon aus, dass die Nazis selbst gegen Ende des Krieges brisante Unterlagen vernichtet haben. In den Archiven sind heute noch Spuren der Brände zu sehen, die gezielt gelegt wurden, aber meist auch schnell wieder gelöscht werden konnten. Es ist aber auch möglich, dass die Alliierten, allen voran die Amerikaner und die Engländer, nach dem Krieg Akten außer Landes gebracht haben. Bis heute weiß man nicht genau, wo sich diese befinden."

„Danke David", antwortete Salomon. „Wir bleiben dran!"

Salomon ging auf die Toilette und dachte nach, so wie er es immer schon gern getan hatte, wenn er auf der Brille saß. Und oft genug hatte er auch gute Ideen, wenn er sich erleichterte. Diesmal blieb aber ein Geistesblitz aus.

Am nächsten Tag holte ihn der Wecker schon früh aus dem Bett. Howard konnte man am besten zwischen 7 und 8 Uhr morgens erreichen. Das war der Grund für sein frühes Aufstehen. Nach der Körperpflege setzte er sich an den Schreibtisch, nahm die Liste der Fragen zur Hand, die er kurz zuvor noch ergänzt und ausgedruckt hatte, und wählte Howards Nummer.

„Hallo", sagte Howard. „Heute schon so früh dran?"

Er hatte Salomons Nummer sofort erkannt.

„Guten Morgen Howard, hier spricht Salomon."

„Was verschafft mir das Vergnügen? Ich dachte, du bist eher ein Abend- als ein Morgenmensch."

„Bin ich auch. Aber du hast mir mal erzählt, dass du am besten zwischen 7 und 8 Uhr am Morgen zu erreichen bist. Der Grund meines Anrufes heißt Samuel Liebermann. Er war mein

Urgroßvater. Ich möchte nicht am Telefon darüber sprechen. Können wir uns irgendwo treffen?"

Salomon brauchte seine Hilfe. Sie trafen sich in einem kleinen Internetcafé im Zentrum und plauderten ein bisschen über Musik, bis Howard die Initiative ergriff und fragte, was er nun wirklich für ihn tun könne. Howard saß da in seinem schwarzen Maßanzug, trug eine hellblaue Krawatte zum weißen Hemd, schlug die Beine übereinander und wartete mit verschränkten Händen.

Salomon atmete tief durch und sagte: „Es geht um meinen Urgroßvater. Ich habe vor ein paar Tagen durch Zufall ein Exemplar von Hitlers Mein Kampf auf einem Flohmarkt entdeckt und darin eine persönliche Widmung entdeckt. Mein Urgroßvater war im KZ Mauthausen und muss wohl ein besonderer Häftling gewesen sein, weil ihm der Lagerkommandant höchstpersönlich ein Weihnachtsgeschenk gemacht hat."

Er griff in seine Tasche, nahm das Buch heraus, das immer noch fein säuberlich in braunem Papier verpackt war, reichte es Howard und meinte: „Ich würde gerne mehr über meinen Urgroßvater in Erfahrung bringen. Ich glaube, da gibt es ein Geheimnis – oder sagen wir ein Rätsel – um seine Person. Er war Physiker, Dozent sogar an der Technischen Universität in München, und wurde bald nach der Machtergreifung durch die Nazis ins KZ gesteckt. Zuerst kam er nach Dachau, später dann nach Mauthausen. Was an ihm so besonders war und den Lagerkommandanten dazu gebracht hat, ihn als Lieblingsjuden zu bezeichnen, das würde ich gerne wissen. Du kennst meinen Bruder David noch nicht. Er studiert in München auch an der Technischen Universität, wie damals unser Urgroßvater Technische Physik. Er hat dort versucht, etwas über ihn zu erfahren, aber er hat nichts gefunden und keinen Zugang zu den Archiven bekommen. David hat eine Liste aus dem Jahr 1939 entdeckt, auf der unser Urgroßvater als wissenschaftlicher Mitarbeiter der TU geführt wird. Bei den meisten Mitarbeitern war neben dem Namen das Institut angegeben – nicht so bei ihm. Sein Name taucht in keiner einzigen wissenschaftlichen Publikation auf, weder als Autor noch als Co-Autor. Das ist sehr ungewöhnlich, wenn man bedenkt, dass mein Urgroßvater Dozent war. Außer dem Beweis, dass er dort gearbeitet hat, haben wir nichts über seine Zeit an der Uni gefunden. Kann es sein, dass die Gestapo oder die SS Akten verschwinden ließen?"

Er nahm einen Schluck von seinem Espresso und setzte fort: „Du kennst ja meinen Freund Jonas. Am Tag, als ich das Buch auf dem Flohmarkt gekauft habe, haben wir uns mit seinem Vater, dem Dirigenten, zum Mittagessen getroffen."

„Ich hab davon in der Klatschpresse gelesen", unterbrach ihn Howard. „Ich wusste gar nicht, dass du auch sein Sohn bist", sagte er mit seinem breiten texanischen Grinsen.

„Bin ich ja gar nicht, aber Jonas und ich sehen uns sehr ähnlich, du weißt ja."

„Ja, ich dachte anfangs auch, ihr beide seid Brüder."

„In gewisser Weise sind wir das auch. Wir sind so was wie Seelenbrüder. Um wieder auf meinen Urgroßvater zu kommen: Jonas' Vater hat uns den Tipp gegeben, wir sollten uns an dich wenden. Du könnest uns wahrscheinlich helfen. Die Amerikaner haben 1945 das Lager Mauthausen befreit und er meinte, dass in den Archiven, die ihr sichergestellt und vor den Russen bewahrt habt, etwas über meinen Urgroßvater zu finden sein müsste. Und noch etwas: Mein Urgroßvater hieß Samuel Liebermann. Er ist nicht im KZ gestorben. Er kam beim ersten Luftangriff der Amerikaner auf Linz ums Leben."

Howard hörte sich die Geschichte mit Interesse an, wusste aber im ersten Moment nicht, ob und wie er Salomon unter die Arme greifen konnte.

„Kannst du uns helfen, mehr über das Schicksal meines Urgroßvaters zu erfahren?", wollte Salomon wissen.

„Ich kann's versuchen, aber ich kann dir nichts versprechen. Viele Dokumente wurden nach dem Krieg der österreichischen Regierung übergeben und sollten sich in Mauthausen befinden. Dort wurde vor einigen Jahren eine Erinnerungsstätte eingerichtet. Jedes Jahr im Mai wird der Befreiung des Lagers gedacht. Jedes Jahr kommen Überlebende aus verschiedenen Ländern nach Mauthausen und halten Ansprachen. Ich war selbst mehrere Male dabei. Ich kann dir sagen, das geht dir mächtig unter die Haut, wenn du hörst, was dort alles passiert ist. Du kannst auch das KZ besichtigen, die Gaskammer und die Todesstiege in den Steinbruch. Jeden Tag wurden die Häftlinge im Laufschritt über die extrem steilen Stufen hinunter in den Steinbruch gejagt. Es gab fast jeden Tag welche, die in den Tod gestürzt sind. Und wenn sie unten verletzt ankamen und nicht gleich tot waren, dann hat sie ein Aufseher mit einem Schuss ins Genick getötet. Du solltest mal dort hinfahren und dir selbst ein Bild machen vom Grauen des Holocaust."

Salomon und Howard saßen einige Zeit schweigend da und blickten aus dem Fenster.

Howard wiederholte kurz: „Um welches Buch handelt es sich?"

„Mein Kampf von Hitler."

„Und das hat dein Urgroßvater geschenkt bekommen?"

„Vom Kommandanten des Lagers Mauthausen zu Weihnachten 1943."

„Na, das ist ein Ding! Wow", sagte Howard mit großem Erstaunen. „Kannst du mir die Widmung einscannen und mailen?"

„Da hast du eine Kopie davon", antwortete Salomon und reichte ihm ein Blatt Papier.

„Danke."

„Da gibt es eine zweite Botschaft in der Mitte des Buches. Die steht auf der Rückseite."

„Was soll das bedeuten? Was ist B8.27?", murmelte Howard vor sich hin.

„Kannst du dir einen Reim darauf machen?", fragte Salomon.

„Zur zweiten Nachricht habe ich nicht die geringste Idee. Die Widmung ist höchst interessant. Über die Bezeichnung Lieblingsjude kann man spekulieren."

„Was könnte das bedeuten?", wollte Salomon von Howard wissen.

„Der Lagerkommandant könnte sich gut mit deinem Urgroßvater verstanden haben, was angesichts der Grausamkeit, mit der die SS-Offiziere ihre Häftlinge behandelt haben, zwar sehr schwer vorstellbar ist ... Aber warum auch nicht? Auch SS-Offiziere waren Menschen, waren Familienväter und hatten Freunde. Dein Urgroßvater könnte ein Freund aus früheren Tagen gewesen sein. Er könnte aber auch schwul gewesen sein.

Er könnte Fähigkeiten oder ein Wissen gehabt haben, das ihn für den Kommandanten sehr wertvoll gemacht hat. Da fällt mir vieles dazu ein. Die Unterschrift des Kommandanten kann man zwar nicht mehr lesen, aber anhand des Datums muss es leicht herauszufinden sein, wie er geheißen hat."

„Er hieß Franz Xaver Ziereis", unterbrach ihn Salomon.

„Hast du das aus dem Netz?", wollte Howard wissen.

„Dr. Google hat es ausgespuckt."

„Okay, wenn wir wissen, wie dieser Ziereis so als Mensch war, können wir vielleicht das eine oder andere ausschließen."

„Ein Gutmensch war Ziereis mit Sicherheit keiner", sagte Salomon und las Howard vor, was er über Ziereis gefunden hatte. „... Ziereis war brutal und unberechenbar. Tausende Häftlinge ließ er höchstpersönlich zu Strafkompanien verlegen ... Hunderte Juden und Zwangsarbeiter im KZ wurden von ihm persönlich hingerichtet."

„Warum hat er deinen Urgroßvater als Lieblingsjuden bezeichnet?", fragte Howard halblaut vor sich hin.

„Das wüsste ich auch nur allzu gern."

„Glaubst du, dass man in den Archiven, zum Beispiel in Mauthausen, etwas über meinen Urgroßvater finden kann?"

„Ich weiß es nicht, aber einen Versuch ist es wert. Ich kann dir dabei helfen. Ich kenne da jemanden, den ich anrufen kann. Was genau willst du wissen?"

„Ich schick dir eine E-Mail mit allen Fragen. Ist das okay?"

„Okay, mach das. Wenn ich noch Fragen habe, dann rufe ich dich an."

Salomon sandte die Liste gleich, nachdem sie das Gespräch beendet hatten, und Howard antwortete am nächsten Tag knapp:

Keine Fragen, du hörst von mir. LG Howard

Howard dachte nach, wen er anrufen konnte. Da fiel ihm seine ehemalige Kollegin und Sekretärin Franziska Robertson von der Botschaft ein. Er wählte ihre Nummer, die er immer noch auswendig wusste. Zu seiner Verwunderung hörte er sogleich ihre vertraute Stimme. „Hallo, Sie sprechen mit der Botschaft der Vereinigten Staaten von Amerika. Mein Name ist Franziska Robertson. Was kann ich für Sie tun?", hörte er in akzentfreiem Deutsch, was auch kein Wunder war, denn Franziska war Österreicherin, geboren im Burgenland, wohnhaft in Wien. Ihr Nachname stammte von einem ehemaligen Kollegen von der Botschaft, Robert Louis Robertson, genannt „der Womanizer".

„Warum so förmlich? Kennst du meine Nummer nicht mehr? Hier spricht Howard."

„Na, wenn das kein Zufall ist. Hatte gerade deinen Nachfolger bei mir, der mir ein paar Geschichten von dir erzählt hat, die ich noch nicht kannte. Weißt du eigentlich, dass du mir noch ein Essen schuldest?"

Howard dachte nach, konnte sich aber beim besten Willen an kein Versprechen erinnern. Wahrscheinlich war es eine ihrer beliebten Finten.

„Klar doch! Ich hab's vergessen. Wann hast du Zeit, Franziska?"

„Howard, für dich habe ich immer Zeit", kam es prompt zurück.

„Wie wäre es am Donnerstag dieser Woche zum Lunch? Ich komme um 12 Uhr zu dir ins Büro."

„Ja perfekt, aber rechne eine halbe Stunde für den Sicherheitscheck ein. Die Vorschriften sind noch härter geworden und von der Wachmannschaft kennst du garantiert keinen mehr. Warum hast du angerufen?"

„Um mit dir ein Date zu vereinbaren. Nein, das auch, aber den Rest können wir beim Lunch besprechen. Okay, see you! Bis bald!"

„Danke für den Anruf. Ich freue mich auf Donnerstag. See you, bye bye!"

Zwei Tage später – er hatte den Rat von Franziska befolgt – war er in der Botschaft, in jenem Gebäude, das so viele Jahre seine Wirkungsstätte gewesen war und in dem er so viele Stunden verbracht hatte. Er wurde von Kopf bis Fuß unter die Lupe genommen, musste seinen Pass abgeben, seine Schuhe ausziehen und den Inhalt seiner Taschen entleeren. Er trat in einen Scanner und dachte, es wäre einer dieser nagelneuen Nacktscanner, von denen in den Medien bereits berichtet wurde, und die auf den Flughäfen zum Einsatz kommen sollten.

Nach der Kontrolle fragte er den Sicherheitsoffizier: „Ist das ein Nacktscanner?"

Widerwillig antwortete er. „Nein, aber zurzeit das beste Gerät auf dem Markt, das man kaufen kann. Zu wem wollen Sie?", fragte er Howard, hinter Panzerglas sitzend, via Gegensprechanlage. Der Inhalt seiner Taschen wurde ihm überreicht.

„Bitte füllen Sie das Formular leserlich aus."

Ein Blatt Papier lag auf dem Tresen, aber kein Kugelschreiber.

„Stifte liegen da drüben", merkte der Beamte an.

Howard füllte das Blatt Papier aus, setzte seine Unterschrift drunter und reichte es dem Officer durch einen Schlitz im Tresen.

„Bitte warten Sie hier. Mrs. Robertson wird Sie persönlich abholen."

Auch das war neu. Früher konnte man sich einfach auf die Suche machen, dachte er.

Da fiel ihm wieder die Geschichte von Robert Louis Robertson ein, während er in einem bequemen Ledersessel Platz nahm und auf Franziska wartete. Franziska war als junges Mädchen vor vielen Jahren zur Botschaft gekommen und der damaligen Botschafter hatte recht bald ein Auge auf sie geworfen. Sie, auch keine Unschuld vom Lande, hatte eine Affäre mit ihm begonnen, bis irgendeine ihrer eifersüchtigen Kolleginnen der Ehefrau des Botschafters einen anonymen Brief schrieb und diese ihrem Mann, in dessen Büro eine filmreife Szene machte. Herr Botschafter – ganz Gentleman – bat um Versetzung und verließ bald darauf Wien. Die junge Franziska, die den viel älteren Botschafter sehr geliebt hatte, war verständlicherweise schwer getroffen, konnte aber an der Botschaft bleiben. Robert Louis Robertson kam genau in dieser Phase der Trauer zur Botschaft und machte vom ersten Tag an jeder Kollegin den Hof. Binnen weniger Tage war die gesamte weibliche Belegschaft in seinen Bann gezogen. Eine nach der anderen bekam Blumen geschenkt, wurde von ihm ausgeführt und eingeladen. Die Männer an der Botschaft, allen voran Howard, schlossen Wetten ab, wer die nächste sein würde, die der schöne Robert flachlegen würde. Und Howard bewies stets ein gutes Händchen bei den Wetten. Als der Kreis derer, die noch nicht Roberts Charme erlegen waren, nur noch aus drei Frauen bestand, wurden die Wetten eingestellt. Zur Überraschung aller heiratete Robert Louis Robertson die kleine Franziska kurz vor seiner Versetzung nach ... Howard hatte vergessen wohin. Robert übersiedelte mit Sack und Pack, Franziska blieb aber in Wien. Nur ihr Nachname änderte sich von Berger auf Robertson. Offiziell hieß es, sie könne die Stadt nicht verlassen, weil sie ihre Mutter pflegen musste. Auch später, als ihre Mutter längst gestorben war, folgte sie Robert nicht, kaufte sich eine kleine Eigentumswohnung und war fast direkte Nachbarin von Howard. Das wiederum nährte an der Botschaft das Gerücht, die beiden wären ein Paar – zumal Franziska kurz darauf Howards Assistentin wurde und sich beide das gewünscht hatten. Viele Jahre später erfuhr Howard den wahren Grund der Eheschließung zwischen Franziska und Robert: Robert hatte es mehr mit dem gleichen Geschlecht als mit Frauen, und so heiratete er Franziska rein zum Zwecke der Tarnung. Im Gegenzug unterstützte er sie finanziell großzügig und sie würde irgendwann in naher oder fernerer Zukunft mit einer Witwenpension rechnen können, die ihr den Lebensabend versüßen würde.

Da kam sie auch schon: Franziska, im dunkelblauen Businesskostüm, die Haare blondiert und aufgesteckt. Immer noch eine Naturschönheit, dachte er.

„Hi Franziska, schön dich zu sehen", sagte er und erhob sich aus dem Sessel mit gespielter jugendlicher Leichtigkeit, die Rückenschmerzen ignorierend.

„Mich freut es auch dich zu sehen, du alter Schlawiner. Hast ja schon lange nichts mehr von dir hören lassen."

„Wie geht es Mr. Robertson?", legte er gleich eins nach.

„Der lebt noch. Nicht falsch verstehen. Ich wünsche ihm ein langes Leben, aber mehr weiß ich von ihm nicht, als dass er lebt. Er meldet sich so gut wie nicht bei mir. Seit er sein Haus verkauft hat und im Wohnmobil lebt, habe ich keine Ahnung, wo man ihn erreichen kann."

„Hat er kein Handy oder eine E-Mail-Adresse?"

„Nicht, dass ich wüsste. Komm Howard, lass uns was essen gehen. Deine Einladung müssen wir ein anderes Mal nachholen. Ich muss eine Kollegin vertreten und kann leider die Botschaft nicht verlassen."

Sie zeigte ihm wie zum Beweis das Schnurlostelefon, das sie mit sich führte.

„Ich habe einen Tisch in unserer abhörsicheren Cafeteria für uns reserviert. Die Sandwiches sind jetzt viel besser als zu deiner Zeit."

„Okay, einverstanden."

Franziska hatte viel zu erzählen und Howard ließ geschickt die eine oder andere Frage einfließen, bis sie auf die Uhr blickte und meinte: „Ich muss wieder zurück in mein Büro, leider! Lass uns ein anderes Mal essen gehen. Abendessen wäre besser als Lunch. Du hast mir immer noch nicht verraten, warum du dich bei mir nach so langer Zeit gemeldet hast. Also schieß los."

„Gerne! Gehen wir in dein Büro. Dann erkläre ich es dir."

Howard hatte in der Cafeteria das ungute Gefühl, belauscht zu werden.

Kaum hatten sie Franziskas Büro erreicht, da bohrte sie auch schon nach: „Mach es nicht so spannend. Also Howard, was willst du von mir?"

„Es geht um einen Mann, Samuel Liebermann. Ich bräuchte ein paar Informationen über ihn", begann er und reichte ihr einen Zettel mit seiner Handschrift.

„Was ist mit ihm?"

„Er war Jude und ist im KZ Mauthausen ums Leben gekommen. Einer seiner Urenkel möchte wissen, was genau er getan hat, und hat mich gebeten, etwas in Erfahrung zu bringen."

„Du weißt schon, dass mich das den Job kosten kann, wenn ich hier und jetzt etwas ohne Auftrag in den Computer eingebe."

„Klar weiß ich das. Aber das hat uns doch in der Vergangenheit auch nicht gestört, oder? Und für den Fall, dass du wirklich deinen Job verlieren solltest, kannst du bei mir in der Agentur sofort anfangen. Mein Angebot steht noch immer!"

„Ich weiß, ich weiß. Aber warum sollte ich nach so vielen Jahren hier weggehen? Mir gefällt es hier immer noch sehr gut!"

„Machst du es für mich?", fragte Howard und blickte ihr treuherzig ins Gesicht.

Sie setzte sich an den Schreibtisch und Howard blickte ihr über die Schulter.

„Sorry, aber wir haben nichts über ihn gespeichert", sagte Franziska nach einer Weile und einer Hundertschaft an Eingaben in die Tastatur.

„Kann es sein, dass man in Mauthausen im KZ mehr weiß?"

„Da musst du selbst nachfragen", erwiderte Franziska.

Howard verabschiedete sich bei ihr mit einem Dankeschön und einer freundschaftlichen Umarmung, ohne einen Termin für ein Abendessen vereinbart zu haben.

Nach seinem obligatorischen Spaziergang saß er wieder am Schreibtisch in seinem Arbeitszimmer und blätterte die Visitenkarten durch. Da fand er, wonach er gesucht hatte, und tippte die Telefonnummer in sein Handy. Auch direkt im Konzentrationslager war nichts Neues in Erfahrung zu bringen. Schweigen im Walde, wie man so sagt!

Samuel IV

Samuel wurde am 2. Oktober 1890 in Nürnberg als ältester Sohn einer jüdischen Kaufmannsfamilie geboren. Sein Vater, ein erfolgreicher Geschäftsmann, war streng zu sich selbst, seinen Mitarbeitern und noch mehr zu seinen Kindern. Züchtigungen und Prügel standen auf der Tagesordnung und Samuels Mutter konnte die Kinder nicht davor schützen. Sie verfiel immer mehr dem Alkohol und später dem Morphium und dem Kokain, das ihr der Hausarzt, ein Freund der Familie, gegen gutes Geld besorgte. Samuel war ein mittelmäßiger Schüler und sein Talent für die Naturwissenschaften erkannte man erst knapp vor dem Abitur auf dem städtischen Gymnasium. Samuel sollte eigentlich Kaufmann werden, wie sein Vater. Dank der Mithilfe seines Onkels stimmte der Vater dem Physikstudium schließlich doch zu. Samuel zog nach München zu einer entfernten Verwandten und studierte mit voller Hingabe und Begeisterung. Freizeit gönnte er sich kaum. Nur selten konnten ihn seine Kommilitonen dazu überreden, mit ihnen in einen Bierkeller zu kommen. Bei einem dieser seltenen Besuche lernte er ein Mädchen kennen, das Jahre später seine Frau werden sollte.

Den Ersten Weltkrieg überlebte Samuel nur mit viel Glück, auch dank seiner Ungeschicklichkeit im Umgang mit Waffen aller Art. Zweimal wurde er am Bein verwundet und musste große Schmerzen ertragen. Es konnte nie mit Sicherheit festgestellt werden, ob die Verletzung von Feindeshand stammte oder Samuel sich selbst verletzt hatte. Die Schmach vom Frieden von St. Germain war auch für Samuel Liebermann kaum zu ertragen. Es handelte sich um einen seiner Meinung nach unverzeihlichen Fehler der Siegermächte, eine Schande für Deutschland, die so schnell als möglich aus der Welt geschafft werden musste. Obwohl als Jude geboren, sah er sich als Deutscher durch und durch.

Später, nach dem Krieg, setzte er seine wissenschaftliche Arbeit an der TU fort und besuchte abends gerne die Bierkeller der Stadt. Er nahm an den Propagandaabenden der Nazis teil und wollte selbst der NSDAP beitreten. Hitlers *Mein Kampf* hatte er gelesen, und dennoch vertraute er darauf, als wertvoller und wichtiger Teil der Gesellschaft gesehen zu werden. Er glaubte fest daran, dass er als Jude eine Chance im nationalsozialistischen Deutschland hatte, zumal sein Glaube nur auf dem Papier bestand. Er war hier in Deutschland geboren und er war in München Dozent an der Technischen Universität. Samuel Liebermann machte sich keine Sorgen wegen der SS oder der Gestapo. Er glaubte an sich, er glaubte an das erstarkte Deutschland und er glaubte, dass Hitler die Welt neu ordnen konnte und Deutschland wieder zu alter Stärke und Macht führen würde.

Als er im Sommer 1933 von der Gestapo aus seinem Labor geholt und stundenlang verhört wurde, brach für ihn eine Welt zusammen. Die Chance zur Flucht hatte es gegeben. Von mehreren Seiten war er gewarnt, geradezu gedrängt worden, München den Rücken zu kehren. Doch nun war es zu spät, auch für seine Frau. Dank seines Onkels, einem angesehenen Stoffhändler, der in Hamburg lebte und beste Kontakte zu den Machthabern pflegte, gelang es in letzter Sekunde, seine Kinder nach Schweden in Sicherheit zu bringen. Ab dem Tag ihrer Abreise wartete er vergeblich auf ein Lebenszeichen. Zeitgleich mit ihm wurde auch seine Frau inhaftiert und ins KZ Theresienstadt verschleppt. Am Morgen jenes schicksalhaften Tages – es war der 1. Juli 1933 – hatte sie ihn noch besonders herzlich verabschiedet und mit einem zärtlichen Kuss Lebewohl gesagt, so als hätte sie die Ereignisse des Tages vorausgeahnt ...

Samuel Liebermann wurde in Dachau einer politischen Umerziehung unterzogen. Da er überleben wollte und seine Gesinnung durch und durch deutschnational war, bereitete ihm das keine Sorgen. Nach mehreren Jahren harter Arbeit unter menschenunwürdigen Bedingungen kam der Befehl zur Verlegung nach Mauthausen. Erst viel später erfuhr Samuel den Grund dafür.

Mit dem Kommandanten des KZ Mauthausen, dem SS-Standartenführer Franz Xaver Ziereis, verband ihn fast so etwas wie

Freundschaft – zugegeben, eine seltsame Art von Freundschaft. Ziereis war begeisterter Schachspieler, und als dieser eines Tages vor die Häftlinge trat und lautstark rief „Wer von euch Saujuden spielt Schach? Rechte Hand heben!", da hob Samuel Liebermann, wie ihm geheißen, die rechte Hand. Drei andere Männer taten es ihm gleich. Ziereis spielte gerne und gut Schach. Jeder, der die Hand gehoben hatte, musste in den folgenden Tagen gegen den Kommandanten antreten. Spielte der Häftling schlecht, wurde dieser tags darauf nicht mehr gesehen. Samuel Liebermann zitterte seiner Partie entgegen. Er kam als Letzter an die Reihe und bestand die Prüfung. Nach 35 Zügen bot Ziereis in aussichtsloser Lage ein Remis an. Von da an war Liebermann der ständige Schachpartner des Lagerkommandanten und über die Zeit entwickelte sich fast so etwas wie eine „Männerfreundschaft" der anderen Art.

Jeder Schachabend wurde zu einem besonderen Ereignis für Samuel. Der Kommandant erzählte von der Lage des Krieges, bot ihm Tee und Kekse an, man rauchte feinste Zigarren und saß in bequemen Polstersesseln. Manchmal gab es auch einen Brandy, serviert in einem Schwenker aus Bleikristall. Je nach Lust und Laune des Kommandanten spielte man eine oder mehrere Partien. Der Kommandant trug stets Uniform, aber keine Waffe. Nur selten wurden sie von der Ordonnanz oder einem Offizier gestört. Fast jedes Mal gelang es Samuel, ein paar Kekse für seine Kameraden ins Lager zu schmuggeln. Gleich nach seiner Ankunft musste er ihnen erzählen, was er erlebt und erfahren hatte.

Zu Weihnachten 1943 schenkte Ziereis seinem, wie er ihn nannte, „Lieblingsjuden" ein Exemplar des Buches *Mein Kampf* mit einer persönlichen Widmung. Liebermann trug das Buch ständig bei sich. Wo hätte er es auch sonst verwahren sollen? Er verschnürte es unter seiner Häftlingshose und betrachtete es als wichtiges Zeichen der Wertschätzung seiner Person, quasi als Fahrkarte in die Freiheit. Ihm war bewusst, dass Ziereis brutal und unberechenbar sein konnte. Tausende Häftlinge wurden von ihm zu Strafarbeitskompanien versetzt und ermordet und doch glaubte Samuel, auch einen weichen Kern bei Ziereis entdeckt zu haben. Ziereis hatte die Dienststelle als Lagerkommandant von

Mauthausen von seinem Vorgänger Albert Sauer übernommen. Dort wurde er zum SS-Hauptsturmbandführer und später zum Standartenführer befördert. Im Oktober 1943 übernahm Ziereis auch die Führung der Granitwerke Mauthausen und die Leitung des Werkes in St. Georgen an der Gusen. Ziereis war es, der den Befehl erhielt, alle Physiker und Chemiker unter seinen Häftlingen zu selektieren. Liebermann stand auf der Liste und damals schon in der Gunst des Lagerkommandanten. Ziereis war es zu verdanken, dass Samuel Kapo wurde und das Team A anführte.

Geburtstag

Howards Vater feierte seinen 70. Geburtstag und die Familie versammelte sich fast vollzählig auf der Ranch in Texas. Auch Howard war aus Wien angereist und freute sich auf ein paar entspannte Tage im Kreise seiner Familie. Sein Vater verstand es Feste zu feiern wie kein anderer und Howard ahnte, dass es auch diesmal die eine oder andere Überraschung geben würde. Mehr als 300 geladene Gäste kamen zu Besuch, viele davon mit ihren Privatjets. Toms Hangar war zu klein, um allen Flugzeugen der Gäste Platz zu bieten. Er ließ kurzerhand nicht nur mehrere Zelte für die Feier errichten, auch ein Riesenzelt für mehr als zehn Privatjets wurde neben dem Hangar aufgebaut und der Platz um den Hangar großzügig befestigt und neu asphaltiert.

    Das Wetter war prächtig und nicht zu heiß, denn Ronald, der im Winter geboren war, hatte die Party in den Frühling verlegt. Das ganze Anwesen, im Besonderen aber das Haus der Eltern, wurde herausgeputzt, tagelang dekoriert und auf Hochglanz gebracht. Sein Vater war bester Laune, als die Familie vollzählig war, und freute sich auf die Party. Alles, was in Texas Rang und Namen hatte, war eingeladen und kam auch. Drei Fotografen waren engagiert, um jeden Gast ins rechte Licht zu rücken. Auch die Bush-Verwandtschaft hatte die Einladung angenommen und Howard stand unmittelbar daneben, als sein Vater Ronald die ehemaligen Präsidenten Georg W. Bush, Vater und Sohn, begrüßte. Drei Bands sorgten für die musikalische Umrahmung. Auf der Wiese wurde eine große überdachte Tanzfläche errichtet, ein eigens aufgebauter Saloon und eine Rodeoshow sorgten schon am Nachmittag für Unterhaltung. Ein Filmteam begleitete die Veranstaltung und auf dem Gelände verteilt standen mehrere Videowände, sodass jeder Gast zu jeder Zeit mitverfolgen konnte, was sich im großen Festzelt ereignete. Alle lokalen Radiosender berichteten über das Fest.

Unzählige Reden wurden geschwungen, viele Präsente überreicht und in mehreren Partyzelten wurde für das leibliche Wohl gesorgt. Howard genoss das Fest, traf viele alte Bekannte und bemerkte erst gegen 22 Uhr, dass ihn sein Bruder Tom schon mehrfach zu erreichen versucht hatte. Er rief zurück.

„Howard, wo steckst du? Warum hebst du dein gottverdammtes Handy nicht ab?", fauchte Tom ihn an.

„Was ist passiert?"

„Vater hatte einen Herzinfarkt. Ich habe ihn ins Krankenhaus geflogen. Ich glaube, es hat niemand was mitbekommen. Mom auch noch nicht, hoffe ich zumindest."

„Wer weiß etwas?", unterbrach ihn Howard.

„Nur du und Rosy. Sie ist geflogen. Ich hatte schon zu viel getrunken."

„Was genau ist passiert?"

„Dad und ich trafen uns zufällig im Haus. Er war kreidebleich und wollte sich ein Medikament aus dem Bad holen. Ich habe ihn begleitet und im Bad hat er sich dann die rechte Hand auf die Brust gelegt und über Schmerzen geklagt. Ich habe nicht lange gefackelt und ihn durch den Hinterausgang zum Hangar getragen. Rosy war mir ins Haus gefolgt und so haben wir beschlossen, Dad ins Krankenhaus zu fliegen. Genau als das Feuerwerk begann, sind wir mit dem Hubschrauber abgeflogen. Deshalb denke ich, dass wohl niemand was von unserem Verschwinden bemerkt hat."

„Wie geht es ihm jetzt?", wollte Howard wissen.

„Den Umständen entsprechend, sagen die Ärzte. Er wurde in einen künstlichen Tiefschlaf versetzt. Er hatte viel Glück. Sie sagen, es war ein leichter Infarkt, nicht sein erster und wahrscheinlich auch nicht sein letzter. Es hätte schlimmer enden können", sagte Tom. „Rosy und ich bleiben noch ein Weilchen. So wie es jetzt aussieht, können wir nur warten, wie sich sein Gesundheitszustand entwickelt. Ich glaube, es macht im Moment nicht viel Sinn hierher zu kommen. Hast du mich verstanden?"

„Ja, ich habe dich verstanden, aber ich werde mit dem Auto kommen."

„Howard, bitte lass das. Du hast auch schon den einen oder anderen Drink intus. Das macht doch gar keinen Sinn. Du kannst

Dad hier nicht helfen. Bleib auf der Ranch. Sag bitte nichts zu den Gästen und versuche dich abzulenken. Die Ärzte kümmern sich um Dad. Er ist hier im Hospital in besten Händen."

„Du hast recht. Ich werde in der Kapelle für ihn beten und versuchen, mir nichts anmerken zu lassen."

Drei Tage später stand der engste Kreis der Familie am Krankenbett. Man hatte Ronald aus dem künstlichen Tiefschlaf geholt und sein Zustand war nach Aussagen der Ärzte stabil. Einige Tage später wurde er auf eigenen Wunsch hin in häusliche Pflege entlassen. Ein Arzt und eine Krankenschwester waren rund um die Uhr für ihn da.

Ronald hatte einen Schuss vor den Bug bekommen und das wusste er auch. Die Ärzte rieten ihm zu mehr Bewegung. Er sollte sich gesünder ernähren, endgültig das Rauchen aufhören und einige Pfunde abnehmen. Ronald war einsichtig wie nie zuvor in seinem Leben, was nicht nur Howard mit Verwunderung zur Kenntnis nahm. Einen Tag vor Howards Abreise saßen er und sein Vater in der Bibliothek. Ronald hatte um das Gespräch gebeten und wirkte nicht so gelassen wie sonst.

„Mein Junge, komm setz dich. Ich muss dir etwas erzählen. Wie du weißt, gibt es in unserer Familie viele Traditionen, und eine davon ist, dass wir uns als aufrechte Amerikaner und Republikaner immer in den Dienst unseres Landes gestellt haben."

Howard nickte.

„Dein Bruder hat bei der Air Force gedient, du bei den Marines und später bei der CIA. Ich selbst habe im Zweiten Weltkrieg als Soldat gedient und war in einer Eliteeinheit, die zur Befreiung des Konzentrationslagers Mauthausen aufgestellt wurde."

All das war Howard bekannt.

„Dad, ich weiß. Was willst du mir sagen?"

„Du kennst nicht die ganze Geschichte. Du kennst nicht die ganze Wahrheit. Aber du hast ein Recht darauf zu erfahren, was passiert ist."

„Wer kennt außer dir die Wahrheit?"

„Es leben nur noch wenige, die damals dabei waren. Deine Mutter kennt, so wie du und deine Geschwister, einen Teil der

Geschichte, aber nicht die ganze Wahrheit. Du hast viele Jahre für die CIA gearbeitet und tust es noch. Dir will ich erzählen, was damals wirklich passiert ist."

Ronald schloss die Augen, atmete einige Male ruhig durch und machte eine lange Pause. Er schien nach den richtigen Worten zu suchen. Howard rutschte etwas ungeduldig auf seinem Sessel hin und her.

„Ist alles okay bei dir, Dad?", fragte er.

„Ich glaube, ich habe nicht mehr lange zu leben, und ich will dieses Geheimnis nicht mit ins Grab nehmen. Ich war Teil der Alsos-Mission. Ich war einer ihrer Anführer. Unsere Jungs haben schon an der Atombombe gebastelt und wir haben geglaubt, dass es die Nazis auch tun. Unser Auftrag war es, den sogenannten Uranverein trocken zu legen. Wir sollten die führenden deutschen Physiker, die sich damals mit der Kernspaltung befasst haben, ausfindig machen und inhaftieren. Wir hatten eine Liste, auf der standen zehn Namen. Wir haben die meisten von ihnen gegen Kriegsende aufgespürt und sie den Briten übergeben. Das war unser Auftrag. Die U.S. Army und die Briten haben ab dem Jahr 1943 viele Aufklärungsflüge über deutschem Gebiet durchgeführt und es waren die Briten, denen Bautätigkeiten im Raum Gusen, östlich von Linz an der Donau gelegen, aufgefallen sind. Man konnte sich lange Zeit keinen Reim darauf machen. Die Briten und auch wir glaubten, dass die Aktivitäten in erster Linie mit dem Steinbruch in Gusen in Zusammenhang standen. Erst später haben wir erfahren, dass die SS dort Rüstungsbetriebe angesiedelt hatte, in denen Zwangsarbeiter und Juden aus dem KZ arbeiten mussten. Ein Teil der Arbeiten wurde später in unterirdische Anlagen verlegt."

Ronald erzählte fast eine Stunde lang, bis plötzlich die Tür aufging und der Arzt eintrat. Er ermahnte seinen Vater, er dürfe sich nicht überanstrengen, brachte ihm ein Tablett mit einem Glas Wasser und einer Tablette. Er forderte ihn auf, sich hinzulegen und Ronald tat, wie es der Arzt verlangt hatte.

„Okay, mein Sohn. Du hörst ja, was der Doc sagt. Wir setzen das Gespräch morgen fort."

Artig wie ein kleiner Junge dem Arzt folgend trottete sein Vater, der sonst aus einem ganz anderen Holz geschnitzt war und den er aus seiner Kindheit keineswegs als kuschelig in Erinnerung hatte, ohne ein weiteres Wort zu sagen aus dem Zimmer. Ronald war binnen Stunden um Lichtjahre gealtert, wirkte zerbrechlich und sehr krank.

Howard saß noch einige Zeit in der Bibliothek, schenkte sich einen Drink ein und dachte über die Worte seines Vaters nach. Vieles, was er ihm soeben gesagt hatte, war ihm bekannt. Aber das, was neu war, versetzte Howard einen Tiefschlag. Er konnte kaum glauben, welch schweres Geheimnis sein Vater über Jahrzehnte mit sich herumgetragen hatte, und dabei war die Geschichte noch gar nicht zu Ende. Was würde er noch alles erfahren und wo befanden sich die Dokumente, die sein Vater erwähnt hatte?

Ronald schlief, nachdem er die Tablette geschluckt hatte, in seinem Zimmer sanft ein und wachte erst am nächsten Morgen wieder auf. Er versuchte sich zu erinnern, wer er war, wo er war, was in den letzten Tagen geschehen war. Er konnte keine Antworten auf seine Fragen finden und fühlte eine große Leere. Das Frühstück verweigerte er. Die Schmerzen in der Brust waren wiedergekehrt. Er hatte panische Angst und rief nach dem Arzt. Die Krankenschwester kam an sein Bett und fühlte seinen Puls, der sich immer mehr beschleunigte. Mit dem Handy rief sie den Arzt. Wenige Minuten später stand auch er am Krankenbett und entschied, dass Ronald sofort wieder ins Krankenhaus gebracht werden müsse. Die ganze Familie war schwer beunruhigt bis auf Mom. Sie war seit Tagen durch Medikamente sediert und schlief fast die ganze Zeit. Tom flog seinen Vater zusammen mit dem Arzt und der Krankenschwester ins Hospital und knapp eine Stunde später war Ronald wieder in den Händen eines Herzspezialisten.

Das Gespräch mit Howard musste warten. Der Gesundheitszustand seines Vaters besserte sich kaum, sodass Howard nichts anderes übrig blieb, als wieder nach Wien zu reisen. Tief besorgt verabschiedete er sich von seinem Vater, der im künstlichen Tiefschlaf lag, und hatte nur geringe Hoffnung, ihn noch einmal lebend wiederzusehen. Nur seinen Bruder Tom weihte er in seine Gedanken und Ängste ein, als sich die Brüder auf dem Flughafen verabschiedeten. Tom war selbst nervlich angeschlagen und in keiner guten Verfassung. Dennoch versuchte er es mit gut gespieltem Zweckoptimismus. Howard kannte seinen Bruder nur zu gut, um nicht darauf reinzufallen. Diesmal aber tat er ihm den Gefallen.

Die nächsten Tage in Wien waren der Horror für Howard. Er machte sich Sorgen um seinen Vater, versuchte gleichzeitig der Geschichte nachzugehen, die er ihm anvertraut hatte, und kam dabei so gar nicht vom Fleck. Egal was er auch unternahm, wen er auch fragte, er stieß auf Schweigen und erhielt keine Antworten auf seine Fragen. Ronald lag mehr als eine Woche im künstlichen Tiefschlaf, ehe der behandelnde Arzt Entwarnung gab. Tom schickte sofort eine SMS an seinen Bruder: Dad wird wieder!

Howard freute sich sehr und noch am selben Tag konnte er mit seinem Vater ein kurzes Videotelefonat via Skype führen. Die alte Geschichte ließ er ruhen. Sein Vater brauchte Ruhe und Erholung.

„Kannst du uns helfen?", frage Salomon mit leiser Stimme.

„Ja!", sagte Howard und notierte sich alles, was Salomon über seinen Urgroßvater gesagt hatte, in ein kleines Notizbuch, das er stets in der linken Brusttasche des Sakkos mitführte.

Howard saß in seinem Büro und dachte darüber nach, wie er Salomon helfen konnte. Auf seinem Schreibtisch stand eine große Box mit hunderten von Visitenkarten, alle alphabetisch nach Familienname geordnet. Er blätterte die Visitenkarten durch, die er im Laufe der Jahre gesammelt hatte. Da fiel ihm der Name der Leiterin des Dokumentationsarchivs ein. Er hatte sie als engagierte und couragierte Frau in guter Erinnerung, die – nebenbei bemerkt – ein sehr gutes Englisch beherrschte. Soweit er in Erinnerung hatte, war sie Lehrerin gewesen, bevor sie diesen Job übernommen hatte. Er wählte die Telefonnummer und wartete.

Frau Mitter sei heute in Urlaub, bekam er von einer freundlichen jungen Stimme zu hören.

„Darf ich einen Rückruf notieren?"

Howard gab ihr seinen Namen und die Handynummer und erwartete einen Rückruf in den nächsten Tagen. Und der kam bereits am nächsten Morgen kurz vor 9 Uhr. Frau Mitter erinnerte sich an Howard und nach einigen Sätzen Small Talk ließ Howard die Katze aus dem Sack.

Keine zwei Stunden später hatte er eine E-Mail in seinem Postfach, las sie, druckte sie aus und leitete sie an Sal weiter. Der Inhalt der Mail war knapp und präzise.

Sehr geehrter Herr Bush!
Bezüglich Ihrer telefonischen Anfrage kann ich Ihnen folgendes mitteilen: Samuel Liebermann kam am 1.7.1933 ins KZ Dachau. Fast auf den Tag genau drei Jahre später wurde er nach Mauthausen überstellt. Am 25. Juli 1944 starb Samuel Liebermann bei einem Bombenangriff der Alliierten auf dem Gelände der Hermann-Göring-Werke.
Mit freundlichen Grüßen,
E. Mitter

Howard las die E-Mail ein zweites Mal. Alles schon bekannt, nichts Neues! Okay, dann muss ich den Weg über Washington gehen, dachte er und startete eine offizielle Anfrage.

Zwei Wochen später erhielt er aus Washington eine schriftliche Absage. Die Akte Samuel Liebermann war top secret und unter Verschluss für 70 Jahre! Am Abend traf er Sal und seine Freunde im Irish Pub. Noch vor ihrem Auftritt erzählte er ihm von der Auskunft aus Washington. Sal war enttäuscht, bedankte sich aber bei Howard und meinte zum Abschluss: „Was hat mein Urgroßvater gemacht, dass seine Akte noch Jahrzehnte nach dem Kriegsende unter Verschluss gehalten wird? Top secret noch dazu!"

„Er muss sehr wichtig für die Nazis gewesen sein."

„Okay, aber was hat das mit Washington zu tun? Warum sitzt die CIA oder wer auch immer auf der Akte wie eine Glucke auf den Eiern?"

„Ich kann dir die Antwort auch nicht geben, Sal. Aber früher oder später werden wir sie erfahren. Die 70 Jahre gehen auch vorbei. Du wirst es erleben und die ganze Wahrheit über deinen Urgroßvater herausfinden! Vielleicht wirst du auch eine unangenehme Wahrheit über ihn entdecken und dir wünschen, du hättest dich nie für seine Vergangenheit interessiert. Sal, du musst auf die Bühne. Toi, toi, toi …"

Er klopfte ihm auf die Schulter und übergab ihn dem Publikum. *Sal & Friends* begeisterten auch an diesem Abend ihre Fans. Nur Howard spürte, mit welcher Wut im Bauch Salomon auf der Bühne saß.

Begegnung

Franz und Maria waren mit dem Zug von Berlin nach Hause gereist. Franz hatte immer noch Schmerzen im Unterleib und am Rücken, was ihn aber nicht daran hinderte, sich durch den Wald zu bewegen. Jeden Tag ging er mit Maria eine Runde, die ziemlich exakt zwei Stunden dauerte und direkt am ehemaligen KZ und mehreren Häusern mit freilaufenden Hunden, die Maria jedes Mal in Angst und Panik versetzten, vorbeiführte. Mit jedem Tag wuchs seine Ungeduld. Er konnte nicht länger tatenlos bleiben. Er brauchte die Negative, denn er wollte wissen, ob und welches Geheimnis sie bargen. Er musste Howard anrufen.

Howard ging im Park spazieren, als das Handy in seiner Sakkotasche klingelte. Die Nummer war ihm nicht bekannt. Er hob ab und erkannte den Anrufer sogleich an seiner Stimme und dem unverwechselbaren Dialekt.

„Hallo Howard, hier spricht Franz. Wie geht es dir, alter Knabe?"

Howard antwortete im Dialekt, so perfekt, dass man hätte glauben können, er wäre ein Landsmann von Franz.

„Gut geht es mir und dir?"

„Auch wieder gut!"

„Ist es dir etwa schlecht gegangen? Erzähl, was ist passiert?"

„Ich habe ein bisschen recherchiert und da bin ich jemandem in die Quere gekommen."

„Okay, mein Freund, es klopft jemand bei mir an. Ich rufe gleich zurück."

Howard nahm das zweite, abhörsichere Handy aus der Tasche und tippte die Nummer von Franz ein.

„So, da bin ich wieder. War nur eine kurze Unterbrechung."

„Können wir jetzt ungestört reden, oder hört die NSA mit?", scherzte Franz am anderen Ende der Leitung.

„Klar doch können wir jetzt ungestört reden. Wenn schon, dann hört die CIA mit und nicht die NSA", stellte Howard klar.

„Sag mal, ich dachte du bist längst in Pension. Oder gibt es so was für Spione gar nicht?"

„Auch Spione werden in Rente geschickt, aber erstens war ich nie Spion und bin es auch heute nicht, und zweitens darf man auch in der Pension noch was dazuverdienen."

„Durchs Spionieren", warf Franz ein.

„Nein, durch ehrliche Arbeit. Schieß los, alter Freund. Was wollest du mir erzählen? Du hast also recherchiert und was ist dann genau passiert?"

„Ich war in verschiedenen Städten und habe über die Nazizeit recherchiert." Und Franz begann zu schwafeln.

„Genauer bitte, Franz", unterbrach ihn Howard schon etwas säuerlich. Er hasste es, wenn Franz um den heißen Brei herum redete.

„Ich gehe der Frage nach, ob das Lager Gusen und die unterirdische Anlage Bergkristall größer angelegt wurden als man bisher weiß. Und da bin ich in verschiedene Archive gegangen in Wien, London und Berlin. In London bin ich auf Bilder, genauer gesagt auf Negative gestoßen, die die Briten bei Aufklärungsflügen in den Jahren 1944 und 1945 gemacht haben. Zehn Stück an der Zahl. Ich habe die Negative an mich genommen ..."

„Du hast sie gestohlen, oder etwa nicht?"

„Ich habe sie mir ausgeliehen. Ich wollte Abzüge machen und die Negative noch am selben Tag wieder ins Archiv bringen, aber es kam alles ganz anders."

„Hast du schon Abzüge gemacht beziehungsweise wo sind die Negative jetzt?", unterbrach ihn Howard.

„Ich habe die Negative meiner Tochter übergeben und sie hat sie von Berlin nach Wien gebracht. Ich habe sie gebeten, sich mit dir in Verbindung zu setzen. Du kennst sie übrigens schon."

„Wen kenne ich?", fragte Howard.

„Meine Tochter Hannah!"

„Doch nicht etwa die Fotografin Hannah?", erwiderte Howard.

„Genau die ist meine Tochter, ein hübsches und cleveres Mädel."

„Da bin ich aber erstaunt. Der kleine dicke Franz hat so eine schöne Tochter. Die Schönheit kann sie nur von der Mutter geerbt haben", sagte Howard lachend.

„Der kleine dicke Franz ist zwar immer noch klein, aber nicht mehr dick!", konterte Franz. „Wir haben uns schon lange nicht mehr gesehen. Ich habe in den letzten zwei Jahren mehr als 30 Kilo abgenommen, dank einer Diät und viel Bewegung an der frischen Luft."

„Hält dich – wie heißt sie doch gleich? – deine neue Partnerin so auf Trab?"

„Ja, dank Maria habe ich mein Leben komplett umgekrempelt. Wir gehen gemeinsam fast jeden Tag walken. Ich esse kaum noch Fleisch, dafür mehr Fisch aus meinem eigenen Teich und Gemüse aus Eigenbau. Und den Konsum von Bier habe ich auch stark reduziert. Ich gehe immer noch gern ins Wirtshaus, trinke aber nur noch alkoholfreies Bier. Das hat weniger Kalorien."

„Da staune ich aber. Franz, es wird Zeit, dass wir uns mal wieder sehen. Du sagtest eingangs, du bist jemandem in die Quere gekommen?"

„Ich war einige Tage in Berlin in verschieden Museen und Archiven. Auf dem Rückweg, kurz vor dem Marriott-Hotel, wurde ich von einer schwarzen Limousine angefahren. Das war kein Unfall. Es war schon dunkel, aber ich habe genau gesehen, dass zwei Männer bei laufendem Motor im Auto saßen. Als ich dann die Straße überqueren wollte, ist der Fahrer voll aufs Gas gestiegen und hat versucht mich umzubringen. Ich bin einige Meter gesprintet und hatte viel Glück, weil mich die Limousine nur gestreift hat. Ich war einige Tage in Berlin im Krankenhaus und sitze mittlerweile wieder in meinem Büro auf dem Bauernhof. Ich hatte nur Prellungen, Quetschungen und eine leichte Gehirnerschütterung durch den Aufschlag auf dem Asphalt."

„Hattest du das Kuvert dabei, als das passierte?"

„Nein, ich hatte das Kuvert in einem Schließfach bei einer Bank deponiert. Maria hat es für mich abgeholt und im Krankenhaus habe ich es dann Hannah übergeben."

„Konntest du das Kennzeichen der Limousine erkennen?"

„Leider Fehlanzeige. Es war ein schwarzer Cadillac, älteres Baujahr, aber bestens gepflegt und das viele Chrom war auf Hochglanz poliert. Könnte es sein, dass ich da irgendwem auf den Schlips getreten bin?"

„Schon möglich. Der Krieg ist zwar schon lange vorbei, aber wer weiß, welche Geheimnisse noch in den Archiven schlummern. Es gibt noch sehr viele Akten aus dieser Zeit, die von den Ländern streng unter Verschluss gehalten werden."

„Kannst du mal deine Fühler ausstrecken, wer dahinterstecken könnte?"

„Ich kann es versuchen."

Howard sog tief Luft durch seine Lungen und beendete das Gespräch mit Franz. Er setzte sich auf eine Parkbank neben eine alte Frau, die unablässig in eine Papiertüte griff und Brot an die Tauben verfütterte. Was war das nun wieder für eine Story?, dachte er. Franz, den er schon so lange Zeit kannte, hatte eine Tochter, was Howard nicht gewusst hatte. Und Hannah hatte er erst vor kurzem im Irish Pub kennengelernt und als Fotografin für die Band engagiert. Hannah war jetzt die Freundin von Salomon, seinem jungen Musikerfreund, der selbst wiederum auf einem Flohmarkt auf ein Exemplar von Hitlers *Mein Kampf* gestoßen war, das seinem Urgroßvater gehört haben soll. Und nun wandten sich Franz und Salomon an ihn mit der Bitte um Hilfe. Verdammt viele Zufälle, dachte sich Howard, und es fiel ihm ein Zitat von Einstein ein:

Gott würfelt nicht!

Welche Rolle spielte Hannah? Hatte Franz ihm die Wahrheit erzählt? Wer konnte Interesse an den Negativen haben? Waren es die Briten oder seine Landsleute oder gar die Russen, die ihm das Kuvert abnehmen wollten? Viele Fragen schossen Howard durch den Kopf. Immer noch auf der Parkbank sitzend, dachte er über den nächsten Schritt nach, wie ein Schachspieler über den nächsten Zug.

Er saß noch eine Weile neben der alten Frau – sie mochte an die 90 Jahre alt sein – und erinnerte sich daran, wie er Franz kennengelernt hatte. Es musste an die 20 Jahre her sein, als Franz eines Tages in der Amerikanischen Botschaft aufgetaucht war und ihnen seine Dienste als Fotograf angeboten hatte. Damals waren die Sicherheitsbestimmungen noch relativ locker und es war Franz gelungen, sich Zutritt zu verschaffen, weil er dem Portier der Botschaft irgendeinen Namen eines Mitarbeiters genannt hatte, den er zu kennen vorgab. Der Portier hatte ihm auch noch freundlich den Weg zum Büro des vermeintlich Besuchten beschrieben. Doch sein Ziel war nicht der genannte Kollege. Franz ging durch alle Stockwerke, klopfte an alle Türen, sprach einige einstudierte Sätze auf Englisch, deutlich gefärbt mit Mühlviertler Dialekt, und verteilte Visitenkarten. Auch Howard, gerade auf dem Weg zur Toilette, lief er über den Weg und Franz quatschte ihn an. Widerwillig nahm Howard die Karte und steckte sie ins Sakko. Erst Tage später, einen Kugelschreiber suchend, fand er die Visitenkarte wieder und legte diese auf einen Stapel von Karten, die seine Sekretärin ablegen sollte. Einige Wochen später gab es in der Botschaft ein Fest und es wurde ein Fotograf gesucht. Seine Sekretärin, die frisch vermählte Frau Robertson, bekam den Auftrag, in den Visitenkarten Ausschau nach einem Fotografen zu halten, und siehe da – Franz bekam den Zuschlag. Howard fand Franz irgendwie witzig und drollig zugleich. Der Größenunterschied zwischen den beiden Männern hätte kaum größer ausfallen können. Selbst wenn Franz Englisch redete, klang der Dialekt nur allzu deutlich durch, was Howard zur Nachahmung animierte.

Jahre später, als Franz sich mehr dem Filmemachen widmete, half Howard ihm dabei, Drehgenehmigungen für die Nationalparks im Westen des Landes zu bekommen. Franz reiste frohen Mutes in die USA und kehrte nach zwei Monaten mit unglaublichen Fotos, aber seiner Meinung nach unbefriedigendem Filmmaterial zurück. Das war der Zeitpunkt, als er beschloss, sich verstärkt der Technik zu widmen. Er begann, die ersten ferngesteuerten Systeme zu entwickeln. Das Fotomaterial verwendete er für einen unglaublichen Bildband, den er im Eigenverlag drucken ließ. Howard besaß ein handsigniertes Exemplar des Werkes *Nationalparks im Westen der USA* in seiner Bibliothek, das er von Franz aus Dankbarkeit für die Drehgenehmigungen geschenkt bekommen hatte. Howard faszinierte es, wie Franz mit der Technik umzugehen verstand und immer wieder neue Roboter bastelte, um noch näher an die Tiere herankommen zu können. Ob zu Lande, unter Wasser oder in der Luft – Franz verstand es als Erster, neue technische Möglichkeiten auf originelle Art und Weise zum Einsatz zu bringen. Zahllose Auszeichnungen waren die logische Folge seiner Genialität.

Howard blickte den Tauben hinterher, die die letzten Brotkrümel vom Boden aufpickten. Die Tüte war geleert und er dachte über den nächsten Schritt nach.

Als Hannah der USB-Stick in die Hände fiel, den ihr Jasmin in die Tasche gesteckt hatte, musste sie Tage nach der Rückkehr aus Berlin an das braune Kuvert denken. Sie hatte es komplett vergessen. Sie öffnete den Safe und nahm es in die Hand. Sie musste ihren Vater anrufen und fragen, was sie damit tun sollte. Gerade als sie das Kuvert in Händen hielt, bekam sie einen Anruf. Bereits am Klingelton erkannte sie, dass es ihr Vater war. Das nennt man Gedankenübertragung, dachte sie.

„Hallo meine Kleine, läuft alles okay bei dir?"

„Ja, alles okay. Rufst du wegen der Negative an? Ich habe sie eingescannt und kann dir die Dateien per Mail senden, wenn du möchtest. Soll ich das machen?"

„Nein, lieber nicht. Ich habe es mir anders überlegt. Bring bitte das Kuvert am Wochenende mit, wenn du nach Hause fährst. Du kommst doch auf den Hof, oder?"

„Ich hatte eigentlich andere Pläne, aber falls Salomon Zeit hat, könnten wir gemeinsam kommen."

Ungewohnt herzlich hörte sie: „Ich finde, das ist eine gute Idee. Rede bitte mit ihm und sage ihm, dass ich euch beide gerne einladen möchte und ich mich sehr freue würde, ihn kennenzulernen. Tu das bitte und ruf mich an und vergiss das Kuvert nicht. Die Dateien kannst du mir trotzdem schicken, dann hab ich schon was zu tun. Ciao, wir hören uns gleich wieder."

Hannah blickte auf ihr Handy. Ihr Vater hatte völlig überdreht geklungen und sie gar nicht zu Wort kommen lassen.

„Hallo mein Lieber, was treibst du gerade?"
„Ich habe Orchesterprobe", flüsterte Salomon. „In fünf Minuten ist Pause, dann rufe ich dich zurück."
Der Dirigent ermahnte ihn mit einem bösen Blick, nachdem er aufgelegt hatte. Handys waren während der Proben tabu.
„Was kann ich für dich tun, meine Süße?", fragte Salomon, als er sich kurz darauf bei Hannah meldete.
„Danke für deinen Rückruf", sagte Hannah. „Mein Vater möchte dich gerne kennenlernen. Wir sollen am Wochenende kommen. Er würde sich sehr freuen, wenn du kommen könntest – gemeinsam mit mir, versteht sich."
„Das freut mich auch. Ich dachte, wir wollten am Wochenende gemeinsam was unternehmen?"
„Das können wir auch, wenn wir auf dem Hof sind. Hast du überhaupt Zeit?"
„Wir haben am Samstag einen Auftritt, aber wir könnten in der Nacht noch fahren und dafür bis Dienstag bleiben"
„Ich hab am Dienstag schon Termine, aber am Montag könnte ich blau machen."
„Das klingt verlockend! Ich hoffe, es stört euch nicht, wenn ich an beiden Tagen etwas üben muss."
„Mich stört das nicht. Und falls es Papa oder Maria stören sollte, dann bietet der Hof genug Rückzugsmöglichkeiten. Wenn du damit leben kannst, dann sage ich Papa Bescheid, dass wir kommen."
„Mach das. Ciao, bis bald."
Hannah wählte anschließend sofort die Nummer ihres Vater.
„Hallo Papa! Ich habe mit Salomon gesprochen. Er freut sich über deine Einladung. Er hat am Samstag einen Auftritt und wir fahren in der Nacht noch nach Gusen und bleiben bis Montag Abend."
„Das freut mich sehr. Und vergiss die E-Mail nicht! Ich muss Schluss machen. Maria hat nach mir gerufen. Bis bald und mach's gut. Ciao."
Hannah nahm wieder am Schreibtisch Platz und sandte die gescannten Dateien kommentarlos an ihren Vater. Das Handy signalisierte den Eingang einer SMS. Sie kam von Jasmin:

Reihenfolge geknackt! Mail mit Lösung folgt. Jasmin

Minuten später war auch die Nachricht von Jasmin im Postfach. Sie nahm das Kuvert, ließ die Negative auf den Tisch gleiten und las den Text:

17–5–44–18–99–23–1–59–72–12

Auf jedem Negativ befand sich eine sechsstellige Zahl. Die Ziffern entsprachen den beiden letzten Stellen. Hannah beantwortete die Mail:

Toll gemacht!
Musst mir bei Gelegenheit verraten, wie du das geschafft hast.
Bussi, Hannah

Hannah hatte bis zu ihrem nächsten Termin noch viel zu erledigen und musste sich sputen. Bevor sie das Studio verließ, veränderte sie die Namen der gescannten Dateien und brachte sie so in die richtige Reihenfolge. Langsam klickte sie sich durch die Schwarz-Weiß-Aufnahmen. Sie glaubte, Unterschiede in der Vegetation der Landschaft zu erkennen. Vielleicht war das des Rätsels Lösung? Wieder und immer wieder klickte sie die Bilder vor und zurück, zoomte sich in die Landschaft und konnte doch keine Unterschiede erkennen. Man sah einen Steinbruch, die Baracken. Man konnte Gleisanlagen, Wiesen und Felder ausmachen. Was war an diesen Bildern so sonderlich interessant?, fragte sie sich. Den USB-Stick steckte sie wieder ab und legte ihn gemeinsam mit dem Kuvert in den Safe. Die Reihenfolge wollte sie ihrem Vater am Wochenende persönlich verraten. Bis dahin würde sie auch von Jasmin erfahren haben, wie sie das Rätsel gelöst hatte. Jetzt hatte sie einen Termin mit Frederic Berger. Zweiter Anlauf, konnte man so sagen. Aber rein dienstlich, wie es Hannah sah. Frederic wollte sich dafür entschuldigen, dass er sie versetzt hatte, und nebenbei ging es immer noch um das Projekt „Kochbuch" – um einen lukrativen Auftrag.

Hannah fuhr mit der U-Bahn zum Stephansplatz, wo sie von Frederic Berger bereits erwartet wurde. Gemeinsam fuhren sie mit dem Lift hoch zur Bar des Haas-Hauses und nahmen an der Bar Platz. Ohne Hannah zu fragen, bestellte Frederic zwei Glas Champagner, reichte ihr eines und stieß mit ihr an.

„Ich möchte mich bei Ihnen in aller Form für mein Missgeschick von neulich entschuldigen. Meine Assistentin hatte mir den Termin aus dem Kalender gelöscht. Ich habe mich von ihr getrennt … in privater wie geschäftlicher Hinsicht, wenn Sie verstehen, was ich meine."

„Ich denke schon. Danke für die Einladung, Herr Berger."

„Nennen Sie mich doch Frederic. Alle Welt nennt mich so."

„Gut, ich heiße Hannah."

Sie prosteten einander zu und Hannah fuhr nach einem winzigen Schluck unvermittelt fort: „Dann lassen Sie … ich meine dann lass uns über das Geschäft reden. Es geht also immer noch um das Kochbuch. Ich habe da so meine Ideen und die möchte ich Ihnen … ich meine natürlich dir gerne zeigen."

Hannah griff nach dem iPad und legte es auf den Tresen.

„Ich könnte mir das alles so vorstellen …"

Eine halbe Stunde lang erklärte sie Frederic ihre Ideen und präsentiert sie ihm anhand von Mustern, die sie vorbereitet hatte.

„Ich denke, wir sind im Geschäft. Wann darf ich dir den Koch vorstellen, damit du auch ihn von deinen Ideen überzeugen kannst?"

Hannah nahm ihr Handy, öffnete den Kalender und nannte ihm auf die Schnelle drei Termine.

„Nächste Woche Montag würde sich bei mir anbieten", sagte Frederic. Er hatte ihre Vorschläge geflissentlich ignoriert. „Wir könnten den Termin um 18 Uhr ansetzen und anschließend darf ich dich zum Essen einladen."

„Montag geht leider nicht, weil ich mit meinem Freund unterwegs bin."

Frederic tat so, also ob er auch das Wort „Freund" überhört hatte und sagte: „Montag 18 Uhr wäre perfekt!"

„Dienstag 18 Uhr wäre perfekt, aber ohne Abendessen."

„Na gut, dann Dienstag 18 Uhr ohne Abendessen", seufzte er und warf ihr einen schmachtenden Blick zu. Der Bursche ist gefährlich, aber nicht mit mir, du Casanova, dachte sich Hannah.
„Wollen wir den Abend noch genießen? Es gibt hier wunderschöne Zimmer."
„Frederic, du kannst dir gerne ein Zimmer nehmen. Ich bin vergeben und treffe mich gleich mit meinem Freund. Er wird mich gleich hier abholen."

Und da stand Salomon auch schon hinter ihr, tippte ihr auf die rechte Schulter und umarmte Hannah von hinten, die mit einer Berührung nicht gerechnet hatte und ein wenig zusammenzuckte.

„Hi", sagte er zu ihr und küsste sie auf die Wange. Frederic Berger reichte er die Hand und begrüßte ihn mit einem freundlichen „Guten Tag, Sie müssen Herr Berger sein. Mein Name ist Salomon Liebermann."

Frederic erwiderte seinerseits die förmliche Begrüßung mit einem kühlen: „Frederic Berger, freut mich auch."

„Ich muss dann", sagte Hannah verlegen. „Ich rufe Sie morgen an wegen des Termins mit dem Koch. Auf Wiedersehen."

Sie ließ ihn an der Bar lehnend stehen. Frederic Berger hatte sich mehr von diesem Treffen erwartet. Hannah war so ganz anders als die Frauen, die er bisher kennengelernt hatte. Und sie war die erste seit Langem, die ihn abblitzen ließ ... Das war eine neue Erfahrung für ihn. Frederic zahlte den Champagner und ging. Doch vorher wählte er noch eine Nummer, die er schon lange nicht mehr angerufen hatte, die ihn aber regelmäßig kontaktierte.

„Hallo Howard, sie hat nicht angebissen", sagte er trocken und ließ den letzten Schluck durch die Kehle fließen.

Salomon ergriff hastig Hannahs Hand und zerrte sie in Richtung Lift.

„Auf Wiedersehen!", rief sie ein zweites Mal in Richtung Frederic, der sie keines Blickes mehr würdigte.

Salomon verabschiedete sich mit einem wortlosen Kopfnicken in Richtung Berger.

„Was ist los? Warum bist du so aufgeregt?", fragte Hannah.
„David hat etwas herausgefunden. Heisenberg hat seine Versuche unter dem Decknamen B8 betrieben", sprudelte es nur so heraus aus ihm.

Hannah verstand kein Wort und blickte ihn – bereits im Lift stehend, mit weit offenen Augen, die Hände vor dem Oberkörper verschränkt, den Oberkörper leicht nach vorne gebeugt – an.

„Was soll das heißen?"

„Heisenberg war deutscher Physiker. Er hat in den dreißiger Jahren den Nobelpreis für Physik erhalten. In der Nazizeit war er Chef des Uranvereins, der sich mit der Nutzung der Kernenergie beschäftigt hat. Er hat seine Forschungsarbeiten unter dem Decknamen B8 betrieben. B8 war auch der Titel für Bergkristall, verstehst du? Mein Urgroßvater hat einen Tunnel mit der Bezeichnung B8.27 erwähnt. Das kann doch alles kein Zufall sein! Ich denke, oder besser gesagt David und ich denken, dass unser Urgroßvater Mitarbeiter des Projektes von Heisenberg gewesen ist."

Für Hannah war die Welt der Physik ein großes Geheimnis. Mit allen naturwissenschaftlichen Fächern war sie in der Schule auf Kriegsfuß gestanden. Sie war gut im Malen, Zeichnen und Geschichten erfinden, aber mit Mathematik und Formeln hatte sie nichts am Hut. Sie verstand nur Bahnhof, aber sie freute sich über Salomons euphorische Stimmung, als sie sich in der vollbesetzten U-Bahn dicht an ihn drängte und sie sich im Arm hielten. Auf dem Weg zur Wohnung begann es stark zu regnen. So liefen sie die letzten Meter so schnell sie konnten, wurden aber trotzdem nass bis auf die Knochen.

Hannah nahm eine heiße Dusche, während Salomon auf dem Bett liegend in einem Skriptum las und lernte. In ein Badetuch eingewickelt trat sie ans Bett und wartete, bis er zu ihr aufblickte. Sie ließ das Badetuch fallen und schmiegte sich nackt an ihn. Salomon schob das Skriptum zur Seite und sie liebten sich wie fast jeden Tag mit großer Leidenschaft.

Salomon lag schnarchend auf dem Rücken, als Hannah erwachte. Es war noch stockfinstere Nacht. 2.10 Uhr zeigte der Wecker auf dem Nachtkästchen an. Sie wälzte sich einige Male hin und her und beschloss dann aufzustehen. Im Bad schlüpfte sie in den wohlig warmen Frotteebademantel, den ihr Salomon erst vor ein paar Tagen geschenkt hatte. Sie ging in die Küche, bereitete sich einen Tee zu, setzte sich an den kleinen runden Tisch, klappte ihr Notebook auf und las ihre E-Mails. Da kam ihr eine Idee. Sie öffnete die Mail mit den gescannten Dateien, die ihr Jasmin geschickt hatte, und öffnete die Bilder in der richtigen Reihenfolge. Sie wählte Jasmins Nummer.

„Hallöchen! Normalerweise schläfst du um diese Zeit wie ein Stein. Was ist los?", klang Jasmins Stimme, die munter und wach wirkte, aus dem Handy. Jasmin war ein Nachtmensch und ging selten vor 3 Uhr ins Bett.

„Salomon hat mich mit seinem Schnarchen aufgeweckt und da habe ich mir die Bilder angesehen. Ich dachte, ich frag mal bei dir nach, wie du auf die Reihenfolge gekommen bist."

„Du hast meine Kammer gesehen mit den vielen großen Bildschirmen. Ich habe gleichzeitig sechs Bilder auf die Schirme projiziert und da habe ich die Veränderungen erkannt. Die beiden ersten Aufnahmen müssen im Winter gemacht worden sein. Die Bäume tragen noch kein Laub. An den Feldern kannst du erkennen, ob sie bepflanzt sind oder nicht. Auch das Straßennetz wurde in dieser Zeit erweitert und am KZ kann man auch bauliche Veränderungen erkennen. War nicht schwer, die Bilder zu sortieren", sagte Jasmin mit einem gewissen Stolz in ihrer Stimme.

„Okay, ich habe nur einen Bildschirm, aber wenn ich die Bilder in der sortierten Reihenfolge betrachte, kann ich erkennen, was du meinst. Ich hatte den gleichen Verdacht."

„Du klingst müde, meine Süße. Du solltest dich wieder ins Bett legen."

„Mache ich. Danke für deine Hilfe. Gute Nacht."

„Ich komme in zwei Wochen für ein paar Tage nach Wien, um meine Tante zu besuchen. Du weißt ja, die mit dem Amerikaner verheiratet ist."

„Ich kann mich erinnern. Ruf mich an. Meine Wohnung ist zwar nicht so groß und luxuriös wie dein Loft, aber du kannst natürlich bei mir wohnen."

„Das ist lieb von dir, aber ich denke, da würde mich meine Tante enterben, wenn ich das täte. Wir hören uns. Gute Nacht und schlaf gut."

„Gute Nacht auch dir", sagte Hannah gähnend.

Sie schlüpfte wieder zu Salomon, der sein nächtliches Konzert unterbrochen hatte, unter die Decke und schlief augenblicklich ein.

Howard hatte sich an diesem Samstagabend nicht blicken lassen und Salomon Bescheid gegeben, dass er für ein paar Tage die Stadt verlassen musste. Der Auftritt im Irish Pub stand unter keinem guten Stern. Die Verstärkeranlage war defekt, zwei Scheinwerfer waren ausgefallen und kurzfristig war auch noch ein Musiker erkrankt. Improvisation war angesagt – nicht gerade Salomons Stärke. Er bat David, für den erkrankten Freund einzuspringen, was dieser letzten Endes auch tat, Salomon aber viel Überredungskunst abverlangte. Gegen Mitternacht brachen Hannah und Salomon auf in Richtung Oberösterreich. Das Auto war gepackt, nur leider hatte Hannah vergessen zu tanken. Die Fahrt wurde zur Zitterpartie, weil sie entlang der Strecke keine offene Tankstelle mehr fanden. Mit dem letzten Tropfen Benzin erreichten sie die Zufahrt zum Bauernhof. Den letzten Kilometer mussten die beiden zu Fuß zurücklegen. Der Hof lag still und friedlich in dieser sternenklaren Nacht. Hannah fröstelte.

„Komm, beeil dich. Mir ist kalt", sagte sie zu Salomon.

„Da hinter der Kurve bewegt sich was", flüsterte er. „Komm, sei still und bleib stehen."

Salomon und Hannah standen minutenlang wie angewurzelt auf der Straße. Sie hörten das Rauschen des Windes, das Knacken eines Astes und plötzlich ein Auto, das sich ihnen schnell näherte. Sie versteckten sich hinter einem Baum, als der Wagen ohne Licht in hohem Tempo an ihnen vorbeiraste. Er kam vom Hof, das war klar. Hannah lugte aus dem Dickicht auf die Straße und sie glaubte, den Fahrer zu erkennen. Vor Angst zitternd gingen sie die letzten Meter und sahen ihren Vater mit einer Flinte in der Hand.

„Halt! Stehen bleiben oder ich schieße!", schrie er in die Dunkelheit. Im Lichtkegel eines Scheinwerfers stehend, bot Franz eine gute Zielscheibe.

„Nicht schießen Papa. Wir sind es, Salomon und ich!", rief Hannah zurück und wartete auf eine Antwort.

„Ich mache euch Licht."

Franz ging ins Haus, drehte die Beleuchtung der Zufahrt auf und ging ihnen, immer noch das Gewehr in der Hand haltend, in Pyjama und Schlafrock entgegen. Er begrüßte Salomon mit einem festen Händedruck und einer herzlichen Umarmung.

„Hallo, ich bin der Franz. Der Schwixi, wie man bei uns sagt."

„Schwixi heißt Schwiegervater", unterbrach Hannah erklärend.

„Freut mich. Ich bin Salomon, aber wir sind noch gar nicht ..."

„Die Freude liegt ganz auf meiner Seite. Ganz richtig", sagte Franz, „Ich muss mich bei dir, lieber Salomon, für diesen Empfang entschuldigen."

Franz stand in Pyjama und Schlafrock auf seine Pantoffeln blickend vor ihnen.

„Eigentlich ist das eine ganz ruhige, gottverlassene Gegend und normalerweise treiben sich in der Nacht nur die Füchse im Wald herum. Ich begrüße meine Gäste auch nicht mit einem Jagdgewehr. Aber kommt erst mal ins Haus und lasst uns was trinken."

Salomon und Hannah nahmen in der Wohnküche am großen Tisch Platz.

„Ich hoffe, wir haben Maria nicht geweckt", wollte Hannah wissen.

„Du kennst sie ja. Wenn die erst einmal eingeschlafen ist, kannst du neben ihr eine Bombe zünden und sie würde es erst nach dem ersten Kaffee merken. Die schläft mit Sicherheit tief und fest."

„Da muss ich dich enttäuschen", sagte Maria, auch in einen Schlafrock gewickelt, als sie in die Küche trat. Sie begrüßte Salomon und drückte ihn nicht minder herzlich als Franz an ihre Brust.

„Schön, dass ihr da seid. Was wollt ihr trinken?"

„Ein Glas Bier hätte ich gerne", sagte Hannah.

„Ich schließe mich an", kam es von Salomon.

„Franz, und du?"

„Trinken wir eines gemeinsam?"

„Okay, dann stelle ich mal drei Flaschen und vier Gläser auf den Tisch", sagte Maria.

„Die Gläser hole ich", bot Franz Unterstützung an.

Maria reichte ihnen die gut gekühlten Bierflaschen aus dem Kühlschrank. Salomon öffnete die Flaschen und Hannah schenkte ein.

„Na, dann Prost, meine Lieben", sagte Franz, nahm sein Glas und sie ließen die Gläser klingen.

„Was ist da heute Nacht passiert?", fragte Maria an Franz gerichtet.

„Ich wollte nicht schlafen gehen und auf euch warten. Ich saß hinten in meinem Büro am Computer. Da hörte ich, wie jemand die Haustür öffnet. Da ich kein Auto gehört hatte, habe ich die Schreibtischlampe abgedreht, bin zum Waffenschrank gegangen, hab mein Jagdgewehr herausgeholt und mich hinter der geschlossenen Tür versteckt. Ich hörte, wie die Schritte näher kamen und es dann wieder leiser wurde. Ich wollte mich aus dem Zimmer schleichen. Dabei hat die Türschnalle so gequietscht, dass ich den Einbrecher aufgeschreckt habe. Der ist aus dem Haus gelaufen und im Wald verschwunden."

„Franz, wir brauchen unbedingt ein neues Schloss an der Haustüre", warf Maria ein.

„Mach ich gleich am Montag. Es hat schon vor ein paar Tagen einen Einbruchsversuch gegeben. Seither ist das Schloss kaputt", sagte Franz.

„Ist etwas gestohlen worden?", fragte Hannah.

„Uns ist nichts aufgefallen", gab Maria zur Antwort und Franz nickte zustimmend.

Maria ergriff wieder das Wort: „Wir trinken jetzt in aller Ruhe das Bier aus, schlafen uns aus und reden morgen beim Frühstück – sagen wir um 9 Uhr – weiter. Hättet ihr gerne ein weiches Ei oder Spiegeleier und Speck?", wollte Maria wissen.

„Für mich ein weiches Ei", sagte Hannah und Salomon schloss sich an.

„Mich fragst du gar nicht?", mischte sich Franz ein.
„Du bekommst wie jeden Sonntag deine Portion Ham and Eggs, mein Schatz. Dann Prost, ihr beiden. Schön, dass ihr da seid. Ich wünsche euch eine gute Nacht", sagte Maria, trank ihr Glas leer und verschwand, Franz an der Hand nehmend.
„Gute Nacht", sagte auch er.

Hannah trat am nächsten Morgen kurz vor 9 Uhr in die Küche. Salomon stand noch unter der Dusche, während Maria bereits den Tisch reich deckte. Vier Teller vom grün-weißen Gmundner Keramik, dazu Kaffeetassen und Besteck, standen auf dem Tisch, dazwischen eine große Platte mit Schinken und Käse, eine Schüssel mit frisch zubereitetem Obstsalat und eine etwas kleinere Schüssel mit Joghurt vom Bauern. Ein Körbchen mit frischem Schwarzbrot, fünf verschiedene Sorten Marmelade, ein Krug mit Wasser und ein weiterer Krug mit Orangensaft rundeten das bunte Bild ab. Maria war gerade dabei, noch Paprika, Gurken und Tomaten kleinwürfelig zu schneiden. In der Pfanne brutzelte bereits der Speck und in einem Topf mit Glasdeckel kochten die Eier.

„Guten Morgen", sagte Hannah gut gelaunt, die trotz der nächtlichen Aufregungen und dank der Zärtlichkeit ihres Freundes sehr gut geschlafen hatte.

„Guten Morgen", erwiderte Maria.

„Wo steckt Papa?"

„In seinem Büro. Könntest du ihn bitte holen? Seine Portion Ham and Eggs ist gleich fertig."

„Mach ich", sagte Hannah und ging zu ihrem Vater ins Büro. Ohne anzuklopfen trat sie ein.

„Guten Morgen", sagte sie.

„Guten Morgen", sagte auch Franz. „Komm, gib deinem alten Vater einen Kuss."

„Ich habe dir was mitgebracht." Hannah griff unter die Jacke des Magganzugs und überreichte ihm das braune Kuvert. „Auf dem USB-Stick findest du die Negative in gescannter Form und sortiert."

„Danke! Wie hast du das geschafft?"

„War gar nicht so schwer", log Hannah. Von Jasmins Hilfe erzählte sie nichts.

„Weiß Salomon etwas davon?"

„Nein, ich habe ihm nichts erzählt – genau wie ich es dir versprochen habe."

„Das ist gut so!"

„Maria hat gesagt, du sollst kommen. Die Eier sind fertig."

„Gut, dann lass uns frühstücken. Ich bin schon hungrig. Bin auch schon wieder seit 5 Uhr auf den Beinen."

„Was ist mit dir los, Papa?"

„Der Einbruch von heute Nacht geht mir nicht aus dem Kopf. Ich glaube, das hängt auch damit zusammen", antwortete er und deutete auf das Kuvert. „Ich verstecke es lieber gleich."

Als Franz und Hannah in die Küche kamen, saß Salomon bereits am Tisch und schlürfte seinen Cappuccino.

„Möchtest du auch einen?", fragte Maria.

„Ja, gerne. Ich mach das schon", antwortete sie.

„Hast du einen Verdacht, wer das heute Nacht gewesen sein könnte?", fragte Hannah ihren Vater, der auf der Bank Platz genommen hatte und genüsslich aß.

„Seit geraumer Zeit gibt es bei uns in der Gegend eine Einbruchsserie. Es soll eine rumänische Bande ihr Unwesen treiben. Im Dorf hat man auf mehr als 30 Häusern Zeichen, sogenannte Zinken, entdeckt, die den Einbrechern signalisieren sollen, ob es sich lohnt einzubrechen."

„Auf unserer Haustür steht nix", warf Maria auf ihrem Marmeladebrot kauend ein.

„Wo steht eigentlich dein Auto?", wollte Franz wissen.

„Auf der Zufahrtsstraße. Mir ist das Benzin ausgegangen. Ich habe vergessen, rechtzeitig zu tanken."

„Und in der Nacht haben wir auch keine offene Tankstelle mehr gefunden", ergänzte Salomon.

„Dann gehen wir nach dem Frühstück mit einem Kanister los und holen das Auto. Salomon, du könntest mich begleiten", sagte Franz.

„Gerne", gab Salomon zurück. „Als wir zu Fuß die Straße heraufgegangen sind, habe ich Geräusche und kurz darauf einen Motor gehört. Dann ist ein Auto an uns vorbeigerast."

„Wir haben uns hinter einem Baum im Dickicht versteckt. Salomon hat das Geräusch bemerkt, ich nicht", sagte Hannah. „Irgendwie habe ich das Gefühl, das Gesicht dieses Mannes schon gesehen zu haben."

„Wo? Kennst du den Typen?", wollte Franz wissen.

„Ich bin mir nicht sicher, aber es könnte sein", gab ihm seine Tochter zur Antwort. Sie war sich sogar sehr sicher, wollte darüber am Frühstückstisch aber nicht reden.

Nach dem Frühstück, bei dem Franz den Gast mit Fragen gelöchert hatte, gingen die beiden Männer mit einem Kanister Benzin die Straße hinab zu Hannahs Auto. Salomon zeigte Franz die Stelle, an der sie sich versteckt hatten, und sie entdeckten eine Kehre näher zum Haus liegend – Reifenabdrücke im weichen Bankett.

„Das muss ein schweres Auto gewesen sein. Sieh dir mal die Breite der Reifen an", sagte Franz.

„Ja, das war sicher ein SUV", meinte Salomon. „Es ging alles viel zu schnell und der Fahrer fuhr ohne Licht. Da konnte ich weder die Marke noch das Kennzeichen erkennen. Aber es war mit Sicherheit ein SUV. Könnte ein Range Rover oder ein Mercedes-Geländewagen gewesen sein."

„Und du hast nur einen Mann im Auto gesehen?"

„Ja, da bin ich mir ganz sicher."

„Dann war das keine rumänische Bande."

Franz leerte den Inhalt des Kanisters in Hannahs Auto und forderte Salomon auf, am Steuer Platz zu nehmen.

„Komm, wir fahren zurück zum Hof", sagte er zu Salomon.

„Aber ich habe keinen Führerschein."

„Hier brauchst du auch keinen. Wir befinden uns auf Privatgrund."

„Aber ich bin noch nie mit einem Auto gefahren."

„Dann wird es höchste Zeit, junger Mann. Der Smart hat Automatikgetriebe. Da geht das Fahren wie von selbst."

Franz erklärte Schritt für Schritt, was Salomon zu tun hatte, und dieser folgte den Regieanweisungen seines Schwiegervaters in spe mit Bravour. Der Smart setzte sich in Bewegung und Salomon hatte Spaß daran, ein Auto zu lenken. Als sie den Hof erreicht hatten, fragte er: „Darf ich noch eine Runde ums Haus fahren?"

„Sicherlich", sagte Franz. „Nicht vergessen: Am Ende Motor abstellen und den Schalthebel auf Parkposition stellen."

Franz wartete vor dem Haus auf der Holzbank, bis Salomon die Runde beendet und das Auto im Schatten der Bäume geparkt hatte.

„Komm, setz dich zu mir", sagte er. „Ich möchte dir was zeigen."

Salomon nahm neben ihm Platz, als Hannah aus dem Haus kam und sagte: „Ach, da seid ihr. Und das Auto habt ihr auch schon geholt." Sie ging zur Bank und nahm auf Salomons Schoß Platz.

„Von hier aus hat man die beste Aussicht", sagte Franz. „Zu unseren Füßen liegt das ehemalige KZ Gusen, oder besser gesagt das, was davon heute noch übrig ist. Die meisten Baracken wurden geschliffen und heute stehen dort Einfamilienhäuser."

„Mein Urgroßvater war im KZ Mauthausen", sagte Salomon.

„Wirklich?"

„Seit einigen Tagen beschäftigt mich sein Schicksal."

„Warum das?", wollte Franz wissen.

„Salomon hat auf einem Flohmarkt ein Buch gefunden, das seinem Urgroßvater gehört hat", warf Hannah ein.

„Sehr spannend", meinte Franz.

„Ich hab das Buch mit. Ich kann es Ihnen zeigen, wenn es Sie interessiert."

„Wir können du sagen. Ich bin der Franz und das Buch interessiert mich sehr."

Salomon verschwand kurz im Haus, um das Buch aus seiner Reisetasche zu holen.

„Liebst du ihn?", fragte Franz seine Tochter.

„Ja, sehr!"

„Lasst euch Zeit."

„Zeit wofür?"

„Um euch kennenzulernen und die richtigen Entscheidungen zu treffen."

Salomon kam angerannt und überreichte Franz das Buch. Er schlug es auf und las die Widmung.

„In der Mitte des Buches steht noch etwas Interessantes", erwähnte Salomon.

Franz blätterte, bis er die Seite vor sich hatte.

Tunnel bis B8.27 fertig

Franz las die Zeile und augenblicklich fühlte er unter seiner Schädeldecke ein Kribbeln, als würde ihm von einer Milliarde Ameisen der Kopf massiert.

„Spannend, sehr spannend", sagte Franz leise und gab Salomon das Buch zurück.

Alex

Speed Limit 65 miles per hour stand auf der Tafel, an der Alex mit seinem neuen Ferrari vorbeiraste. 160 Meilen pro Stunde zeigte die Tachonadel, das GPS-Navi auf dem Tablet nur 152. Einerlei, dachte er. Alle Sheriffs im District waren seine Freunde und mit Geld konnte man sowieso alles regeln. Den Ferrari Testarossa hatte er erst vor drei Tagen von einem Händler in Dallas abgeholt. Eine reiche Witwe aus dem Westen hatte sich von dem Rennwagen getrennt, den ihr der kurz zuvor verstorbene Ehemann hinterlassen hatte. Gerne hätte sich Alex einen neuen Ferrari gekauft, aber zwei Jahre lang hatte er nicht darauf warten wollen. So war ihm dieser gebrauchte Schlitten, der zwar schon fünf Jahre alt, aber kaum bewegt worden war, zur rechten Zeit in die Quere gekommen. Bezahlt hatte er in bar, dank einer dicken Erbschaft von seinem Urgroßvater. Und als Computerspezialist mit eigener Firma verdiente er sowieso gutes Geld. Den Job bei der NSA hatte er hingeschmissen. Gelegentlich arbeitete er noch als Konsulent für die „Firma", wie er sie nannte. Sein Spezialwissen in Sachen Sicherheitssysteme stellte er nun Banken und Versicherungen gewinnbringend zur Verfügung.

Eine Nachricht von seinem Onkel traf ein und er ließ sie sich vorlesen:

„*Call at 23 l.t.V.*"

Sein lieber Onkel Howard hatte wieder mal seine Hilfe nötig. Okay, dachte er. Dann hören wir uns in rund drei Stunden, wenn das Theater oder die Oper vorbei sind. Bin schon gespannt, was ich diesmal für ihn tun kann. Alex war auf dem Weg ins Büro nach Dallas.

Alex saß im Büro seiner eigenen Firma im 16. Stockwerk eines modernen Glaspalastes. *Zeit für den Anruf* signalisierte sein PC. Es war 16 Uhr Ortszeit oder 23 Uhr lokale Zeit in Wien.

„Hi Onkel Howard, was kann ich für dich tun?"

„Ich brauche deine Hilfe. Ist die Leitung sicher?"

„Sicherer geht gar nicht! Also schieß los!"

Howard stellte seine Fragen knapp und präzise, wie es Alex gewohnt war. Alex seinerseits wiederholte das Gesagte im Telegrammstil.

„Gut, habe verstanden, Sir. Mache mich gleich an die Arbeit. In 24 Stunden, same time – next call!"

„Roger, next call in 24 hours , 23 local time Vienna", sagte Howard und legte auf.

Bin gespannt, was der Teufelskerl zutage fördert, dachte Howard. Jenseits des Atlantiks fragte sich Alex, warum sich sein Onkel gerade jetzt für dieses Thema interessierte. Wenn Howard ihn um Hilfe bat, war es immer spannend. So ließ er auch nichts anbrennen und begann gleich zu arbeiten. Als ehemaliger Mitarbeiter der NSA wusste er nur zu gut, wo er suchen musste. Aber genau das war auch sein größtes Problem ... Er konnte dieses Ding nicht alleine durchziehen und war auf Mithilfe angewiesen. Er rief seinen Freund und Partner Frank zu sich ins Büro.

„Frank, ich habe da eine sehr interessante Anfrage. Da brauche ich deine Hilfe."

Frank setzte sich an Alex' Rechner und begann zu tippen. Fünf Minuten später fragte Frank: „Wie heißt der Mann, nach dem wir suchen?"

Alex schob ihm einen Zettel über den Tisch.

Frank gab den Namen ein und wartete auf eine Reaktion.

„Nothing", sagte er.

„Probier den Nachnamen mit einer anderen Schreibweise."

Nach einer Minute des Wartens hieß es erneut Fehlanzeige.

„Dann probier es mal damit."

„Ist das dein Ernst?", fragte Frank stutzig. „Du willst, dass ich ..."

„Ja, das will ich. Mach schon!"

„Bingo, Volltreffer! Soll ich es absaugen?"
„Na klar doch."
„Ist aber umfangreich. Ich hoffe, wir haben noch Zeit, bevor man auf uns aufmerksam wird. Mach schon, alter Knabe", brummte Frank vor sich hin.
„Der Rechner ist nagelneu", erwiderte Alex.
„Geschafft! Steige aus, wenn's recht ist!"
„Tu das und immer schön die Spuren verwischen."
„Was denkst du denn? Das lernt man bei der CIA als erstes. Gründlich und sauber, so muss der Job gemacht werden", sprach Frank mit einem Anflug von Ironie in seiner Stimme.

Frank verließ wieder sein Büro und Alex begann, die Seiten zu sichten. Verdammt viel Stoff über zwei alte Männer, dachte er. Die nächsten beiden Stunden verbrachte er mit der Entschlüsselung der Daten. Nicht jedes Dokument ließ sich auf Anhieb knacken. Alex konnte es kaum glauben, was er über seine eigene Blutsverwandtschaft zu lesen bekam. Da würde der gute Onkel Howard aber staunen! Und Alex wusste, dass ihn die restlichen Dateien noch viel Zeit kosten würden.

Weit nach Mitternacht verließ er sein Büro und stieg in den Lift. Für Notfälle hatte er ein Appartement im 33. Stock gemietet, und heute war so ein Notfall. Er holte sich aus dem Kühlschrank ein kühles Bier und eine Tüte Popcorn, warf sich auf die Couch und zappte durch die Kanäle, bis ihm die Augen zufielen. Alex war mit sich zufrieden und träumte von einer Welt, in der jedermann alles wusste.

Nach einer viel zu kurzen Nacht wurde er von einer Mitarbeiterin des Reinigungsdienstes, einer kleinen dicken Mexikanerin, geweckt. Verdammt! Er hatte vergessen, Bescheid zu geben, dass er diese Nacht die Wohnung benutzen wollte. Die Putzfrau verzog sich auch gleich wieder, aber Alex war wachgerüttelt und an Schlaf war nicht mehr zu denken. Nach einer langen kalten Dusche schlüpfte er in einen der 15 dunklen Anzüge, die sich im Schrank befanden, und fuhr mit dem Lift in die Cafeteria im ersten Stock, um zu frühstücken. Rastlos blätterte er durch eine Zeitung, verzehrte ein ziemlich fettes Croissant, einen nicht minder kalorienreichen Muffin und trank einen Cafè Latte. Lange bevor seine Mitarbeiter ins Büro kamen, saß er schon wieder am PC und beschäftigte sich mit der Entschlüsselung. Auch am Ende des Tages gab es noch immer Dateien, die er nicht geknackt hatte, und das machte Alex ziemlich wütend. Das, was er aber entschlüsselt hatte, war mehr als 90 Prozent und so gab er sich doch damit zufrieden. Sein Onkel Howard würde stolz auf ihn sein und das war Alex wichtig!

Samuel V

Februar 1945, 75 Tage vor der Befreiung

Samuel stand vor dem Haus und zog hastig an der Zigarette. Ein eisiger Nordwind blies über die schneebedeckte, tief winterliche Landschaft des Mühlviertels. Dieser Winter hatte es in sich. Seit Wochen kamen die Temperaturen nicht mehr über die Null-Grad-Marke hinaus. Es lag mehr als ein Meter Schnee und der Frühling war noch in weiter Ferne. Auch in der letzten Nacht hatte es wieder kräftig geschneit und es waren mehr als 20 Zentimeter Neuschnee gefallen.

Bereits vor dem Frühstück mussten Samuel und seine Mannen zur Schneeräumung ausrücken. Benjamin, den alle nur Ben nannten, trat an seine Seite. Zitternd vor Kälte, fragte er Samuel: „Wie lang werden wir noch brauchen, bis unsere Babys fertig sind?"

„Einige Woche wird es schon noch dauern. Wir kommen gut voran."

Benjamin war in den letzten Monaten sein bester Freund geworden. Der groß gewachsene Mann – er überragte Samuel um mehr als einen Kopf – erwies sich als gutmütiger Ruhepol mit einem treffsicheren Instinkt für die richtigen Entscheidungen. Benjamin war zwei Jahre jünger als Samuel und in der Gruppe sein Stellvertreter. Er hatte in Berlin Chemie studiert und sich in seinen Forschungsarbeiten mit dem Periodensystem beschäftigt.

„Die drei Schilder sind schon gemacht!", sagte Ben ironisch.

„Ja, ich weiß. Wenn nur alles so schnell ginge wie das Anfertigen der Schilder", sagte Samuel schmunzelnd. Im nächsten Augenblick fuhr er wieder ernst und konzentriert fort. „Ich fürchte, wir bekommen Nachschubprobleme beim Erz wegen des Winters. Und die Alliierten kommen immer näher. Unser Projekt ist ein Wettlauf gegen die Zeit."

„Wie ist die Lage? Was sagt der Kommandant?"

„Seit der Landung in der Normandie arbeiten sich die Alliierten langsam aber sicher vor und auch die Russen gewinnen an Boden. Er hat Zweifel, dass die Deutschen den Krieg noch gewinnen können, wenn nicht ..."

„... die Wunderwaffe ins Spiel gebracht werden kann", setzte Benjamin den Satz fort. „Was passiert mit uns, wenn wir es nicht schaffen, die Bomben fertigzustellen?"

„Entweder werden wir erschossen oder befreit."

„Von wem befreit?"

„Von den Briten, Amerikanern oder Russen – je nachdem wer schneller vorwärts kommt."

„Was wäre für uns besser?"

„Ich weiß es nicht", sagte Samuel resignierend.

„Was passiert, wenn wir es schaffen, und die Nazis legen tatsächlich gleichzeitig London, Moskau und New York in Schutt und Asche?"

„Dann überleben wir den Krieg und sehen unsere Frauen wieder."

„Glaubst du das wirklich?"

„Was?"

„Dass unsere Frauen noch leben?"

„Die Hoffnung stirbt zuletzt! Ich würde zu gern wissen, ob meine Kinder in Sicherheit sind und wie es ihnen geht."

„Ich auch", sagte Benjamin, zog ein letztes Mal an der Zigarette und warf diese in den Schnee. Ein leises Zischen war zu hören.

„Glaubst du wirklich, dass wir den Krieg überleben?"

„Ich war immer ein grenzloser Optimist und habe an Hitler geglaubt. Er macht die gleichen Fehler wie die Deutschen und Österreicher im Ersten Weltkrieg. Deutschland kann keinen Krieg gegen eine so starke Allianz aus Ost und West gleichzeitig führen und gewinnen. Und im Unterschied zum Ersten Weltkrieg sind jetzt auch noch die Amerikaner auf der Seite der Alliierten."

„Wäre es da nicht besser, wir würden unser Projekt sabotieren?"

„Wie stellst du dir das vor?"

„Wir könnten einen Hungerstreik machen."
„Ich weiß nicht, ob uns das hilft. Noch dazu bekommen wir viel mehr zu essen als die anderen im KZ."
„Aber wir könnten darüber nachdenken. Versprochen?"
„Ich denke darüber nach!"
„Kannst du sie sehen?", fragte Ben nach einer gefühlten Ewigkeit.
„Was soll ich sehen können?", erwiderte Samuel.
„Ich kann sie sehen und hören. Die Häftlinge aus Gusen II, die gerade jetzt im Laufschritt zur Arbeit in den Rüstungsanlagen getrieben werden. Horch genau hin."
Auch Samuel konnte es hören.
„Ich kann nur den Schnee und die Bäume sehen. Ich glaube, du wirst langsam verrückt, Ben."
Ben blickte Samuel in die Augen und meinte: „Ich werde nicht verrückt! Verrückt sind die von der SS. Die da unten marschieren, das sind die ärmsten Schweine überhaupt. Jede Nacht wird ihnen der Schlaf geraubt und sie müssen auf dem Appellplatz antreten. Jede Nacht durchsuchen die Wachen ihre Matratzen auf Waffen. Die Stockbetten haben drei Ebenen und jede Ebene, die nur 60 70 Zentimeter breit ist, ist mit bis zu drei Häftlingen belegt. Fast jede Nacht gibt es Kontrollen wegen der Läuse und wer im Verdacht steht welche zu haben, wird gleich umgebracht. Es gibt mehr kranke als gesunde Häftlinge. Letzte Woche kam eine komplette Ladung aus Jugoslawien, gestern ein ganzer Zug mit Albanern. Man hat sie in die gleiche Baracke gestopft. Mehr als ein Drittel der Jugoslawen hat die erste Woche nicht überlebt. Man sagt, dass die Häftlinge in Gusen II maximal drei Monate überleben können. Länger hält das keiner aus."
„Verglichen mit denen geht es uns gut", antwortete Samuel. „Bei uns hat jeder seine eigene Matratze, sein Essen, seinen Schlaf und seine tägliche Dosis Radioaktivität. Und das lässt uns überleben."
„An die Arbeit, ihr faulen Hunde!", schrie die Wache aus einiger Distanz. Samuel und Benjamin folgten dem Aufruf und sie verschwanden wieder im Tunnel, um die Arbeit an ihren „Babys" fortzusetzen. So nannten sie die drei Atomsprengsätze,

die für London, Moskau und New York bestimmt waren. Noch reichte das spaltbare Material nur für eine Bombe, aber dieses Wissen behielt Samuel für sich. Er spürte, dass der ganze Spuk schon in wenigen Tagen vorbei sein würde. Vielleicht war gerade jetzt Arbeitsverweigerung gar keine so schlechte Idee. Er musste darüber nachdenken. Das hatte er auch Ben versprochen.

Kamerafahrt

Das Equipment war fertig und bereit für den Einsatz. Alle Tests waren positiv verlaufen, alle Kameras lieferten gestochen scharfe Bilder und die Messinstrumente präzise Daten über Temperatur, Luftfeuchtigkeit, Neigungswinkel, die Strahlenbelastung der Umgebung, die Geschwindigkeit des Roboters und noch vieles mehr. Auch die neue Software lief stabil und erfüllte alles, was der Operator dem Programmierer vorgegeben hatte. Es war nun Zeit für den Ernstfall.

Mit einer Seilwinde wurde der Roboter in die Tiefe gelassen und ausgeklinkt. Der Operator machte sich auf den Weg in den Übertragungswagen und schaltete die Scheinwerfer, dann die Kameras der Reihe nach ein. Sechs Bildschirme für sechs Kameras. Der Reihe nach betrachtete der Operator die Bilder. Der siebte Bildschirm zeigte die Daten der Messinstrumente und ein dreidimensionales Weg-Zeit-Diagramm des Roboters an. Es konnte losgehen!

Mit einer konstanten Geschwindigkeit von drei Metern pro Minute bewegte sich das Raupenfahrzeug, gesteuert durch einen Joystick, vorwärts, immer tiefer in den Berg hinein. Alle Daten wurden permanent aufgezeichnet und der Operator verfolgte die Fahrt mit nervöser Anspannung. Alle fünf Minuten machte er Standbilder in alle Richtungen und vermaß den Tunnel mittels Lasermessung.

Eine Stunde später war der Roboter wieder am Tageslicht und auf den Festplatten waren zig Gigabytes an Daten gespeichert. Der Operator betrachtete das 3D-Diagramm und Tränen des Glücks standen in seinen Augen. Das, was er gesehen hatte, war sensationell! Das System konnte nun mit Schutzausrüstung begangen werden. Vor Begeisterung schrie er laut auf! Niemand konnte ihn hören, so glaubte er zumindest …

Mauthausen

Salomon hatte genau in jenem Augenblick den Entschluss gefasst, nach Mauthausen zu fahren, als ihm Howard sagte, dass auch Washington die Mauer machte. Ihm war klar, dass Samuel Liebermann ein wichtiger Häftling im Konzentrationslager gewesen sein musste und der Grund für die Geheimhaltung konnte nur in seiner Vergangenheit liegen. Das stand für Salomon außer Zweifel. Auch wenn er sich keine neuen Erkenntnisse von der Reise erwartete, so sah er doch einen Sinn darin. Als Jude war es fast so etwas wie seine Pflicht, sich der Vergangenheit zu stellen und einen jener Orte aufzusuchen, an dem seinem Volk größtes Leid angetan wurde. Als Kind hatte er in seiner Heimat gemeinsam mit seinen Eltern und Freunden die Holocaust-Gedenkstätte Yad Vashem besucht. Nur dunkel konnte er sich daran erinnern.

Er bestieg am Westbahnhof den Intercity nach Linz, nahm vom Linzer Hauptbahnhof aus den nächsten Regionalzug und landete am kleinen, frisch renovierten Bahnhof von Mauthausen. Dort angekommen, fragte er sich nach dem Weg zum KZ durch. Er dachte darüber nach, ob wohl auch sein Urgroßvater in einem der Züge von Dachau nach Mauthausen transportiert worden und am Bahnhof von Mauthausen angekommen war.

Zu Fuß war Salomon der Weg doch zu weit und so nahm er ein Taxi. Als er beim KZ ankam und aus dem Taxi stieg, empfing ihn ein kräftiger, frischer Wind. Auf dem Busparkplatz zu seiner Rechten zählte er acht große Reisebusse mit internationalen Kennzeichen. Italien, Tschechien, Polen, Deutschland und die Ukraine waren vertreten. Wer waren wohl die Besucher?, fragte er sich. Waren Überlebende unter ihnen? Waren es ihre Nachkommen? Oder einfach Menschen, die an der Geschichte dieses Ortes Interesse hatten?

Das KZ Mauthausen lag auf einer Anhöhe und er kam sich klein und unbedeutend vor. Auf der Homepage des Mauthausen-

Memorial hatte er sich zuvor einen Überblick verschafft und Salomon rief sich in Erinnerung, was er gelesen hatte: Mauthausen war das größte Konzentrationslager der ehemaligen Donau- und Alpenreichsgaue gewesen. Nur 20 Kilometer östlich von Linz gelegen, bestand es vom 8. August 1938 bis zu seiner Auflösung durch US-amerikanische Truppen am 5. Mai 1945. Im KZ Mauthausen und seinen zahlreichen Nebenlagern waren rund 100.000 Menschen ums Leben gekommen. Seit 1947 ist eine Gedenk- und Mahnstätte der Republik Österreich eingerichtet. Seit 1998 wird der 5. Mai, der Jahrestag der Befreiung des Konzentrationslagers, als nationaler Gedenktag gegen Gewalt und Rassismus im Gedenken an die Opfer des Nationalsozialismus begangen.

Nur zehn Tage nach dem Anschluss Österreichs an das Dritte Reich hatte Himmler in einer Rede in Linz die Aufstellung einer Standarte der Totenkopfverbände der SS angekündigt. Weil bis dahin die Totenkopfverbände ausschließlich in den KZs zum Einsatz gekommen waren, bedeutete dies die indirekte Ankündigung der Errichtung eines Konzentrationslagers. Noch im selben Monat wurde Gauleiter August Eigruber sehr präzise in seiner Aussage, als er ankündigte, es werde in Oberösterreich ein Konzentrationslager für die Volksverräter von ganz Österreich gebaut.

Am 29. April 1938 war in Berlin die Deutsche Erd- und Steinwerke GmbH, kurz DEST genannt, gegründet worden. Für die DEST war es von großem Vorteil, dass die Hauptverwaltung aller KZs bis zum März 1942 beim SS-Führungshauptamt und später beim SS-Wirtschafts- und Verwaltungshauptamt, also einem der Hauptämter der SS, lag. Dadurch wurde die gewollte wirtschaftliche Selbstständigkeit der SS vom Staatsapparat sichergestellt. So konnte die DEST von Beginn an auf ein schier endloses Reservoir an billigen Arbeitskräften zurückgreifen. Die DEST erwarb mehrere Steinbrüche oder schloss Pachtverträge mit den rechtmäßigen Eigentümern. Bei Mauthausen und Gusen lagen bedeutende Granitsteinbrüche und der Granit war ein wichtiger Baustoff für die von Hitler geplanten Bauten in der Führer-Stadt Linz.

Bereits am 16. Mai 1938 hatte die SS den Steinbruch Mauthausen in Betrieb genommen. Drei Monate später erfolgte die Übergabe der Steinbrüche an die DEST. Der Betrieb in Gusen wurde parallel dazu im Mai 1938 von der DEST erworben. Die ersten Häftlinge des KZ Mauthausen – es waren 300 an der Zahl – kamen vom KZ Dachau. Die meisten von ihnen waren Österreicher, die von Bewachern der SS-Totenkopfwache begleitet wurden. Der erste Lagerkommandant hieß Albert Sauer. Am 27. November 1938 traf der erste Zug mit Häftlingen am Bahnhof Mauthausen ein. Bereits am 9. Februar 1939 wurde Franz Ziereis Kommandant des Lagers.

Bis 1945 waren rund 200.000 Menschen mit mehr als 30 Nationalitäten in das KZ Mauthausen und seine 52 Nebenlager deportiert worden. Der Anteil an Frauen war sehr gering, nur etwa zwei bis drei Prozent, aber auch Jugendliche und Kinder wurden in Mauthausen inhaftiert und ermordet. Nur die Hälfte der Inhaftierten überlebte die Gräuel des KZ. Jeder Häftling mit Ausnahme der russischen Kriegsgefangenen erhielt eine Nummer in den Arm tätowiert. Die letzte vergebene Nummer lautete 139.317!

Das KZ Mauthausen wurde als Kategorie-III-Lager geführt. Schwerstbelastete, unverbesserliche kriminelle, vorbestrafte und asoziale Häftlinge sollten in Mauthausen der Vernichtung durch Arbeit zugeführt werden. Im Mai 1944 bestand die Wache aus vier SS-Führern, 128 SS-Unterführern und 475 Mann der Wachmannschaft.

Die Hauptaufgabe der ersten Häftlinge war es, die ersten vier Baracken zu bauen und im Steinbruch zu schuften. Nur wenige Monate später verfügte das Lager bereits über 14 Baracken und die Mehrzahl der Häftlinge wurde im Steinbruch eingesetzt. Später wurde das Lager in drei Sektionen unterteilt. Das Lager I wurde in den Jahren 1938 bis 1940 erbaut und umfasste 20 Baracken. Lager II bestand aus den Baracken 21 bis 24 und wurde im Jahr 1941 erbaut. Der dritte und letzte Abschnitt bestand aus sechs Baracken, die im Frühjahr 1944 erbaut wurden. Es gab zusätzlich ein Krankenlager, ursprünglich auch als Russenlager bezeichnet, südlich von Lager I gelegen und bestehend aus zehn Baracken, das in erster Linie als Sterbeasyl diente. Die SS-Wachen waren unermüdlich in ihrem Eifer und ihrem Einfallsreichtum, die Häftlinge zu quälen, ihnen ihre Würde zu rauben und sie systematisch zu zerstören.

Das Hauptlager wurde von einer 2,50 Meter hohen und 1668 Meter langen Steinmauer umgeben. Zusätzlich gesichert wurde die Mauer durch einen elektrisch geladenen Zaun mit 380 Volt. Nur im Norden des Lagers I befand sich keine Mauer, sondern nur ein elektrischer Zaun. Die Gesamtfläche der Lager I bis III inklusive Appellplatz betrug in etwa 25.000 Quadratmeter. Das Krankenlager umfasste weitere 15.000 Quadratmeter und das Zeltlager etwa 16.000 Quadratmeter.

War sein Urgroßvater auch durch dieses Tor, das er links sehen konnte, ins Lager gekommen oder gab es noch andere Eingänge?, fragte sich Salomon. Im Besucherzentrum erhielt er einen Ordner mit dem Plan der gesamten Anlage, und nachdem er sich einen Überblick verschafft hatte, beschloss er, als erstes in Richtung Todesstiege zu gehen. Die Steinträgerkommandos hatten mehrmals täglich Granitblöcke über die 186 Stufen der Todesstiege 31 Meter nach oben schleppen müssen. Die Todesstiege war der Ort zahlreicher Unfälle und Morde an den Häftlingen gewesen, verübt durch die SS-Wachmannschaft, aber auch durch die Kapos. Salomon schritt ehrfurchtsvoll die Stiege hinab, sich fragend, wie oft wohl sein Urgroßvater hier auf und ab gegangen war. Wie oft war er hier gestürzt? Am Fuße der Stiege las er die Inschrift:

Ihre heute gleichmäßigen und normal hohen Stufen waren zur Zeit des Konzentrationslagers willkürlich aneinandergereihte, ungleich große Felsbrocken der verschiedensten Formen. Die oft einen halben Meter hohen Felsbrocken erforderten beim Steigen größte Kraftanstrengung. Die SS vergnügte sich unter anderem damit, die letzten Reihen einer abwärts gehenden Kolonne durch Fußtritte und Kolbenhiebe zum Ausgleiten zu bringen, sodass sie im Sturze, ihre Vordermänner mitreißend, in einem wüsten Haufen hinunterkollerten. Am Ende eines Arbeitstages, wenn der Aufmarsch ins Lager mit einem Stein auf der Schulter begann, trieben die den Abschluss bildenden SS-Leute Nachzügler mit Schlägen und Tritten an. Wer nicht mit konnte, endete auf dieser Todesstiege.

Salomon war tief betroffen. Seine Augen wurden feucht, als ihn jemand von hinten ansprach: „Ich hatte immer großes Glück. Ich bin nie gefallen."

Salomon drehte sich um und sah in die Augen eines alten, gebrechlichen Mannes. Er musste wohl an die 90 Jahre alt sein. Auf einen Stock gebeugt sagte er: „Was führt Sie, junger Mann, hierher nach Mauthausen?"

„Mein Urgroßvater war Häftling in Mauthausen. Er ist im Juli 1944 bei einem Luftangriff der Alliierten auf die Hermann-Göring-Werke ums Leben gekommen."

„Wie hieß Ihr Urgroßvater?", fragte der alte Mann mit zitternder Stimme.

„Samuel Liebermann."

„Samuel Liebermann", wiederholte der alte Mann, hob den Blick zum Himmel und hoffte, er könnte sich an Samuel erinnern.

„Ich weiß nicht mehr. Ich bin schon sehr alt und vergesslich, aber ich glaube, ich bin Ihrem Urgroßvater nie begegnet. Ich habe mich noch gar nicht vorgestellt. Mein Name ist Abraham Baum. Ich wurde in Warschau geboren und kam als junger, kräftiger Mann ins Ghetto, später nach Auschwitz und 1943 nach Mauthausen. Ich habe als Einziger meiner Familie überlebt. Und glauben Sie mir, ich bin …", sagte er und rang nach Luft und den richtigen Worten. „… ich bin nicht stolz darauf! Mein Überlebenswille und meine Physis waren stärker als die Qualen der SS-Wachen. Nur so konnte ich das KZ überleben."

„Ich heiße Salomon Liebermann."

„Sie sind Jude, stimmt's?"

„Ja, das stimmt", erwiderte Salomon.

„Ich bin es auch, aber das Leben im KZ hat mir den Glauben genommen. Was ist das für ein Gott, der Menschen so unmenschlich handeln lässt?" Seine Stimme klang verbittert. „Ich komme jedes Jahr hierher, immer zum Jahrestag der Befreiung. Heuer war ich krank und so bin ich jetzt hier. Mein ältester Sohn begleitet mich. Er steht da drüben bei der Gruppe."

„Leben Sie wieder in Warschau?", fragte Salomon.
„Nein, wo denken Sie hin? Das Warschau meiner Kindheit und Jugend wurde ebenso zerstört wie mein Glaube an Gott. Ich bin nach Amerika ausgewandert und lebe in New York bei meinem Sohn. Er ist Investmentbanker, so wie ich es auch viele Jahre lang war. Normalerweise sitze ich um diese Uhrzeit im Central Park und beobachte die Tauben und die Menschen, die rastlos durch die Welt rennen. Früher habe ich viel gelesen, aber das strengt mich schon zu sehr an. Ich habe Zeit, viel Zeit ... Ich sitze oft mehrere Stunden da und tue nichts außer sitzen und beobachten. Wenn man so alt ist wie ich, dann muss man nur noch ein bisschen wollen, mehr nicht."
„Wo haben Sie so gut Deutsch gelernt?"
„Mein Vater war Pole, aber meine Mutter kam aus Frankfurt an der Oder."
„Wie alt sind Sie?"
„Ich werde nächsten Monat 91, wenn der da oben es zulässt", sagte der alte Mann und blickte in den Himmel, der wolkenverhangen und grau war. „Hat mich gefreut, Sie kennenzulernen. Ich darf doch Salomon zu Ihnen sagen?"
„Mich auch! Sie dürfen mich gerne Salomon nennen. Auf Wiedersehen."
„Vielleicht kann man Ihnen im Besucherzentrum helfen. Ich meine wegen ihres Urgroßvaters."
Langsam entfernte sich der alte Mann, auf den Gehstock gestützt, in Richtung der Besuchergruppe, die sich am Rande des Steinbruchs aufhielt. Unvermittelt hielt er inne, drehte sich noch einmal um und fragte: „Was hatte er denn für einen Beruf, Ihr Urgroßvater?"
„Er war Physiker!"
„Physiker ... Gut, dann war er einer von ihnen", sagte er, wandte sich wieder von Salomon ab und ging weiter.
Salomon lief dem Mann nach und rief: „Herr Baum, bitte warten Sie! Was haben Sie da eben gesagt? Er war einer von ihnen? Was heißt das?"
„Ich muss mich geirrt haben. Sie sagten doch, er starb bei einem Luftangriff auf die Hermann-Göring-Werke."

Salomon blieb beharrlich: „Was heißt, er war einer von ihnen?"

„Irgendwann – ich weiß nicht mehr genau, wann das war – da kam der Befehl von Himmler, dass alle Physiker und Chemiker in Mauthausen zusammengefasst werden sollten. Aus Dachau, Theresienstadt und Auschwitz wurden diese Männer nach Mauthausen überstellt, selektiert und die besten von ihnen schickte man nach Gusen."

„Wozu? Was hat man mit ihnen dort gemacht?"

„Das weiß ich auch nicht. Gegen Ende des Krieges haben die Nazis ihre Rüstungsbetriebe in unterirdische Anlagen verlegt. Auch in Gusen war das der Fall. Vielleicht hat man Ihren Urgroßvater in einem der Rüstungsbetriebe eingesetzt. Könnte ja sein. Fragen Sie im Besucherzentrum nach Ihrem Urgroßvater und fahren Sie nach Gusen. Hat mich gefreut, mich mit Ihnen zu unterhalten."

Abraham Baum reichte Salomon die Hand und entfernte sich langsam. Sein Sohn kam ihm entgegen und geleitete ihn zurück zu ihrer Reisegruppe.

Nach diesem Gespräch hatte es Salomon eilig, ins Besucherzentrum zu kommen.

„Wie kann ich Ihnen helfen", fragte ihn eine Frau, die er auf Mitte 30 schätzte und die einen sehr strengen Eindruck auf ihn machte.

„Mein Urgroßvater Samuel Liebermann war Häftling hier in Mauthausen. Ich möchte gern mehr erfahren."

Sie tippte den Namen in den Computer.

„Sind Sie sicher, dass Ihr Urgroßvater im KZ Mauthausen war? Es gab keinen Häftling mit dem Namen Samuel Liebermann."

„Sind Sie sich da ganz sicher?"

„Ja, absolut sicher!"

„Vielleicht probieren Sie die Schreibweise des Familiennamens mit kurzem i oder das Mann mit nur einem n."

„Leider auch Fehlanzeige – weder mit kurzem i noch mit einem n." Die Frau blickte über den Rand ihrer Brille zu Salomon. „Ich fürchte, ich kann Ihnen nicht helfen. Es tut mir leid."

Salomons Euphorie hatte sich augenblicklich in Luft aufgelöst. Traurig verließ er das Besucherzentrum und setzte die Besichtigung des Lagers fort. In der Gaskammer traf er Abraham Baum wieder.

„Es gab keinen Samuel Liebermann in Mauthausen."
„Hat man Ihnen das im Besucherzentrum gesagt?"
„Ja, ich war gerade dort."
„Dann war Ihr Urgroßvater sicher einer von ihnen. Die SS hat kurz vor der Befreiung des Lagers durch die Amerikaner jede Menge Akten vernichtet, wahrscheinlich auch die Ihres Urgroßvaters. Seien Sie nicht traurig", sagte der Mann. „Auf der Fahrt nach Mauthausen mit dem Zug aus Warschau befand sich ein Bursche, den ich aus Warschau kannte. Er hieß Benjamin. Wir sind im selben Haus aufgewachsen und haben oft gemeinsam im Hof oder auf der Straße gespielt. Wir hatten uns aus den Augen verloren, weil er nach Berlin gegangen war, um dort Chemie zu studieren. Er hatte die Aufnahmeprüfung für das Kaiser-Wilhelm-Institut geschafft und im Waggon nach Mauthausen trafen wir uns nach vielen Jahren rein zufällig wieder. Wir wohnten einige Zeit in der gleichen Baracke. Er war auch unter den Auserwählten, wie wir sie genannt haben. Man hat sie alle auf Befehl Himmlers in einer Baracke – es war, so glaube ich, die Nummer 21 – zusammengefasst und viele von ihnen ausselektiert. Nur die besten, die stärksten, die gesündesten unter ihnen durften bleiben. Den Rest haben die SS-Wachen wahrscheinlich gleich in die Gaskammer geschickt. Ich weiß nicht, was aus Ben geworden ist. Ich habe viel später einmal gehört, dass alle Chemiker und Physiker für die Rüstungsbetriebe arbeiten mussten."

Nach einer Pause fuhr er fort: „Ihr Urgroßvater hatte es besser als alle anderen Häftlinge im KZ. Die, die in den Rüstungsbetrieben arbeiten durften, bekamen bessere Verpflegung, bessere Unterkünfte und konnten sogar Prämienscheine bekommen, mit denen sie das Bordell bezahlen konnten. Ihnen ist die Gaskammer erspart geblieben. Vielleicht hat er sogar den Krieg überlebt. Wer weiß das schon."

Salomon hörte aufmerksam zu und verabschiedete sich ein zweites Mal von Abraham Baum.

„Danke", sagte Salomon. „Was Sie mir erzählt haben, ist sehr wichtig für mich. Mein Bruder und ich versuchen seit geraumer Zeit, mehr über unseren Urgroßvater zu erfahren."

Auf dem Weg hinaus aus dem Konzentrationslager rief er seinen Bruder David an und erzählte ihm, was er soeben erlebt hatte. Das KZ Gusen wollte er ein weiteres Mal in der kommenden Woche gemeinsam mit seinem Bruder besuchen.

In Begleitung von Hannah fuhren sie eine Woche später mit dem Auto nach Gusen und verbrachten die Nacht auf dem Hof von Hannahs Eltern. Am nächsten Tag wollten die drei die ersten Besucher des Memorials sein.

Salomon saß auf der Fahrt dorthin still auf dem Beifahrersitz und ließ seine Blicke in die Landschaft schweifen. Hannah hatte sich den Jeep ihres Vaters ausgeborgt. David saß mit geschlossenen Augen auf der Rückbank.

„Warst du schon mal hier?", fragte David, als Hannah gerade einparkte.

„Nein, auch ich bin das erste Mal hier", gab sie ihm zur Antwort. „In der Schule sind Ausflüge nach Mauthausen Pflicht, aber ich glaube, ich war damals krank und hab den Ausflug verpasst."

Hannah, Salomon und David betraten die Gedenkstätte und wurden von einem Mann freundlich begrüßt. „Wenn Sie Hilfe benötigen oder Fragen haben, dann helfe ich Ihnen gerne", fügte er hinzu und verschwand hinter der nächsten Ecke.

Schweigend, langsam dahinschreitend, betrachteten sie die Fotos und lasen die Gedenktafeln. Gelegentlich drang ein leises „Wahnsinn" oder „Unglaublich" an Hannahs Ohr, das lauter war als das Knirschen des Kieses, das sie mit jedem Schritt verursachten. Sie konnte nicht zuordnen, wer von den beiden gesprochen hatte. Hannah spürte die Betroffenheit und Trauer der beiden Brüder.

„Kommt, lasst uns fahren", sagte David auf dem Parkplatz stehend und in Richtung der Wohnhäuser blickend, die an das Memorial angrenzten. „Ich könnte hier nicht leben. Immer das Memorial vor Augen und wissen, dass mein Haus auf dem Gelände des ehemaligen Konzentrationslagers steht … Ich würde verrückt werden bei dem Gedanken, es könnten noch sterbliche Überreste eines Häftlings in meinem Garten vergraben sein."

„Ich glaube, dass man mit der Zeit einfach abstumpft und diese Gedanken nicht mehr aufkommen. Die Anrainer haben gelernt zu vergessen und zu verdrängen. Lasst uns lieber was essen gehen. Ich kann meinen Appetit jedenfalls nicht verdrängen", scherzte Hannah.

„Ich habe keinen Hunger", sagte Salomon, der sich die ganze Zeit hindurch sehr still verhalten hatte.

„Ich auch nicht", sagte David. „Aber du kannst gerne was essen, wenn du hungrig bist. Ich habe nur Durst." Und den hatte David immer.

„Dann fahren wir in den Ort in ein Gasthaus", sagte Hannah und setzte sich ans Steuer. „Ich lade euch ein. Vielleicht kommt der Appetit mit dem Essen." Und sie sollte recht behalten.

„Ist alles okay mit dir?" Hannahs Hand lag auf Salomons Schulter, als sie am Abend in ihrer Wohnung waren. „Du bist so still."

David hatte sich bereits in das Gästezimmer zurückgezogen. Er wollte noch mit Anna chatten. Er war dem Rat seines Bruders gefolgt und hatte wieder Kontakt mit ihr aufgenommen. Jeden Abend hatten sie Kontakt via Chat oder Skype.

„Ich kann es nicht in Worte fassen. Ich habe versucht, mir vorzustellen, wie unser Urgroßvater hier in Gusen gelebt hat. Wie hat er das Leben im Lager ertragen? Hat er gewusst, dass es ein Krematorium gab? Hat er gewusst, dass so viele Menschen hier zu Tode gebracht wurden? Wurde auch er misshandelt? Seit ich in Mauthausen war, geht mir das nicht mehr aus dem Kopf. Tausende Bilder verfolgen mich jede Nacht. Ich höre sie schreien, in ihrer Sträflingskleidung, spärlich bekleidet, nach Hilfe rufend. Ich höre, wie man nicht nur ihre Knochen, sondern auch ihre Seelen bricht. Warum kann der Mensch so grausam zu anderen sein, zu Menschen, die er gar nicht kennt? Was ist daran so schlimm oder so falsch, einen anderen Glauben zu haben?"

„Komm, beruhige dich", flüsterte Hannah. „Und schlaf ein. Versuche zu vergessen!"

Auch in dieser Nacht hatte Salomon Albträume. Schweißgebadet wachte er auf. Es war noch dunkel, kurz nach 3 Uhr morgens. Er ging ins Bad, wusch sich das Gesicht und trank einen Schluck Wasser. Er blickte in den Spiegel, sah die dunklen Ringe um seine Augen und fühlte sich in diesem Augenblick, gerade mal in den Zwanzigern, unsagbar alt. Er ging die Treppe hinab, bog links ab in die Küche und schenkte sich ein Glas Milch ein. Er trat ans Fenster und blickte in die sternenklare Nacht.

Salomon erschrak, als Franz in die Küche kam und das Licht aufdrehte. „Als ich so jung war wie du habe ich jede Nacht durchgeschlafen. Was lässt dich nicht schlafen?", fragte der Salomon.

„Ich habe schlecht geträumt."

„Vom KZ, stimmt's?"

„Ja!"

„Das war eine sehr schlimme Zeit. Aber du wirst sehen, auch das vergeht wieder. Nach meinem ersten Besuch in Mauthausen ist es mir auch nicht anders ergangen und ich finde das ist auch gut so. Wir sind Menschen mit Wissen und Gewissen."

Franz öffnete den Kühlschrank und nahm ein Stück Käse heraus, legte es auf ein Holzbrett und schnitt das ganze Stück in kleine Würfel.

„Komm, greif zu", forderte er Salomon auf, neben ihm Platz zu nehmen. „Es ist gut, dass du jemanden zum Reden hast. Die meisten Häftlinge, die das KZ überlebt haben, hatten nach ihrer Befreiung niemanden, mit dem sie reden konnten. Sie mussten mit ihrem Schmerz ganz alleine fertig werden. Du hast Hannah, du hast David, du hast Eltern und Geschwister und du hast uns, Maria und mich. Wenn du jemanden zum Reden brauchst, nur zu."

Schweigend aßen sie den Käse, Salomon trank seine Milch dazu. Franz ging zum Kühlschrank und nahm ein kleines Glas mit einem Schraubverschluss heraus. „Probier das mal", forderte er Salomon auf.

Franz leerte ein kleines Häufchen auf das Jausenbrett und Salomon griff zu. Im nächsten Augenblick musste er niesen und die Augen wurden feucht.

„Was ist das denn?"

„Frisch geriebener Kren aus unserem Garten", sagte Franz. „Der reinigt die Nase und befreit das Gehirn! Du solltest dich wieder hinlegen und schlafen."

Salomon erhob sich von der Bank und ging in Richtung Tür. „Warum kannst du nicht schlafen?", wollte er wissen.

„Immer, wenn ich an einem Projekt arbeite, dann ist mein Gehirn überaktiv und ich muss etwas tun. Mein Schlafrhythmus ändert sich, ich arbeite in der Nacht und erhole mich tagsüber."

„Wie geht es Maria dabei?"

„Die kennt mich nicht anders. Damit sie ungestört schlafen kann, habe ich mir im Büro ein Bett eingerichtet."

„Gute Nacht", sagte Salomon und verschwand. Eigentlich hatte er Franz noch fragen wollen, woran er gerade arbeitete. Das hat Zeit bis morgen, dachte sich Salomon, als er über die knarrende Holztreppe ins Obergeschoss ging.

Franz hatte die Negative auf Posterformat entwickelt und in der Dunkelkammer aufgehängt. Hannah hatte ihm die richtige Reihenfolge der Bilder verraten, ohne ihm aber zu sagen, wie sie dieses Rätsel gelöst hatte. Er war sich ziemlich sicher, dass die Reihenfolge nicht stimmte, aber das war nebensächlich. Man konnte sehr gut den Fortschritt der Bauaktivitäten erkennen und auch die Vegetation ließ Schlüsse auf die Jahreszeit zu. Seit Stunden schon betrachtete er die Bilder unter der Lupe. Da war etwas, was ihn stutzig machte und was er die ganz Zeit gesehen, aber nicht richtig eingeordnet hatte. Plötzlich fiel es ihm wie Schuppen von den Augen: Es gab immer mehr kleine Wege, die in die umliegenden Waldflächen führten, um dort im Nichts zu enden. *Bergkristall* hatte einen Haupteingang gehabt, es musste aber mehrere kleinere Nebeneingänge gegeben haben. Genau das war es! In diesen Waldstücken mussten diese zu finden sein.

Franz erlebte einen besonderen Moment des Glücks und trank zufrieden von der Flasche Bier, die er sich aus dem Kühlschrank seines Büros genommen hatte. Franz merkte nicht, dass er – wie die letzten Nächte auch – beobachtet wurde.

B8.27

David war in seinem Element, saß vor seinem nagelneuen Laptop, sprach ruhig und kompetent in seinem besten Deutsch. Er hatte die Präsentation erst in der letzten Nacht fertiggestellt und wenig geschlafen, aber das merkte ihm keiner an. Der Mini-Beamer surrte leise und projizierte seine Charts auf eine weiße Wand hinter ihm. Der Raum war abgedunkelt. Er war nicht allein im Raum, man konnte sie alle atmen hören.

„Unsere Geschichte beginnt im Jahr 1934, als der italienische Physiker Enrico Fermi an der Sapienza-Universität von Rom chemische Elemente, unter anderem auch Uran, mit Neutronen bestrahlte und dabei künstliche radioaktive Elemente erzeugte. Damals glaubte man, dass durch die Bestrahlung die Masse der Atomkerne zunimmt und sich immer neue Elemente durch Kernreaktion erzeugen lassen. Der deutsche Chemiker Otto Hahn und die österreichische Physikerin Lise Meitner überprüften in den folgenden Jahren am Kaiser-Wilhelm-Institut in Berlin die Experimente von Fermi und waren der Meinung, einige neue Elemente, sogenannte Transurane, nachgewiesen zu haben. Im Juli 1938 musste Lise Meitner, die Jüdin war, Nazi-Deutschland verlassen. Dank der Hilfe von Hahn gelang ihr die Emigration über Holland nach Schweden. Otto Hahn, am 8. März 1879 in Frankfurt am Main geboren, blieb während des gesamten Krieges in Deutschland. Er war kein Nationalsozialist, ganz im Gegenteil. Er trat sehr engagiert gegen die NS-Behörden auf und widersetzte sich wiederholt der Aufforderung, der NSDAP beizutreten. Zusammen mit seiner ebenfalls sehr couragierten Ehefrau Edith gelang es ihm, sich immer wieder erfolgreich für verfolgte Institutsangehörige und Privatpersonen einzusetzen und sie vor dem Fronteinsatz oder der Deportation zu bewahren. Hahn setzte nach der Flucht von Meitner seine Experimente mit seinem Assistenten Fritz Straßmann fort.

Am 17. Dezember 1938 gelang ihnen erstmalig der Nachweis einer durch Neutronen induzierten Kernspaltung von Uran anhand von Barium-Isotopen, die beim Beschuss von Uran entstanden. In einem Brief an Lise Meitner zwei Tage nach den Experimenten sprach Hahn zum ersten Mal von einem Zerplatzen des Urankerns. Lise Meitner befand sich gemeinsam mit ihrem Neffen Otto Frisch, dem ebenfalls die Emigration gelungen war, in der Nähe von Göteborg und wollte dort Weihnachten feiern. Hahn veröffentlichte seine Ergebnisse am 6. Jänner 1939 in der Zeitschrift Naturwissenschaften. In einem Folgeartikel, den er am 10. Feber 1939 herausbrachte, sprach Hahn bereits von einer Möglichkeit der Energiegewinnung mithilfe einer kontrollierten Kettenreaktion. Meitner und Frisch gelang es im Jänner 1939, die Experimente von Hahn und Straßmann kernphysikalisch zu deuten. Sie konnten wissenschaftlich nachweisen, dass die Uranatome in kleine Bestandteile zerplatzt waren, wie es Hahn bezeichnet hatte. Sie veröffentlichten ihre Ergebnisse in einem kurzen Artikel in der Zeitschrift Nature, der am 11. Februar 1939 erschien. Frisch informierte den dänischen Quantenphysiker Niels Bohr, der kurz darauf – noch vor der Veröffentlichung von Meitners Artikel – am 26. Jänner 1939 im Rahmen eines Vortrages auf der fünften Konferenz für Theoretische Physik in Washington D.C. die Entdeckung Hahns auch in den USA bekannt machte. Die Crème de la Crème der westlichen Welt der Physik und Chemie war schlagartig über die sensationellen Ergebnisse Hahns informiert.

Auch in Frankreich wurden durch den Physiker Frédéric Joliot die Experimente Hahns wiederholt. Er beobachtete, dass bei jeder Spaltung des Urankerns zwei bis drei Neutronen freigesetzt wurden und somit die Möglichkeit einer Kettenreaktion grundsätzlich gegeben schien.

Da bei der Spaltung des Urans eine relativ große Menge Energie freigesetzt wurde, war ab dem Februar 1939 die prinzipielle Möglichkeit einer technischen Nutzung für friedliche, aber auch militärische Zwecke sowohl in Deutschland als auch im Rest der Welt bekannt. Otto Hahn gilt seither als Vater der Kernchemie. Für seine Arbeiten an der Kernspaltung erhielt er

1944 den Nobelpreis für Chemie. Während des Krieges arbeitete Hahn zusammen mit einigen Mitarbeitern an den Spaltreaktionen des Urans weiter. Bis 1945 gelang es ihm trotz der eingeschränkten und kriegsbedingt widrigen Arbeitsbedingungen, eine Liste von 25 nachgewiesenen Elementen und 100 Isotopen aufzustellen."

David machte eine kurze Pause, trank einen Schluck Wasser und setzte fort: „In der Nacht vom 11. auf den 12. Februar 1944 wurde Berlin schwer unter Beschuss genommen. Eine Bombe traf das Kaiser-Wilhelm-Institut so schwer, dass Hahn mit den intakten Resten des Institutes in den Süden, der bis dahin von den Alliierten Bombern noch weitgehend verschont geblieben war, nach Taifingen in Württemberg übersiedeln musste. Otto Hahn und seine Frau bezogen zwei Zimmer in der Villa des Fabrikanten Ludwig Hakenmüller. In dessen alter Textilfabrik konnte Hahn seine Forschungsarbeiten bis zum Ende des Zweiten Weltkrieges fortsetzen.

Bei Kriegsende im April 1945 wurde Hahn von Spezialeinheiten der Alsos-III-Mission in Taifingen, dem heutigen Albstadt, festgenommen und mit weiteren deutschen Physikern in einem Landhaus nahe Cambridge, England, interniert. Mit ihm interniert waren unter anderem Carl Friedrich von Weizsäcker, Werner Heisenberg, Walter Gerlach und Max von Laue. Sie alle hatten im sogenannten Uran-Verein an der Entwicklung eines Uranreaktors gearbeitet und waren in ihrem Landhaus von der Öffentlichkeit vollkommen isoliert.

Wie gesagt, bereits zu Beginn des Jahres 1939 war einer großen Anzahl von Wissenschaftlern diesseits und jenseits des Atlantiks das enorme Potenzial der Kernspaltung bekannt – sowohl zur Energiegewinnung in einem Reaktor als auch für den militärischen Einsatz. In den USA dauerte es aber bis zum Jahr 1942, bis zum Start des Manhattan Projekts, bis man sich tatsächlich zielorientiert damit beschäftigte.

Unter der Leitung von General Growes wurden alle Entwicklungen zum Bau einer Atombombe gebündelt – übrigens das erste Projekt in der Geschichte, bei dem eine systematische Qualitätssicherung eingeführt und betrieben wurde. Schließlich drängte die Zeit und in den USA wusste man, dass auch Nazi-Deutschland an der Atombombe forschte und der Ausgang des Krieges ganz wesentlich von dieser ‚Wunderwaffe' abhängen konnte. Die Forschungsarbeiten wurden vom Physiker Robert J. Oppenheimer geleitet. Ab 1943 gab es auch eine Kooperation mit kanadischen und britischen Wissenschaftlern, die ihr eigenes Kernwaffenprojekt unter dem Tarnnamen Tube Alloys verfolgten.

Auch die Sowjetunion und Japan betrieben in den vierziger Jahren intensive Forschungen. Den Japanern gelang unter der Leitung von Yoshio Nishina der Bau eines lauffähigen Atomkraftwerkes in Tokio, das aber im Jahr 1945 kurz vor der Inbetriebnahme bei einem Luftangriff der Amerikaner zerstört wurde. In Deutschland arbeitete eine Gruppe um den Physiker Werner Heisenberg am sogenannten Uranprojekt, aber dazu später mehr. Wie gesagt: Die USA konzentrierten ihren Bemühungen zum Bau der Atombombe im Manhattan Projekt.

In den Jahren zwischen dem Ersten und dem Zweiten Weltkrieg wanderten viele führende Wissenschaftler aus Europa aus und setzten ihre Arbeiten in den USA fort. Bis zum Beginn des Zweiten Weltkriegs im Herbst 1939 entwickelten die Immigranten gemeinsam mit ihren amerikanischen Kollegen die Grundlagen der Nuklearphysik anhand des Zyklotrons, dem Van-de-Graff-Beschleuniger und der künstlichen Herstellung von Radioisotopen. Die aus Ungarn geflüchteten Wissenschaftler Leó Szilárd, Edward Teller und Eugene Wigner vertraten mit großem Nachdruck die Ansicht, dass Nazi-Deutschland sein Wissen über die Kernspaltung zum Bau einer Bombe nutzen könnte. Sie überzeugten Albert Einstein, den bekanntesten deutschen Physiker und Immigranten, dem amerikanischen Präsidenten Roosevelt einen Brief zu schreiben und ihn vor diesem Szenario zu warnen. Dank der vielen Berichte des Geheimdienstes zum Bau der ‚Wunderwaffe' und vermutlich auch aufgrund des Briefes von Einstein an Roosevelt wurde am 2. August 1939 beschlossen, die Entwicklung voranzutreiben. Bis zum Sommer 1941 machte das Projekt keine großen Fortschritte.

Erst als es Otto Frisch und Rudolf Peierl, die im Exil in England lebten, erstmalig gelang, die extrem hohe Sprengkraft einer sehr kleinen Menge des spaltbaren Uranisotops ^{235}U zu berechnen, änderte sich das. Diese entspricht dem Äquivalent von mehreren Tausend Tonnen TNT! Einen Tag vor dem Angriff der Japaner auf Pearl Harbour, am 6. Dezember 1941, traf Roosevelt die Entscheidung zur Gründung des S-1-Komitees. Von da an kam Bewegung in das Projekt. In mehreren Laboren wurden die Anstrengungen verstärkt und waffenfähiges Material erzeugt. ^{235}U wurde aus Uranerz separiert und größere Mengen Plutonium gewann man durch den Beschuss von Uran mit Neutronen. Das Uranerz stammte aus einer Mine im Kongo und wurde von der belgischen Union Miniere du Haut Katanga geliefert.

Im Dezember 1941 traten die USA in den Zweiten Weltkrieg ein. Zum damaligen Zeitpunkt liefen bereits mehrere Projekte zur Separierung der Uran-Isotope, der Produktion von Plutonium und der Durchführung von Kernexplosionen. Zu Beginn des Jahres 1942 begann man mit dem Bau großer Industrieanlagen zur Herstellung dieser Materialien.

Oppenheimer selbst forschte im Frühjahr 1942 hinsichtlich der Frage, wie sich Neutronen bei einer Kettenreaktion verhalten und wie eine Explosion, die durch die Kettenreaktion ausgelöst wird, verlaufen kann. Im Juni 1942 veranstaltete Oppenheimer an der University of California in Berkeley einen Forschungssommer. Zahlreiche Teilnehmer vertraten die Meinung, dass es möglich sei, eine Bombe auf Basis der Kernspaltung herzustellen. Zum Start der Kettenreaktion sei aber eine kritische Masse notwendig. Die Menge an Explosivstoff musste zudem groß genug sein, damit die durch die Kernspaltung frei werdenden Neutronen weiterer Kerne gespalten werden können, um so die Kettenreaktion am Laufen halten zu können. Das Problem lag nun im gezielten Start der Kettenreaktion. Zwei verschiedene technische Lösungen wurden skizziert: Im sogenannten gun-type werden zwei unterkritische ^{235}Uran-Massen aufeinander abgefeuert. Beim implosion type bedient man sich einer unterkritischen Plutoniummasse, die von einer Hohlladung von konventionellem Sprengstoff umgeben und gezündet wird. Edward Teller erkannte als Erster noch eine weitere Möglichkeit und entwickelte schon frühzeitig die Idee der Wasserstoffbombe. Durch die Ummantelung der Spaltbombe mit Deuterium oder Tritium lässt sich, wie wir heute wissen, die Sprengkraft einer Atombombe noch deutlich verstärken. Tellers Idee wurde aber lange von Wissenschaftskollegen abgelehnt und erst Jahre später zur Realisierung gebracht. Die Ergebnisse der Oppenheimerschen Sommerkonferenzen bildeten die theoretischen Grundlagen zum Bau der Atombombe und der Wasserstoffbombe.

Im Sommer 1942 berichteten die Geheimdienste von einer signifikanten Steigerung der Deuterium-Produktion im Werk von Norsk Hydro, das von Nazi-Deutschland besetzt war. Beunruhigt darüber wurde das bis dahin wissenschaftlichen Zwecken dienende Projekt eines Atomenergie-Entwicklungsprogramms in ein militärisches Projekt zur Entwicklung schlagkräftiger Kernwaffen umgewandelt. Am 16. September 1942 wurde Brigadegeneral Leslie R. Groves zum Hauptverantwortlichen des Projektes bestellt. Unter größter Geheimhaltung wurde in der Wüste von New Mexico in der Nähe von Los Alamos mit dem Bau einer Forschungsanstalt, genannt Site Y, bestehend aus Laboranlagen und Werkstätten, begonnen. Robert Oppenheimer war der Leiter der Kernwaffenforschung. Das Projekt erhielt den Namen Trinity. Bis zu 100.000 Mitarbeiter umfasste das Manhattan-Projekt, das auf mehrere Standorte verteilt war. Die Gesamtkosten betrugen etwa 2 Milliarden US-Dollar.

Ungefähr 250 Kilometer südlich von Los Alamos fand am 16. Juli 1945 der Trinity-Test mit einer Plutonium-Bombe, die die Sprengkraft von 21 Kilotonnen TNT besaß, statt. Als einziger ziviler Beobachter durfte der Journalist William Laurence mit ausdrücklicher Genehmigung der US-Regierung den Test aus einer gesicherten Entfernung von neun Kilometern zusammen mit weiteren 260 Beobachtern verfolgen."

„Und was hat das alles mit uns zu tun?", fragte ein Teilnehmer gelangweilt.

„Wir haben diesen wissenschaftlichen Teil gleich hinter uns und können uns den neuesten Erkenntnissen widmen." David nahm einen kräftigen Schluck Wasser, erhob sich von seinem Stuhl und setzte fort: „Der Testort Trinity Site wurde von den Amerikanern im Jahr 1975 zu einem historischen Ort erklärt und ist seither so etwas wie eine Pilgerstätte für Patrioten und Kernwaffenanhänger. Er liegt mitten in einem militärischen Sperrgebiet und ist nur zweimal im Jahr am ersten Samstag im April und Oktober offiziell zugänglich. An der Stelle, wo die erste Bombe gezündet wurde – sie befand sich auf einem 30,50 Meter hohen Stahlturm und hieß The Gadget –, steht heute ein schwarzer Obelisk. Ursprünglich hatte der Test um 4 Uhr morgens starten sollen, wegen des schlechten Wetters verschob man jedoch die Zündung. Um exakt 5:29:45 Uhr lokale Zeit erfolgte die Explosion mit einem Äquivalent von 21 Kilotonnen TNT. Der Krater hatte eine Tiefe von drei Metern und maß 330 Meter im Durchmesser. Die Druckwelle war bis zu einer Entfernung von 160 Kilometern zu spüren. Der erste Atompilz der Geschichte erreichte eine Höhe von fast zwölf Kilometern. Durch die enorme Hitze schmolz der Sand, zurück blieb ein grün gefärbtes Glas, das man seither Trinitit nennt.

Das gesamte Manhattan-Projekt war unter strengster Geheimhaltung abgelaufen und so musste auch der Test vertuscht werden. Der Öffentlichkeit sagte man, es sei ein Munitionslager in die Luft gegangen. Erst nachdem die erste Atombombe erfolgreich über Hiroshima abgeworfen worden war, gab man den wahren Grund der Detonation in der Wüste von New Mexico öffentlich bekannt. Offiziellen Meldungen zufolge hatte man in den USA bereits an zwei Atombomben gearbeitet zu jenem Zeitpunkt, als der Test südlich von Los Alamos erfolgreich über die Bühne gegangen war. Ein Einsatz auf deutschem Gebiet wurde in Erwägung gezogen. Da die Alliierten aber im Frühjahr 1945 nicht mehr zu stoppen waren und sich ein Ende des Krieges in Europa abzeichnete, verlagerten die USA ihren Fokus auf Asien.

Im April 1945 kündigte die Sowjetunion das im Jahr 1941 geschlossene Neutralitätsabkommen mit Japan. Die Sowjets versprachen den USA erst drei Monate nach Kriegsende in Europa, in den Pazifikkrieg gegen Japan aktiv einzugreifen. Dies wäre am 8. August der Fall gewesen. Die Amerikaner hatten ein berechtigtes Interesse, den Krieg gegen Japan so schnell wie möglich zu beenden, befürchteten sie doch, dass die Sowjetunion ihren Expansionsdrang auch auf das japanische Hoheitsgebiet ausdehnen könnte. Im Mai 1945 tagte in Los Alamos eine Kommission, deren Aufgabe es war, die möglichen Einsatzorte der Bomben festzulegen. Man einigte sich auf bisher nicht bombardierte japanische Großstädte mit kriegsrelevanter Industrie. Kyoto, Hiroshima, Yokohama und Kokura kamen als mögliche Ziele in die engere Auswahl. Tokio mit dem Sitz des Kaiserpalastes kam für die US-Militärs definitiv nicht infrage.

Am 6. und 9. August 1945 wurden die ersten Atombomben auf bewohntes Gebiet abgeworfen. Das stellte einen Wendepunkt in der Kriegsführung dar und trug zur raschen Kapitulation Japans bei. Während der Abwurf der ersten Bombe auf Hiroshima am 6. August planmäßig erfolgte, sollte die zweite Bombe zunächst auf Kokura abgeworfen werden. Wegen Schlechtwetters entschied man sich für den Abwurf auf Nagasaki. Das Zentrum wurde dabei klar verfehlt, da der Bomber schon wenig Treibstoff an Bord hatte. So fiel auch die Zahl der Opfer geringer aus als geplant.

Bei den beiden Atomexplosionen wurden insgesamt 92.000 Menschen sofort getötet, weitere 130.000 Menschen starben an den Folgen der Verstrahlung. Kaiser Hirohito gab kurz nach den Abwürfen am 15. August 1945 die Beendigung des Krieges bekannt. Während in Europa der Krieg am 8. Mai mit der Kapitulation der Deutschen Wehrmacht endete, fand der Zweite Weltkrieg in Asien erst vier Monate später am 2. September 1945 seinen Abschluss. Alles, was ich bisher gesagt habe, steht so in den Geschichtsbüchern und ist allgemein bekannt.

Auch die Sowjetunion arbeitete schon während des Zweiten Weltkriegs an der Nutzung der Kernspaltung. Wir wissen aber nur so viel, dass die Arbeiten erst nach dem Krieg so richtig in Schwung kamen. Dies lag unter anderem auch daran, dass viele Wissenschaftler und Forscher – man schätzt, dass es etwa 300 waren – in sowjetische Kriegsgefangenschaft geraten sind und ihr Wissen in den Dienst der Kommunisten stellen mussten. Insgesamt wurden drei der vier deutschen Zyklotrone, mehrere starke Magnete, Transformatoren, Elektronenmikroskope, Oszilloskope und viele andere wichtige Laborgeräte in die UdSSR gebracht.

Kommen wir nun zum deutschen Uranprojekt. Offiziellen Berichten zufolge haben die Deutschen unmittelbar nach den bahnbrechenden Experimenten von Hahn und Straßmann die Tragweite der technischen Möglichkeiten der Kernspaltung zwar erkannt, es aber bis Kriegsende nicht geschafft, nennenswerte technische Erfolge zu verzeichnen. Spekulationen, wonach Hitler kurz davor stand, die ‚Wunderwaffe' zum Einsatz bringen zu können, gab es während des Krieges immer wieder. Vor allem die Amerikaner haben den Mythos geschürt.

Im April 1939 hielt der Göttinger Physiker Wilhelm Hanle einen viel beachteten Vortrag und stellte darin seine ‚Uranmaschine', einen Kernreaktor zur friedlichen Nutzung der Kernspaltung, vor. Sein Kollege Georg Joos war unter den Zuhörern und wenige Tage später berichtete er dem Reichserziehungsministerium über die Möglichkeiten zur friedlichen, aber auch militärischen Nutzung der Kernspaltung. Bereits am 29. April 1939 wurde durch das Reichserziehungsministerium eine Expertenkonferenz in Berlin einberufen. Neben Hanle und Joos waren auch andere namhafte Physiker anwesend. Otto Hahn blieb der Konferenz fern, wofür er ausdrücklich gerügt wurde. Die Versammlung fasste im Wesentlichen *drei* Beschlüsse: Es sollte erstens ein Uranbrenner, sprich Kernreaktor, entwickelt und gebaut werden. Zweitens sollten alle Uranvorräte in Deutschland sichergestellt werden, und drittens sollten alle führenden deutschen Kernphysiker zu einer Forschungsgruppe zusammengeführt werden. Die Gruppe erhielt den formalen Titel Arbeitsgemeinschaft für Kernphysik, geläufiger war aber die Bezeichnung ‚Uranverein'.

Die Forschungen sollten in Berlin an der Physikalisch-Technischen Reichsanstalt und in Göttingen an der Universität vorangetrieben werden. Auch das Oberkommando des Heeres bereitete parallel dazu ein eigenes Forschungsvorhaben vor. Treibende Kraft dahinter waren der Hamburger Paul Harteck und sein Assistent Wilhelm Groth, die sich mit ihrer Idee schriftlich direkt an das Oberkommando des Heeres gewandt hatten. Kurt Diebner war als Fachmann des Heeres für Sprengstoffe und Kernphysik seitens der Wehrmacht mit dem Schreiben von Harteck und Groth befasst und ließ mit Mitteln des Heeres umgehend südlich von Berlin, in Kummersdorf, ein Forschungslabor einrichten. Diebner wurde zum Leiter einer neuen Kernforschungsabteilung im Heereswaffenamt ernannt. Die Heeresleitung befahl der Physikalisch-Technischen Reichsanstalt, ihre Aktivitäten unverzüglich einzustellen, und alle Aktivitäten in dieser Richtung wurden unter Geheimhaltung gestellt.

Im September 1939, unmittelbar nach Kriegsbeginn, wurden Deutschlands führende Köpfe der Kernphysik nach Berlin ins Kaiser-Wilhelm-Institut für Physik beordert. Nur wenige folgten dem Ruf, erklärten sich aber bereit, am Projekt mitzuarbeiten. Für viele unter ihnen war neben dem Forscherdrang die Befreiung vom Wehrdienst ein entscheidendes Motiv zur Mitarbeit. Dem damaligen Direktor des Kaiser-Wilhelm-Instituts, dem Holländer Peter Debeye, wurde nahegelegt, die deutsche Staatsbürgerschaft anzunehmen oder abzudanken. Er entschied sich für letzteres und kehrte nach einem Aufenthalt in den USA nicht mehr nach Berlin zurück. Das Heereswaffenamt schlug Diebner als Leiter des Instituts vor, was aber von der Kaiser-Wilhelm-Gesellschaft abgelehnt wurde. So wurde Diebner interimistisch als kommissarischer Leiter eingesetzt.

Werner Heisenberg, geboren am 5. Dezember 1901 in Würzburg, der 1932 für die nach ihm benannte Heisenbergsche Unschärferelation den Nobelpreis für Physik erhielt, wurde als Berater an das Institut geholt und am 1. Oktober 1942 zu dessen Leiter bestellt. Alle Forschungsergebnisse wurden in den Kernphysikalischen Forschungsberichten, die als streng geheim klassifiziert waren, veröffentlicht. Die Zahl der gedruckten Exemplare wurde vom Heeresamt streng limitiert und auch den Autoren war es untersagt, Kopien anzufertigen oder zu behalten.

Beim drei Jahre später gestarteten Manhattan-Projekt der Amerikaner entschied man sich zugunsten des preiswerten Graphits als Bremssubstanz für einen möglichen Uranreaktor. Heisenberg fand hingegen heraus, dass schweres Wasser eine bessere Wirkung hatte als Graphit, wofür man sich in Deutschland auch letzten Endes entschied.

Für den Betrieb eines Uranreaktors benötigte man große Mengen von hochreinem Uran und schwerem Wasser. Beide

Materialien waren zur damaligen Zeit schwer verfügbar. Zu Beginn des Krieges gab es nur die Norsk Hydro, die in ihrem Werk in Vermork bei Rjukan nennenswerte Mengen dieses Stoffes herstellen konnte. Ende 1939 betrug die monatliche Produktion maximal zehn Kilogramm. Den Aufbau einer eigenen Produktion schien in Deutschland niemand in Erwägung zu ziehen. So schickte man eine Delegation der I.G. Farben nach Norwegen mit dem Ziel, alle Vorräte der Norsk Hydro aufzukaufen. Der französische Geheimdienst kam den Deutschen aber zuvor und ließ den gesamten Vorrat nach Paris transportieren, wo der Physiker Joliot-Curie seine Experimente zur Spaltung von Uran durchführte. Im April 1940 besetzte daraufhin das deutsche Heer Norwegen und marschierte am 3. Mai 1940 in Rjukan ein. Die einzige Produktionsstätte für schweres Wasser fiel in die Hände der Nazis. Die Lager waren geräumt und die Heeresleitung war gewarnt, als man wusste, dass man auch andernorts mit schwerem Wasser experimentierte.

Anfang 1940 arbeitete man an drei unabhängigen Standorten in Deutschland – Berlin, Kummersdorf und Hamburg – am Uranbrenner und jeder von ihnen benötigte Uran als wichtigsten Rohstoff. Ein regelrechter Wettlauf zwischen den Instituten und Standorten entbrannte.

Mitte Juni 1940 fiel Paris. Joliot-Curie war nicht wie seine Kollegen nach England geflohen und Diebner, der ihn kurz nach der Eroberung von Paris in seinem Labor aufsuchte, gelang es, ihn zur Weiterarbeit an zivilen Projekten zu bewegen. Joliot-Curie war gerade dabei, einen Teilchenbeschleuniger zu bauen. Diebner wollte ihn fertigstellen.

Im Herbst 1940 begannen in Berlin die Bauarbeiten am Uranmeiler. Das Projekt erhielt den Codenamen Virus-Haus, um neugierige Blicke fernzuhalten. Auch den deutschen Forschern war klar, dass zur Herstellung der Uranbombe, wie sie sie nannten, Natururan als Rohstoff nicht infrage kam. In Natururan beträgt der Anteil an spaltbarem ^{235}U nur etwa 0,7 Prozent. 1942 schlug der Physiker Ewald Heinz einen Weg zur Anreicherung vor. Manfred von Ardenne, der in Berlin ein Forschungslabor für Elektronenphysik leitete, griff diese Idee auf und baute den ersten Prototypen.

Gleichfalls aus dem Forschungslabor von Ardenne kam durch den Physiker Houtermans der Vorschlag, in einem Uranbrenner aus dem häufiger vorkommenden ^{238}U das leicht spaltbare Plutoniumisotop ^{239}Pu herzustellen. Friedrich Georg Houtermans fasste seine Theorien und Erkenntnisse in einem geheimen Forschungsbericht mit dem Titel ‚Zur Frage der Auslösung von Kern-Kettenreaktionen' zusammen. Die Mitglieder des Uranvereins erhielten Houtermans Bericht, schenkten ihm aber wenig Beachtung.

Viele der Mitglieder des Uranvereins hatten je länger die Arbeiten dauerten Skrupel in Bezug auf die Frage, inwieweit sie sich überhaupt noch im Uranverein engagieren sollten. Auch Heisenberg äußerte Bedenken gegenüber seinem früheren Mentor Niels Bohr, den er am 21. September 1941 in Kopenhagen traf.

Ende 1941 geriet die deutsche Kriegswirtschaft nach dem Russlandfeldzug immer mehr unter Druck. Das Uranprojekt schien keinen schnellen Erfolg mehr zu bringen und wurde wie eine heiße Kartoffel herumgereicht. Das Heereswaffenamt zog sich aus dem Projekt zurück und reichte es an den Reichsforschungsrat weiter. Zur Jahreswende 1941/42 war Abraham Esau, dem es zu Kriegsbeginn entzogen worden war, wieder für das Projekt zuständig. Aufgeben wollte man nicht, aber es fehlte an Elan und Konsequenz. Die Leuna-Werke sollten eine Anlage zur Produktion von schwerem Wasser bauen und in Frankfurt sollte durch die Degussa ein Werk zur Urananreicherung gebaut werden. Die norwegische Schwerwasser-Anlage bei Norsk Hyrdo wurde Opfer einer Sabotageaktion. Acht norwegischen Widerstandskämpfern gelang es im Februar 1943, in das Werk einzudringen und 18 Elektrolysezellen durch Sprengsätze zu zerstören. Einige Monate später, am 16. November 1943, wurde die Fabrik endgültig durch britische Bomber zerstört. Die Anlage zur Konzentrierung von Schwerwasser blieb zwar erhalten, das Kraftwerk war jedoch durch die Bombenschäden vollständig lahmgelegt. Die Deutschen versuchten noch, die Lagerbestände abzutransportieren, aber auch die Eisenbahnfähre wurde am 20. Februar 1944 von norwegischen Widerstandskämpfern versenkt.

Kurz und gut – so weit wir aus den Archiven wissen, haben es die Nazis nicht geschafft, einen funktionierenden Uranbrenner zu bauen oder genügend waffenfähiges Uran oder Plutonium anzureichern. Eines sollte noch erwähnt werden: Je länger der Krieg dauerte, umso mehr wurde Berlin unter Beschuss genommen, während der Süden Deutschlands noch weitgehend davon verschont blieb. Auch die Forscher aus dem Uranverein verlegten ihre Labors im Spätherbst 1943 in den Süden nach Hechingen, Stadtilm in Thüringen oder Freiburg, wo sie noch einige Zeit ihre Arbeiten fortsetzen konnten, ehe auch dort die Bombardements begannen.

In den USA wurden die Entwicklungen in Deutschland mit großer Aufmerksamkeit verfolgt. 1943 wurde die militärische Alsos-Mission aufgestellt. Deren erklärtes Ziel war es, den Stand des deutschen Uranprojektes zu erkunden, die Arbeiten daran zu vereiteln und der Protagonisten habhaft zu werden. Gegen Ende des Krieges konnten die wichtigsten deutschen Physiker und praktisch alle zehn Mitglieder des Uranvereins gefangen genommen werden. Die gesamte Elite der deutschen Kernforschung wurde in England auf dem Landsitz Farm Hall interniert. Ihre Gespräche wurden durch das englische Militär abgehört und aufgezeichnet. Am 3. Jänner 1946 entließ man alle zehn Wissenschaftler wieder in ihre Heimat zurück."

„Ich verstehe gar nichts. Was hat das alles mit uns zu tun?", fragte Salomon in die Runde.

„Eine ganze Menge und in Kürze wirst du es auch wissen und verstehen", gab Howard zur Antwort.

Howard hatte dem Vortrag nur mit halber Aufmerksamkeit gelauscht. Er starrte die ganze Zeit auf den Bildschirm seines Computers. Er wartete noch immer auf die Endversion seiner Präsentation, die ihm sein Neffe Alex versprochen hatte. Kurz bevor David mit seinen Ausführungen zum Ende kam, war die Datei endlich in seinem Postfach. Jetzt musste er sie noch entschlüsseln. Howard war angespannt wie selten zuvor, tippte den Code ein und hoffte, die Datei öffnen zu können. Alex hatte ihn vorgewarnt, dass er noch brandneue Ergebnisse einfließen lassen wollte. Was immer das auch bedeuten mochte ...

Howard übernahm das Wort, verband den Beamer mit seinem Notebook und begann: „Alles, was ihr gerade von David gehört habt, ist Stand unseres Wissens, Stand der Technik und jederzeit nachlesbar. Wir, und damit meine ich meinen Neffen Alex und mich, haben durch Zufall einiges an Neuigkeiten herausgefunden und ich denke, dass die Geschichte in manchen Punkten neu geschrieben werden muss.

Die Deutschen kannten von Anfang an die Bedeutung der Experimente von Hahn und Straßmann und hatten bei ihren Arbeiten gegenüber Amerika einen entscheidenden Zeitvorsprung. Wie ihr alle wisst, liegen meine Wurzeln in Texas, wo ich geboren wurde. Unsere Familie heißt Bush und ist entfernt verwandt zur Bush-Familie, die schon zwei amerikanische Präsidenten gestellt hat. Mein Vater hat im Zweiten Weltkrieg gedient und war zuletzt bei einer Spezialeinheit tätig. Als mein Vater seinen 70. Geburtstag feierte, hatte er einen Herzinfarkt, und kurz nachdem er aus dem Krankenhaus entlassen wurde, wollte er sich mir anvertrauen und mir die Wahrheit über seinen Kriegseinsatz erzählen. Der Gesundheitszustand meines Vaters hat es aber nicht zugelassen und so ist es bei vielen Andeutungen geblieben. Nur eines war damals neu für mich: Er ist Mitglied der Alsos-Mission gewesen, deren erklärtes Ziel es war, den Stand des deutschen Uranprojektes zu erkunden, es zu vereiteln und alle relevanten Wissenschaftler zu inhaftieren und außer Landes zu bringen, was ihnen auch gelang. Warum man die zehn führenden deutschen Kernphysiker nach England und nicht in die USA brachte, hat er mir nicht erklären können.

Mein Vater hat sich erfreulicherweise nach dem Herzinfarkt wieder gut erholt und noch einige glückliche Jahre verbracht. Als er im Sterben lag, hat er meinem Bruder Tom verraten, dass er auf der Ranch wichtige Dokumente aus der Endphase des Krieges versteckt hielt. Die wichtigste Akte von allen betraf Samuel Liebermann, den Urgroßvater von David und Salomon.

Samuel Liebermann wurde 1890 in Nürnberg geboren und war einer der hellsten Köpfe Deutschlands. Er lernte und lehrte an der TU München, war Dozent, kannte Heisenberg und war auf dem besten Wege Karriere zu machen, wäre ihm nicht seine jüdische Abstammung zum Verhängnis geworden. Sein Vater war Jude, während seine Mutter – als Christin getauft – aus Liebe zu ihrem Mann zum jüdischen Glauben konvertiert war. Bereits ab dem Sommer 1933 befand sich Salomon Liebermann im KZ Dachau und wurde einer politischen Umerziehung unterzogen. Dabei fühlte er sich ganz als Deutscher, bewunderte Hitler sogar, und war immer der festen Überzeugung, den Krieg überleben zu können. Dank seiner außergewöhnlich guten Physis überlebte er viele Jahre im KZ, zunächst Dachau, später Mauthausen, ohne krank zu werden oder Schaden zu erleiden.

Im Oktober 1943 erging von höchster Stelle der SS, direkt von Himmler, ein Befehl, alle inhaftierten Chemiker und Physiker im KZ Mauthausen zusammenzuführen. Liebermann war zu diesem Zeitpunkt bereits im KZ Mauthausen und genoss dank seiner Fähigkeit, ein guter Schachspieler zu sein, das Vertrauen des Lagerkommandanten Franz Xaver Ziereis. Es wurde eine Spezialtruppe aufgestellt, bestehend aus Chemikern, Physikern und Mechanikern. Liebermann wurde ihr Kapo. Ihr Ziel war der Bau einer Atombombe.

Das Uranprojekt lief lange Zeit unter der Führung des Heereswaffenamtes. Die SS wusste davon und beschaffte sich Zugang zu allen wichtigen Publikationen und Dokumenten, die sie der Gruppe um Liebermann zur Verfügung stellte. Je länger der Krieg dauerte und je intensiver der Norden Deutschlands bombardiert wurde umso mehr verlagerte man die Rüstungsaktivitäten in unterirdische Stollen. So auch die Produktion der Flugzeugrümpfe für die Messerschmidt ME 262. Der Steinbruch von St. Georgen war der beste Standort dafür. Häftlinge und Zwangsarbeiter standen ausreichend zur Verfügung, um die Arbeiten an einem Stollensystem, das man Bergkristall nannte, voranzutreiben. Gleich einem Spinnennetz hat man mehr als sieben Kilometer unterirdische Gänge angelegt und dorthin kriegswichtige Produktionsstätten verlagert.

Kurt Diebner, selbst glühender Nationalsozialist, waren die Skrupel mancher Forscher ein Dorn im Auge. Offen kritisierte er Heisenberg, der ihm als Leiter des Kaiser-Wilhelm-Institutes vor die Nase gesetzt worden war, weil er der Meinung war, dass die Forschungen mancherorts zu lasch durchgeführt wurden. Das blieb auch der Führung der SS nicht verborgen und es gelang ihr, Diebner zur Kooperation zu bewegen. Diebner verschaffte der SS Zugang zu den Publikationen des Uranvereins, während sich im Gegenzug die SS um die Errichtung eines Forschungslabors kümmerte. Und noch etwas unterschied die Arbeiten von Diebner und Heisenberg: Heisenberg schlug ein Reaktordesign auf Basis von Uranplatten vor. Spaltbares Uran wurde mit sogenannten Moderatoren wie Paraffin, Trockeneis oder Graphit übereinandergeschichtet. Der Sinn der Moderatoren ist es, die umherschwirrenden Neutronen zu bremsen und weitere Kernspaltungen auszulösen.

Viele Jahre nach dem Krieg fanden spielende Kinder am Fluss Loisach, nur wenige Kilometer entfernt vom Wohnort der Familie Heisenberg, einen Uranwürfel mit fünf Zentimetern Kantenlänge. Untersuchungen ergaben, dass in diesem keine Spuren von Plutonium gefunden werden konnten. Daraus kann man schließen, dass das Reaktorkonzept von Heisenberg nicht in der Lage gewesen ist, eine selbsterhaltende Kettenreaktion zu ermöglichen. Das Konzept Diebners hingegen sah vor, die Uranwürfel in schweres Wasser zu versenken. So konnte das Uran von allen Seiten mit Neutronen beschossen werden. Und genau dieses Konzept hat Diebner im Bergkristall verfolgt.

Aus Berlin und Hamburg wurde per Bahn alles herbeigeschafft, was die Gruppe um Liebermann für ihre Arbeit benötigte. Geräte, die nicht mehr funktionierten, oder solche, für die es nur noch Pläne gab, wurden von den Technikern der Gruppe repariert oder nachgebaut. Liebermann war der Kopf der Gruppe, die sich selbst ‚die Zwölf Apostel' nannte und die einen Sonderstatus bekam. Die Männer lebten nicht mehr im Lager, sondern auf einem Bauernhof, der direkt an das Stollensystem angebunden war.

Die Arbeiten aus dem Forschungslabor von Ardenne durch den Physiker Houtermans, die er in dem Forschungsbericht mit dem Titel ‚Zur Frage der Auslösung von Kern-Kettenreaktionen' zusammengefasst hat, stießen bei Liebermann auf großes Interesse – ganz im Gegensatz zu den Mitgliedern des Uranvereins. Liebermann gelang es auch, Diebner von diesem Weg zu überzeugen und auf das spaltbare Plutonium-239 als Sprengstoff für die Bombe zu setzen. Fernab von Berlin und den Querelen zwischen den verschiedenen Wissenschaftler gelang es Liebermann dank der SS, im Schutze des Mühlviertler Granits aus dem in der Natur wesentlich häufiger vorkommenden ^{238}Uran in einem Uranbrenner spaltbares Plutonium zu erzeugen.

Als im Mai 1945 die Truppen der Alsos-Mission, allen voran ihr Kommandant Ronald Bush, ins Lager kamen, staunten sie nicht schlecht. Sie fanden zwei komplette Atomsprengköpfe. Sie trugen die Namen Moskau und London. Ein dritter Sprengsatz war in Bau und sollte den Namen New York tragen. Die Atomsprengköpfe waren zur Vernichtung dieser Städte bestimmt. Die Kapitulation der Wehrmacht wenige Tage zuvor hatte aber die Pläne der SS vereitelt. Die Sprengsätze konnten nicht mehr rechtzeitig zum Einsatz gebracht werden. Die US-Amerikaner ließen sie unter strengster Geheimhaltung abtransportieren, wie auch die komplette Labor- und Produktionsausstattung.

Die amerikanischen Wissenschaftler, allen voran Oppenheimer, zweifelten an deren Funktionstüchtigkeit. So schickte man den B-29-Bomber, der zunächst Kokura anfliegen sollte, mit zwei Atombomben auf die Reise. Die erste war mit dem deutschen Plutonium-Sprengsatz bestückt, die zweite verfügte über einen Sprengsatz aus amerikanischer Produktion – made in Los Alamos.

Man könnte es als Ironie des Schicksals bezeichnen, dass ausgerechnet ein deutscher Atomsprengkopf den Kriegsverbündeten Japan entscheidend getroffen und zur Aufgabe des Krieges gezwungen hat. Fest steht, dass die Deutschen ihr Ziel, eine Wunderwaffe zu bauen, tatsächlich vor den Amerikanern erreicht hatten, ihre Waffe aber – Gott sei Dank – nicht mehr rechtzeitig zum Einsatz bringen konnten. Daran hatte auch Samuel Liebermann einen gewissen Anteil."

„Wie das denn?", wollte David wissen.

„Weil er und seine Apostel die Arbeit für gut zwei Wochen eingestellt haben und in einen Hungerstreik getreten sind. Deshalb hat sich die Fertigstellung verzögert. Vielleicht wussten sie, dass die Befreiung kurz bevorstand und die Alliierten nicht mehr weit weg waren. Als die Sprengsätze dann fertiggestellt waren, ließ man alle Mitglieder der Gruppe Liebermann antreten. Statt einer Belobigung erfolgte der Tod durch Genickschuss. Alle zwölf Mitglieder der Gruppe Liebermann starben einen Tag vor der Befreiung des Lagers Gusen am 3. Mai 1945. Samuel Liebermann wurde definitiv nicht am 25. Juli 1944 beim ersten Bombenangriff auf Linz getötet. Er hat das Ende des Krieges nur um wenige Stunden nicht überlebt. Die Befreiungstruppe unter dem Kommando von Ronald Bush fand ihre Leichen nur wenige Meter entfernt von den Sprengsätzen im Tunnelsystem Bergkristall. Meine Landsleute haben so gut wie alles abtransportieren lassen und so gut es ging diesen Teil des Stollensystems mit Beton versiegelt."

„Woher bekamen die Nazis das Uranerz?", fragte David.

„Es gibt in Tschechien in Joachimsthal ein nennenswertes Vorkommen. Die SS hat das Erz in Waggons herangeschafft und unterirdisch aufarbeiten lassen. Die Züge waren als Häftlingstransporte deklariert. Die Briten haben bei Aufklärungsflügen ihre Route verfolgt und daraus ihre Schlüsse gezogen."

„Du meinst, man hat zumindest bei den Briten geahnt, dass in Gusen mehr war als nur ein Steinbruch?"

„Ja, das sieht ganz so aus. Darum hat man auch die Alsos-Mission so gezielt nach Gusen geschickt", sagte Howard. „Noch Fragen? Nun komme ich zum letzten Punkt meiner Ausführungen. Der Stollen, in dem die Gruppe Liebermann gearbeitet hat, befindet sich rund 80 Meter unter uns!"

Ein Raunen ging durch den Raum.

„Howard, welche Rolle hat Frederic Berger gespielt?", fragte ihn Hannah.

„Der schöne Frederic war auf dich angesetzt, aber du hast nicht angebissen. Er sollte die Negative beschaffen und herausfinden, was du und dein Vater wussten."

„Und dann?"

„Habe ich ihn abgezogen."

„Wie war das bei Jasmin?"

„Kluges Kind und sehr fit mit der Technik. Sie arbeitet nicht für uns, aber wir könnten sie brauchen. Ihre Tante Franziska Robertson war übrigens viele Jahr lang meine Assistentin an der Botschaft."

„Also bist du doch ein Spion", mischte sich Franz ein.

„Nur ein ganz unbedeutender, pensionierter noch dazu", gab ihm Howard mit einem Grinsen zur Antwort.

Samuel und David standen die Tränen in den Augen. Ihr Urgroßvater hatte im Zweiten Weltkrieg eine ganz andere Rolle gespielt, als sie die ganze Zeit geglaubt hatten. Hannah versuchte, die Brüder zu trösten.

Tunnel

David, Howard und Salomon konnten es nicht fassen. Sie befanden sich direkt im ehemaligen Wohngebäude der *zwölf Apostel*, im Zentrum einer wissenschaftlichen und technischen Sensation. Franz ergriff das Wort und sagte: „Ich habe diesen Bauernhof, der in den Nazi-Akten unter dem Code B8.27 geführt wird, vor Jahren gekauft ohne zu wissen, welches Geheimnis er birgt. Ich habe mich erst später für die Geschichte des KZs und den Bergkristall zu interessieren begonnen. Immer wieder habe ich Menschen getroffen, die der Meinung waren, dass das Stollensystem wesentlich größer und komplexer gewesen sein soll, als man glaubte. Wiederholt habe ich gehört, dass hier an der Wunderwaffe gebaut worden sei. Niemand konnte mir sagen, was genau die Wunderwaffe gewesen sein sollte. Ich begann, in Archiven zu suchen. Ich war in Wien im Innenministerium, in Berlin, in London und Paris. Immer wieder bin ich auf verschlossene Türen gestoßen und doch habe ich Befehle und Dokumente entdeckt, die für mich Beweis genug waren zu behaupten, dass an den Gerüchten etwas Wahres dran ist. Ich bin zu den Medien gegangen und es wurden Probebohrungen gemacht, aber ohne Erfolg ... bis ich dich, Salomon, kennenlernte und du zum ersten Mal den Namen Samuel Liebermann, den Namen deines Urgroßvaters, erwähnt hast. Als du mir dann das Buch gezeigt hast und ich den Satz ‚Tunnel bis B8.27 fertig' gelesen habe, da wurde mir plötzlich klar, was dieser Satz zu bedeuten hatte. Das Geheimnis lag, oder besser gesagt liegt mir zu Füssen, exakt unter meinem Wohnhaus. Auf Luftbildern der Alliierten ist mir aufgefallen, dass im Laufe der Jahre 1943 bis zum Frühjahr 1945 mehrere neue Wege in der Umgebung von Bergkristall angelegt worden waren. Diese Wege führten in dicht bewaldete Gebiete. Ich kam zu der Erkenntnis, dass diese Wege mit dem Tunnelsystem in Verbindung gestanden haben mussten. Es konnte sich um Nebeneingänge oder Belüftungsstollen gehandelt haben.

Als nach dem Krieg die Sowjets das System Bergkristall sprengen sollten, haben sie das sehr stümperhaft gemacht. Sie haben die Tunnel nicht zerstört, sondern nur an manchen Stellen destabilisiert, was im Laufe der Jahrzehnte zu einigen Verbrüchen in der Landschaft geführt hat. Die Bundesimmobiliengesellschaft, kurz BIG, musste handeln und hat mit viel Aufwand und Geld die unterirdischen, instabilen Bereiche verfüllt. Bei genauer Betrachtung der Lage der Verbruchstellen erkannte ich, dass ich recht hatte. Sie lagen alle genau dort, wo sich am Ende des Krieges noch die Waldstücke mit den Wegen befunden hatten."

„Warum hast du uns das nicht schon damals gesagt?", unterbrach ihn seine Tochter Hannah.

An Hannah und Salomon gewandt rechtfertigte er sich für sein Schweigen, wie es seine Tochter nicht anders erwartet hatte, in gewohnt eloquenter Art und Weise: „Ich hatte so lange erfolglos danach gesucht und ich wollte nicht, dass die Welt zu früh erfährt, welches Geheimnis hier schlummert. Viele haben mich für verrückt erklärt und tun es wahrscheinlich heute noch. Seit Langem rede und berichte ich davon, halte Vorträge, habe Hinweise gesammelt … In diesem Augenblick wollte ich es einfach wissen und begann, still und heimlich nach einem möglichen Eingang zu suchen. Ich hatte genug Zeit dafür während der Woche, wenn Maria zur Arbeit ging und du in Wien warst. Ich muss gestehen, dass mir auch noch das Vertrauen zu deinem Freund fehlte. Ich wusste nicht, was sein Motiv für die Suche nach seinem Urgroßvater war. Bitte versteh mich nicht falsch, Salomon. Ich mag dich, du bist ein guter Musiker, ein toller junger Mann und ihr beide seid ein schönes und glückliches Paar. Das zu erkennen, dazu habe ich Zeit gebraucht. Und als Vater wollte ich das vielleicht anfangs auch gar nicht wahr haben, dass mein Mädchen nun endgültig erwachsen geworden ist."

Nach einer kurzen Pause setzte er fort: „Ich bin von Anfang davon ausgegangen, dass sich der Eingang zum Stollen hier im Haus befinden muss. Seit Jahren renoviere ich diesen Hof bereits, in dem es keinen Keller gibt, und kenne jeden Winkel dieses Bauwerkes aus dem 17. Jahrhundert. Auf dem Sims über der Haustüre kann man das Jahr 1647, eingemeißelt in Granit, gut lesen. Trotzdem habe ich mit einem Metalldetektor die Umgebung um das Haus abgesucht und bin auf eine Grube mit Waffen – Gewehre, Pistolen und Handgranaten – gestoßen. Die Waffen waren in SS-Uniformen eingewickelt und mit einem halben Meter Erde bedeckt. Alles stammte eindeutig aus der Nazizeit. Vermutlich waren diese Waffen von den Wachen vergraben worden, kurz bevor die Alliierten das Lager befreit haben und es auch für sie eng wurde."

Franz zeigte ihnen Fotos der Waffen via Beamer.

„Auf dem ersten Foto könnt ihr genau die Lage der Grube erkennen. Sie liegt auf der Rückseite des Hofes, nur etwa zwei Meter von der Außenmauer entfernt, dort wo sich jetzt der Pferdestall und meine Werkstatt befinden. Das nächste Bild zeigt die Waffen, die Uniformen mit den SS-Abzeichen und auch einige Stahlhelme und Munition."

„Wo sind die Waffen jetzt?", unterbrach ihn Howard.

„Sie wurden vom Innenministerium abgeholt und nach Wien geschafft."

„Nach diesem Fund war ich mir hundertprozentig sicher, dass hier in B8.27 ein Stützpunkt der SS gewesen sein muss. Ich gehe davon aus, dass Samuel Liebermann und seine Mannschaft – die ‚zwölf Apostel', die offiziell von den Nazis Team A genannt wurden – hier auf dem Hof gewohnt haben. Grundsätzlich mussten sie im Stollen arbeiten und schlafen. Ihr Schlafbereich befand sich unmittelbar neben dem Hauptlabor und war von diesem nur durch eine Bretterwand abgetrennt. Dahinter befanden sich sechs Stockbetten mit ordentlichen Matratzen und Decken. Samuel und seine Mannen durften sich aber auch hier im Grünen entspannen. Es gab einen Tischtennistisch, es gab einen kleinen Teich zum Baden in östlicher Richtung vom Hof, nicht weit entfernt von einer Quelle. Sie hatten hier ihre Bibliothek, sie hatten Schreibtische und konnten sich auf dem Hof relativ frei bewegen. Alle Zufahrten wurden streng bewacht und in einer Entfernung von rund 200 Metern um den Bauernhof wurde ein Stacheldrahtzaun, der unter Starkstrom gesetzt war, angelegt. Es war alles andere als ein Urlaubsidyll, aber im Vergleich zu den anderen Häftlingen im Lager hatte es Team A unbeschreiblich gut. Es gab hier einen eigenen Koch, besseres Essen, einmal pro Woche sogar Fleisch. Schweine wurden hier auf dem Hof gezüchtet. Es gab keine harte körperliche Arbeit für sie und dennoch waren sie einer Gefahr ausgesetzt, die keinem von ihnen bewusst war: einer hohen radioaktiven Strahlung als Folge ihrer Versuche und ihrer Arbeiten. Wären sie nicht von der SS erschossen worden, sie hätten den Krieg mit Sicherheit nicht lange überlebt. Die Wachmannschaft hat hier im ersten Stock gewohnt und geschlafen. Sie wurde regelmäßig ausgetauscht. Übergriffe auf die Häftlinge wurden vom Lagerkommandanten höchstpersönlich geahndet. Hier sollte geforscht, entwickelt und an der Wunderwaffe gebaut werden. Dazu brauchte man diese Spezialisten von Team A. Es bestand aus drei Chemikern, drei Physikern und insgesamt sechs Technikern. Teamleiter und Kapo war Samuel Liebermann. Die Techniker haben von der Elektrik bis zum Maschinenbau alles abgedeckt und gebaut, was die Physiker und Chemiker verlangt haben. Parallel dazu gab es ein Team B, das etwa 25 Mann umfasste. Es war verantwortlich für die gesamte Einrichtung des Stollens. In Windeseile musste Team B die Tische aufstellen, die Stockbetten errichten, die Beleuchtung im Tunnel installieren und so weiter. Wenn ein Häftling aus Team A krank wurde, wurde er durch einen anderen aus Team B ersetzt. Auch im Team B befanden sich Chemiker und Physiker, die im Rahmen regelmäßiger Besprechungen auch in die Arbeiten eingebunden wurden und teilweise auch in einem anderen Bereich des Stollens eigenständige Experimente durchführten."

Franz nahm einen Schluck Wasser.

„Nach dem Waffenfund habe ich zunächst intensiv in der Umgebung der Grube nach einem möglichen Eingang in den Stollen gesucht, aber ohne Erfolg. Dann kam mir die Idee, in den noch nicht renovierten Bereichen des Hofes Bohrungen zu machen. Ich habe ein entsprechendes Equipment angemietet und mich systematisch Raum für Raum durchgearbeitet, bis ich statt auf Erde und Granit auf eine rund 50 Zentimeter dicke Platte aus Beton gestoßen bin – Gott sei Dank ohne Bewehrung."

Franz hatte seine Arbeiten dokumentiert und zeigte ihnen die Fotos.

„Ich habe in München an der TU auch nach Informationen zu Samuel Liebermann gesucht und musste feststellen, dass irgendjemand dort seine Existenz gezielt gelöscht haben muss. Keine Publikationen, kein Hinweis, in welchem Institut er gearbeitet hat, kein Hinweis auf seine letzte Wohnanschrift … einfach nichts! Das ließ für mich gar keinen anderen Schluss zu! Warum dieser Aufwand für einen Juden, wo Millionen seiner Mitinsassen vergast wurden und ihr Schicksal fein säuberlich in Listen dokumentiert wurde, ihr Transport ins KZ genauso wie ihre Vernichtung? Ich fand gar nichts über ihn! Genauso wie es auch dir ergangen ist, David."

Franz sah ihn nachdenklich an.

„Auch hier kam wieder Howard ins Spiel oder besser gesagt sein Vater, der Samuel und die Leichen der anderen Häftlinge im Stollen gefunden hat. Man hat sie in einem Massengrab im Lager am Tag der Befreiung, dem 3. Mai 1945, beerdigt."

Er stand auf, schritt durch das Zimmer. Alle waren still. Der Holzboden knarrte.

„Direkt unter uns befindet sich der lange gesuchte Teil von Bergkristall. Der Eingang wurde von den Amerikanern zubetoniert. Ich habe ihn freilegen lassen."

Er öffnete die Tür in das Nebenzimmer und zeigte auf den Einstieg im Boden.

„Nun zeige ich euch ein Video, das ich mit Spezialkameras gemacht habe. Den Roboter habe ich schon bei vielen Projekten verwendet und selbst gebaut. Eigentlich sind es mehrere HD-Kameras, die von einem Roboter transportiert werden. Er ist fernsteuerbar und auch für den Einsatz unter Wasser geeignet. Die Videodaten können per Funk an einen Empfangswagen, in dem sich die Festplatten und mehrere Bildschirme befinden, übertragen werden. Für die Aufnahmen im Tunnel musste ich das System umbauen."

Franz startete die Videodatei und sie sahen fasziniert, wie sich der Roboter bewegte.

„Es führt ein senkrechter Schacht etwa sechs Meter in die Tiefe. Dann stößt man auf einen Gang, der im Schnitt nur 60 bis 80 Zentimeter breit und maximal 1,60 Meter hoch ist und eine Neigung von etwa zehn Prozent aufweist. In einer Tiefe von 80 Metern erreicht man eine große Kaverne. Darin befanden sich das Hauptlabor, der Schlafsaal und die Werkstätten. Auf gleicher Ebene – etwa 100 Meter weiter –, verbunden durch einen weiteren Tunnel von etwa zwei Metern Breite und 2,50 Metern Höhe liegt ein größerer Raum mit einer Fläche von rund 500 Quadratmetern. Aufgrund der Strahlung bin ich der Ansicht, dass in diesem Raum der Reaktor gestanden haben muss. Von dort aus ging es noch weiter in den Berg hinab, aber diese Stollen sind verschüttet oder stehen unter Wasser. Solange Bergkristall in Betrieb war, musste das eindringende Grundwasser in manchen Bereichen permanent abgepumpt werden. Es gab dafür ein System an Wasserpumpen mit eigener Stromversorgung."

Franz hatte Strahlenschutzanzüge, Helme mit Stirnlampen, Gummistiefel und Taschenlampen vorbereitet.

„Wer möchte, der kann mit mir den Weg in die Tiefe wagen. Der Stollen ist in bestem Zustand. Dank des Granits waren keine Stützkonstruktionen erforderlich."

„Und was ist mit der Strahlung?", wollte David wissen.

„Sie ist nicht zu unterschätzen, aber dafür ziehen wir uns Spezialanzüge an. Und der Ausflug in die Tiefe wird maximal 20 Minuten dauern."

Howard, Salomon, David, Hannah und Franz schritten in ihren Strahlenschutzanzügen immer tiefer hinab in das Labyrinth von *B8 – Bergkristall*. Immer näher kamen sie dem Labor und dem Reaktorraum. Die Luft war stickig und feucht, Wasser tropfte von der gewölbten Decke. Schweigend gingen sie Meter für Meter. Franz und seine Tochter, die den Weg schon kannten, gingen voran. Howard war das Schlusslicht der Gruppe. Würden ihre Erkenntnisse die Welt verändern?, fragte er sich und gab sich selbst gleichfalls die Antwort: Wohl kaum! Die Nazis hatten den Krieg verloren. Amerika würde Amerika bleiben und auch morgen noch eine Supermacht sein.

Bewerten Sie dieses Buch auf unserer Homepage!

www.novumverlag.com

Der Autor

F. L. Leansman ist ein Kind der Baby-Boomer-Generation und wurde im deutschsprachigen Raum geboren. Er absolvierte ein Technik-Studium und begann in der Privatwirtschaft zu arbeiten. Als Manager in internationalen Konzernen tätig, bereiste er einen Großteil dieser Welt und lernte im Laufe der Jahre viele Menschen und verschiedenste Charaktere kennen. Früh schon entdeckte er die Liebe zur Musik, zum Theater, zum Kabarett und zum Schreiben. Seit vielen Jahren lebt der ambitionierte Läufer abgeschieden am Land, genießt und schätzt die Natur, sowie die bodenständigen Menschen. Die Liebe seiner Frau gibt ihm Kraft für den Job und beflügelt seine Gedanken zum Schreiben. Der Roman B8 – Bergkristall ist sein erster, aber sicher nicht letzter Roman.

novum VERLAG FÜR NEUAUTOREN

Der Verlag

*Wer aufhört
besser zu werden,
hat aufgehört
gut zu sein!*

Basierend auf diesem Motto ist es dem novum Verlag ein Anliegen neue Manuskripte aufzuspüren, zu veröffentlichen und deren Autoren langfristig zu fördern. Mittlerweile gilt der 1997 gegründete und mehrfach prämierte Verlag als Spezialist für Neuautoren in Deutschland, Österreich und der Schweiz.

Für jedes neue Manuskript wird innerhalb weniger Wochen eine kostenfreie, unverbindliche Lektorats-Prüfung erstellt.

Weitere Informationen zum Verlag und seinen Büchern finden Sie im Internet unter:

w w w . n o v u m v e r l a g . c o m